双葉文庫

ガッツン！

伊集院静

目次

人は一生のうちでさまざまな坂を登り下りするが、〝青春坂〟というものがあったら、その坂は血をたぎらせて一気に登りつめる坂である。ところが世間、浮世というものは若者に一直線の道など用意してくれはしない。

曲がりくねっているのはいい方で、時には大きな岩や怪しい池があらわれて、ぶつかったり、はまりこんだり、その挙句に気がつけばゴロゴロと元来た道を転げ落ちているのはざらにあることだ。

それでも〝青春坂〟は、転んでも、振り出しに戻っても、また頂上を、てっぺんを目指して駆け出せばいい。そうして目の前に何ものかが立ちはだかれば、ガッツン、と正面からぶつかればいい。

てっぺんが毘沙門天

イシマルユウトは二〇一〇年六月下旬、梅雨《つゆ》の晴間のお陽《ひ》さまが差し込む四畳半の下宿で、

「フワァッー」

と大きな欠伸《あくび》をした。

「こりゃあまた、ええ天気じゃのう。どこぞにおもろいもんでも探しにいっちゃろうかいの」

口から発した文句の威勢はいいが、腹は空《す》き、立ち上がる気力もなかった。

田舎からの毎月の仕送りが振り込まれるのにはまだ一週間あったが、階下の大店《おおや》のバアさんから未払いの下宿代はまだかとしつこく催促されていたのだ。

四月、五月は順調に月はじめに支払ったが、六月はそうはいかなかった。

「イシマルさん、家賃がまだですが」

バアさんがユウトの顔を見るたびに、のぞき込むようにして言う。

「そ、そうですね。アルバイト代が入ったらすぐに払いますから」

「あっ、イシマルさん、今お帰り？　家賃がまだですよ」

「そ、そうですね。田舎からもうすぐ仕送りがありますから、それが来たら、すぐに払いますから」

三日前には、とうとうバアさんから言われた。

「イシマルさん、家賃がまだですが、あなた、パチンコ店にずっといるらしいじゃありませんか？」

「えっ、そりゃ何かの間違いでしょう。わし、いやボクはパチンコなんかしませんもん」

「そうですか。私の幼友達があのパチンコ店に通ってるんですよ。ほら一度、春先に下で逢ったおトミさん。あの人が、あなたがスロットの台から離れないでずっといたって言ってるんですけどね」

――えっ、本当かよ。

「そ、そりゃ、きっと誰かと間違ってるんですよ。こんな顔、どこにだっていますよ」

「そう、あなたのそのホクロ、ずいぶん特徴があるように思いますけどね」

ユウトはあわてて頰《ほお》を手で隠した。

そして昨日の夕方。

「イシマルさん、家賃のことを息子に話したんですがね。田舎のご両親にでも連絡したらどうかって言うんですよ」

「えっ、そ、それは困ります。オフクロは、オフクロは……」

「お母さんが何ですか」

「母は持病があって、そんな話を聞かせたら卒倒してしまいます」

「あら、春に挨拶に来られた時はずいぶんと元気そうでしたけどね」

「あ、えっと、病気になったのは先月ですから」

「ともかく家賃を払ってもらわないと」

「わ、わかりました。近いうちには何とか……」

「週末までにはお願いしますよ」

「週末って、今日は木曜日ですが」

「だから明日までに。今どき神楽坂《かぐらざか》界隈でこんな安い家賃はないんですから」

ユウトはバアさんの言葉を思い出しながら、窓際にぽっかり開いている壁の穴を足先で蹴った。

「何がこんな安いじゃ。こんな穴だらけの部屋に金を出して住む者がおるかよ」

ユウトはもうひとつの穴のあたりを蹴り上げた。ガサッと壁が落ちる音がした。

「わしゃ、ネズミと違うんぞ」

すると、腹の虫が、グウッーと目を覚ましたように大きな声を上げた。

「いかん、何か喰わんと……」

ユウトはよろよろと立ち上がり、水道の蛇口をひねり、そこに口を当て水を飲んだ。

そうして部屋の中央に立ち、ぐるりと見回した。

――何か金目のもんはなかったかの？

あるはずはない。大事にしていたトランペットを質屋に持って行ったのは一ヶ月前のことである。

ユウトはしゃがみ込んだ。

胡坐《あぐら》をかいて、目を閉じた。

田舎の菩提寺《ぼだいじ》の和尚《おしょう》の顔が浮かんだ。

『どうじゃ、ユウト。そうやって胡坐をかいて目を閉じておると、こころが落着くじゃろうが。精神を集中すれば頭の中のボンノウが失《う》せる。どうじゃ何か見えるか？』

たしかその時は初恋の相手であるユリちゃんの顔と裸体が浮かんだ。

『どうじゃ何か見えるか？　ユウト』

耳の奥から和尚の声が聞こえる。

今回あらわれたのはユリちゃんではなく、鉄板の上で音を立てて脂を滴《したた》らせている特上カルビだった。

「グゥッー」

また腹が音を立てた。

カルビ肉が消えると、新聞記事があらわれた。

「えっ、何じゃ」

〝大学生、下宿で餓死〟

〝△△大学一年生、石丸悠斗君が横寺町の下宿にて餓死しているのが発見された。死亡推定日は……〟

ユウトは記事を読んで声を上げた。

「冗談じゃねぇ。わしはこんなところで死んでたまるか」

そしてふらふらしながら階段を下りて行った。


「だから、その公式は無条件で暗記すればいいの。その三つを暗記すれば、さっきの問題なんか簡単に解《と》ける」

カズマは、目の前でマークペンを指先で風車のように回している少年に言った。

「こんな長いの覚えられないよ」

少年が言って、マークペンを鼻と唇の間に載っけた。

「人間はそれくらい覚えられるの」

「ボク、お兄ちゃんみたいに秀才じゃないんだもの、覚えられないよ」

「それを暗記するのは秀才とか関係ないの。人間は一度覚えたら忘れることはない動物なんだから。さあ声に出してノートに十回書いてみなよ」

「先週も同じことやったけどぜんぜん覚えられなかったもん」

少年は、今度はマークペンを小指の上でバランスをとりながら躍らせている。

「君さ、その器用な指遣いは、違うことに活かした方がいいんじゃないか」

「違うことって？」

「そうだな。たとえばスリとかさ」

「スリって何？」

「電車の中なんかで人のポケットから財布を盗みとる仕事さ」

「財布に入るお金って知れてるでしょう」

少年が言った。

「それってどういうこと？」

カズマは少年の顔を見た。

「財布の中ってお金が入ってせいぜい百五十万円ってとこでしょう。ピン札で二百万円ってとこ」

少年はマークペンを指と指ではさんで札束の厚味を計るようにしている。

「君、二百万円のピン札見たことあるの？」

「うん、よく見るよ。この家の一階とか地下のガレージとかでさ。パパとママのヘソクリの隠し合いだよ」

「ヘソクリが二百万円？」

「いやもっとだよ。パチンコ店って半端でなく儲《もう》かるんだよ。パパもママも、脱税のプロだからね」

――こいつに数学を教えたって脱税の役に立つだけか。

カズマは、自分のしていることがむなしくなってきた。

「お兄ちゃん、ヘソクリ見に行ってみる？」

少年がカズマの顔をのぞき込んだ。

「何のために見るんだよ」

カズマは腹が立ってきた。

「あのさ、お金ってさ。見てるだけで身体の中の奥の方が揺ら揺らってしてさ。結構気持ちがいいもんだよ」

少年の目がギラッと光った。

「君、本気で言ってるの？」

「金のことでは冗談はききませんよ。あっ、これってパパの口癖だけどね」

カズマは急に身体が冷たく感じた。

「オマエな」

「オマエって、お兄ちゃん、ボクに言ったの?」

少年の目が挑むような目にかわった。

「この部屋には二人しかいないだろう? ボクがオマエと言ったら、オマエ以外に誰がいるって言うんだよ。このクソガキ」

「クソガキって言った」

少年が声のトーンを上げた。

「何だよ。クソガキのアホガキ」

「アホガキって言った」

さらに少年は声のトーンを上げた。

「アホガキの大バカガキ」

少年の声がヒステリックになった。

「大バカガキって言ったよ。ママー」

「厚化粧のブスママと超特大の大バカ息子」

「ママー、ブスママと大バカ息子だって」

カズマは少年の手からマークペンを取ると逆さに持って、クソガキに一発、アホガキに一発、大バカガキには続けて三発、と少年の頭を叩いた。

少年が泣き出した。

「ママー」

カズマは立ち上がり、少年の両肩に手を添えて立たせると、半ズボンの尻をやさしく撫《な》でてから、思いっきり蹴り上げた。

「ヒイーッ」

と声を上げて少年は飛び上がり、そのまま机に突っ伏した。

カズマはポケットの中から手帳を出し、手にしていたマークペンで今日のスケジュールに大きな×印を入れ、ゆっくりとドアを開けて階段を下りて行った。

袋町にある邸宅を出たカズマは坂道をゆっくりと歩き、神楽坂にむかった。

カズマは神楽坂の通りに出ると角の銀行に入った。そうして、現金自動預払機の前に立つと、ポケットから三万円を出し、自分の預金口座に入金の手続きをはじめた。

アキヅキカズマと名前を押した。

——なぜカタカナだけなんだ。秋月数馬ときちんと変換しろよ。

その時、隣りの機械の前に立っていた男が声を上げた。

「コイ、コイ、コイ」

見ると自分と同じ歳ぐらいの若者が機械にむかって声をかけていた。

――何やってんだ、こいつ。

若者はよれよれのTシャツにクロップドパンツを穿《は》き、スニーカーの踵《かかと》を踏みつけている。

「コイ、コイ、コイ」

カズマはまだ祖父《じい》さんが生きていた頃、田舎の家で正月に遊び仲間と花札をしていた時の光景を思い出した。

たしかあの時、祖父さんは花札を鼻先につけるようにして、コイ、コイ、コイと唸《うな》り声を上げていた。

「すみません。お客さま」

女子行員がその若者に声をかけた。よれよれのTシャツはその声にまるで気付かない。

「お客さま、他のお客さまがお待ちですので。ここで声をかけたりなさるのは……」

ようやく行員に気付いたよれよれが、喉の奥から絞り出すような声で言った。

「わしゃ今、生きるか死ぬかの瀬戸際なんじゃ。あんたからもこの機械に金を出すように頼んでくれんかのう」

「頼んでくれと言われましても、この機械は正式な手続きをなさいましたらお金が出るようになっておりますから……」

二人のやりとりを見ていたのか、ガードマンがやってきた。

「どうしました？」

「いえ、こちらのお客さまが……」

ガードマンはよれよれにむかって言った。

「何か不都合でもございますか？」

「不都合？　不都合と違《ちご》うて不自由じゃ」

「はあ？」

カズマはその光景が馬鹿らしくなって銀行を出た。

そうして通りを渡り、銀行のむかいにあるコーヒーショップに入った。

カズマは、これから大学の授業に出ようかどうか迷っていた。

耳の奥から声が聞こえた。

『チキショー、あんなテレビのタレント上がりの女に、なんでこの私が晒《さら》し者にならなきゃいけないんだ。うちの財団だけが金を使ってるんじゃないだろう。そうだろう。国土交通省の××のところの財団を見てみろと言うんだ。幹事長にとりいって安泰になりやがった。こっちは運が悪かったんだ』

『あなた、数馬君も来てるのよ。そんなに酔っ払ってどうなすったんですか』

その様子を従姉妹《いとこ》の江梨子《えりこ》が呆れ顔で見ていた。

『もうパパもママもそのくらいにしたら。仕分けの対象になったのは運、不運じゃないでしょう。パパの天下り先に問題があったんだから仕方ないじゃないの』

『そうよ。江梨子の言うとおりですわ。あなたがテレビの前であんなふうになさって、私もこれから表を歩けないわ』

酔っ払って帰宅した岡田順一《おかだじゅんいち》はカズマの叔父で高校の先輩でもある。若い頃は秀才の名をほしいままにしたエリート官僚だった。カズマは将来、この叔父のようになりたかった。憧れの人であった。

将来は事務次官との声が高かった岡田は政争に巻き込まれ、出世競争に敗れてからは天下り先のことだけを考える人生になった。

その天下り先が去年からの事業仕分けの対象となり、叔父はテレビの前で女性議員に糾弾《きゅうだん》され、受け応えができず狼狽《ろうばい》してしまった。それがそのままテレビに映し出され、天下り先にしがみつく無能元官僚の代表のように報道された。

カズマもそのテレビ放映を見ていてショックだった。

それ以上に、悪いのは自分だけではないと開き直り、果てはライバル官僚の悪口を言う姿を見て失望した。

——エリートって何だよ?

カズマは自分が目指していたものの実体がひどく醜《みにく》いものに思えてきた。

そんな折、週刊誌に〝就職できないT大生たち〟と特集が出て、実際、就職活動で青い顔をしている先輩たちの姿を見て情けなくなった。

――あんな姿になるためにボクは勉強し、T大生になったわけじゃないだろう。

カズマはつぶやいて、窓の外を見た。

銀行の並びにある金物店の角に、二人の男が立って笑いながら話していた。

「あれっ、あいつ」

カズマは声を上げた。

先刻、銀行で隣りにいたよれよれのTシャツを着た若者だった。

よれよれは美味《うま》そうにパンを食べていた。

その横で、よれよれにパンを渡しているのはあの銀行にいたガードマンだった。

「何やってんだ、あの二人？」

コーヒーショップから見つめるカズマと、笑いながらパンを頰張《ほおば》っているよれよれとガードマン。

三人の真ん中をボロボロの服の男が一人、足元をふらつかせながら毘沙門天《びしゃもんてん》の方に歩いて行った。

タクシーが男にむかってクラクションを鳴らした。

男はクラクションの音だけで、その場に倒れそうになってしまう。

——何だ？　あの浮浪者みたいなオッサンは。昼間っから酔っ払ってるのか。

カズマは眉間《みけん》にシワを寄せて男の姿を目で追っていた。

金物店の方を見るとガードマンの姿はなく、よれよれが笑顔で背伸びをしていた。

それから、すぐ前に倒れていた数台の自転車を一台ずつ起こしはじめた。

——変な奴だな……。

パンを食べて元気になったのか、よれよれは軽やかな足取りで毘沙門天の方に歩き出した。

「それでご利益はあったの？」

カズマの耳に、隣りの席に座る着物姿の女二人の会話が飛び込んできた。

「それが大ありよ。お姐《ねえ》さん。やっぱりおかあさんの言うことは間違いないわね。亀の甲より年の功よ。そういう嫌なものを目にしたり耳にすると自分に災いが降りかかるからって毘沙門天でお祓《はら》いをしたのよ」

「それはもう百回聞いたから。どんなご利益があったのよ」

「お姐さん、私、新しい道がひらけたのよ」

「道じゃなくて男でしょう」

「あら、どうしてわかるの？」

「あんたは道でも縁でも皆男付きなのよ。それでどんな人なのよ。今度の人は？」

「前のエリート臭いのと違って、今度の男は叩き上げよ。今の会社を自分一代で築いた人よ。あのエリート面の男とは月とスッポン。誠実だもの」

「もうそんなに入れあげてるの」

「そうじゃなくて、おかあさんが助言して下すったように嫌なものを祓ってもらったら新しいものが私にやどってきたのよ」

「まあ、そりゃ良かったわね。じゃ毘沙門さまにたっぷりお礼をしなきゃ」

「そうよね」

カズマは立ち上がってレジに行き、勘定をして外に出た。

地下鉄の駅にむかって歩き出すと、今しがた耳にした女の言葉がよみがえった。

『嫌なものを目にしたり耳にすると自分に災いが降りかかるから……』

カズマは叔父の醜態《しゅうたい》を思い出した。

『毘沙門天でお祓いをしたら新しい道がひらけたのよ』

――そんなことってあるんだろうか？

前方に毘沙門天が見えてきた。

軽子坂《かるこざか》から神楽坂仲通り、そこから芸者新道《げいしゃしんどう》を急ぎ足で老婆と若い女性が歩いている。

「だからお嬢さん、こんな昼間っから旦那さんはおかしなことなすっちゃいませんて」

老婆は草履《ぞうり》の音を心地良く立てながら、若い女性のうしろに続いている。

「そのお嬢さんって言うのはやめてって言ってるでしょう」

「けどお嬢さんはお嬢さんじゃありませんか」

「だから私はお嬢さんなんかじゃないって言ってるでしょう」

「でもお嬢さん」

すると前を行く若い女性が振りむいて、老婆を刺すような目で見た。

黒蜜のような大きな眸《ひとみ》が、ハッとするほど美しい。

「ああ綺麗だこと……」

老婆が大きなタメ息をこぼした。

「何を言ってるの？」

「ですからその怒った目が、女の私でも、惚れ惚れするほど艶《つや》っぽいんですよ」

「ちょっと昼間からおかしなことを言わないでよ。こう見えても、私はこの春からちゃんとした女子大生なんですから」

「女に学問なんか要《い》りゃしませんよ」

「そんなことはわかってるわよ。私だって別に学問を身につけようと思って大学に行くんじゃないわよ」

「じゃ男でも見つけに行くんですか」

「どうしてあなたたちはそういう発想になるわけ？　大学に行く女の子が皆花嫁修業なんてのは昔の話。私はね、自分のやりたいことを見つけに行くのよ」

「ですから、このヒナノの跡を継いでいただいて料亭の女将《おかみ》になって下さいまし」

「嫌です。花柳界ってのが私は嫌いなの」

「お嬢さん」

「もういい加減にして。私、授業があるからここでね」

「そ、そんなに急がないで下さい。お嬢さん、いや、マチコさん」

その時、ヒナノが何かにつまずいて倒れそうになった。

「あっ、痛、痛い」

ヒナノが声を上げた。

マチコは振りむき、しゃがみ込んでいるヒナノを見るとちいさく吐息をもらし、

「しょうがないわね。どうしたの？」

と手を差し出した。

その時、背後で木戸が開く音がして板前の恰好をした男が一人あらわれた。

「あれっ、美戸里《みどり》の大女将《おおおかみ》さん、どうなさいました？」

「ちょっと足をくじいたようなの」

マチコが板前に言った。

「そりゃいけませんね。どうぞうちに上がってお休み下さい。様子を見ますから」

その言葉にマチコが、

「そうですか。じゃそうしてもらえますか」

と言うと、ヒナノが、

「もう足なんか痛くありませんよ。あっ、痛い」

としかめっ面をした。

「ほらごらんなさいよ。こちらに甘えて、店の人に迎えに来てもらいなさいよ」

「いいえ、私はお嬢さんにお話が……」

「大女将さん。こちらはどなたで？」

板前が訊いた。

「こちらは……」

そこまで言いかけてヒナノはへたり込んだ。

「お嬢さん。じゃあこのお札を毘沙門天さんにお返しして来て下さいな」

ヒナノはバッグからお札を出した。

「わかったわ。じゃ急ぐから……」

マチコはそう言って本多横丁《ほんだよこちょう》を左に折れて行った。

「綺麗な人ですね。大女将さん」

「あんたが相手できる人じゃないわよ。早くうちの若衆を呼んどくれ」

ヒナノが怒ったように言った。

「は、はい」

板前があわてて返答した。

ユウトは毘沙門天善国寺《ぜんこくじ》の境内《けいだい》の石段に腰を下ろして、先刻、自分にパンを買ってくれたガードマンのやさしそうな顔を思い出していた。

——ええ人じゃったナ……。

世の中やはり捨てたもんじゃない。〝渡る世間は鬼ばかり〟なんて嘘《うそ》じゃないか。

思わぬ人が思わぬことをしてくれるのが世の中というものだと学んだ気がした。

——天気もええし、何かええことがありそうじゃのう。

今春、ユウトはようやく念願かなって田舎を脱出することができた。

受験した大学はことごとく落ちたが、ここだけは誰でも入れるという大学を滑り止めで受けておいたのだ。

夢と希望を抱いて、大学のキャンパスに行ってみると、これが驚くほどつまらない所だった。

逢う学生は誰一人、志というものを持っていなかった。それはまあユウトとさしてかわらないのだが、とにかく覇気というものがなかった。

何かと言うと、ファッションのことや、女の子の話である。そうでなければ面白くも可笑《おか》しくもないテレビのお笑い芸人たちの話題である。

――あんなもんの何が面白いんじゃ？　さっぱりわからん。ボケとか突っ込みとか、それがどうしたっちゅうんじゃ。

ユウトは何かを探さねばならないと思った。

キャンパスを出て町をうろつき回り覚えたことは競馬であり、パチンコであり、コンピューターゲームのポーカーであり、麻雀であった。つまりギャンブルをしている時がユウトは自分が活き活きしているということを発見した。

ところがパチンコでスロットにはまり、スッテンテンになってしまった。

――もうギャンブルはやめよう。

ユウトはそうつぶやいて、そのことを神さまに誓うのがいいと思った。

折良く神さまの境内にいる。

「ヨオーッシ、そうしよう」

ユウトが立ち上がった時、ひとりの男がよろよろしながら境内に入ってきた。

カズマは毘沙門天の塀の外から、ここで自分がお祓いをしてもらっていいものかどうかを迷っていた。

——神さまに頼るってのもな。ボクの主義とは違うからな。

カズマにはこれまですべてのことを自分でやりとげてきたという自負心があった。

学校の成績でも自分より上の者がいれば、その相手をすべて抜き去ってきた。〝為《な》せば成る〟の精神で人に負けたことはなかった。

しかし叔父の醜態や就職活動でおろおろしている先輩たちを見て、エリートというものに疑問がわいてきた。

——エリートの人生って何なんだよ。

叔父の無様な姿を見て、あのような災いが自分に降りかからないようにと、コーヒーショップで耳にした話をどうしたものかと考えあぐねていた。

境内をのぞくと、先刻のよれよれが石段に座って何やら独り言をブツブツと言っていた。

——やっぱり変な奴だな。

そう思った時、よれよれが、ヨオーッシと声を上げて立ち上がった。

そのタイミングに合わせるように一人の男がふらつきながら境内に入ってきた。

——さっきの奴だ。

カズマは眉間にシワを寄せた。

よれよれが目を見開いて浮浪者風の男をじっと見ていた。突然、男が喉元を両手で押さえてもがくように倒れ込んだ。

その少し前、マチコは本多横丁から〝千鳥屋〟の脇を神楽坂通りに抜けると、そこでよろよろと歩いてきた男にぶつかりそうになった。

「ちょっと何よ」

マチコの声に男は焦点の定まらない目で振りむいた。

「ああ、う〜」

と言葉にならない声を男は発した。

手に何かを握りしめていた。

マチコにはそれが〝五十番〟の肉マンに見えた。

男はそのまま通りを横切ろうとした。

走ってきたタクシーがあわてて急ブレーキを踏んだ。

「あ、危ない」

マチコは声を出したが、男はまるで知らぬ顔で毘沙門天の境内に入って行った。

ユウトは倒れ込んだ男を見てあわてて駆け寄った。大丈夫かの、どうしたんかの、大丈夫かの、と声をかけた。それを聞いて、カズマは二人にむかって走り出した。

ユウトは男を抱き起こして大声を上げた。

「大変じゃ。誰か、助けて下さい」

カズマはユウトの手を払いのけて男の様子を見た。

「うわっ、酒臭いな」

男は目を剝《む》いて胸を掻《か》きむしっている。カズマは男の身体を揺すった。

見る見る顔が青くなっていく。

「これはマズイ。どうしたんだ?」

カズマはユウトに訊いた。

「ようわからんが、何かを口に入れたようなそんな感じがした。あっ、死んでしまうぞ。目がおかしゅうなっとる。誰か、誰か、助けてくれ。人が、人が死にそうなんじゃ。君、どうかしてくれんかの」

「ボ、ボクは医者じゃないから何もできないよ。早いとこ救急車を呼ぼう。あっ、携帯をあのガキの家に忘れてきた。君、携帯貸してくれ」

「今、持っとらん……。あ、死んじゃう。オジさん、死ぬな。死んだらダメじゃ」

ユウトは必死に男の耳元で叫んだ。

その時、ユウトとカズマを背後から突き飛ばすようにして誰かが飛び込んできた。若い女の子だった。

「助けてくれ」

　ユウトが叫んだ。

「わかってるわよ」

　女の子が言って、片手で男の頭を抱きかかえると、もう片方の手で男の横っ面を二度、三度と叩いた。

「そ、そんな……」

　ユウトは目の前の光景が信じられなかった。

「何、何をするんだよ」

　カズマも目を見開いた。

「ちょっと、あなた、頭をかかえてて」

　女の子はカズマに言って境内の水飲み場に走った。バケツに水を汲《く》み戻ってくると、そのバケツに顔を突っ込んで水を含み、男の口にいきなりその口を押しつけ水を吐き出した。そして顔を上げると息を大きく吐き出し、また男の口に口を重ねて今度は吸いはじめた。

　チュウ、チュウ、チュウと音がする。

　ユウトもカズマも驚いて女の子のやることを見ていた。

男の手がかすかに動いた。

ウゲッ、と音がして、男の顔と上半身が一気に動き、口から黄色いものを吐き出した。女の子はそれを見て男の頬をもう一度思いっきり引っぱたいた。

男が目を開いた。

女の子は男と同じものを吐き出し、そばに置いたバケツの水を掬《すく》って口の中をすすいだ。

そうしてバケツを手に取ると、

「昼間っから酒なんか飲んでんじゃないよ」

と怒鳴り声を上げ、目をパチクリしていた男の顔にバケツの水を浴びせた。

その水がユウトとカズマにもかかり、服が濡れた。

「何をするんだよ」

カズマは怒って声を上げるが、その横でユウトが、

「どうもありがとう、ありがとうのう」

と涙を流していた。

「いい男が二人で何をしてんのよ」

それが、ユウトとカズマとマチコの最初の出逢いだった。

てっぺんを目指して歩きはじめる三人が、神楽坂のてっぺんの、毘沙門天でめぐり逢

った。
ユウトは軽子坂を登っていた。
小脇にかかえたケースが妙に重かった。
高校生の時にこのケースを何度もかかえて歩いたのに、そんなことは一度もなかった。
——どうして重いんだ？
ケースの中には、先刻、質屋から出したばかりのトランペットが入っていた。
質屋の蔵の中にぶちこまれていたからトランペットが怒ってやがるのかもしれない。
ユウトは立ち止まった。
「あれっ、今、何か聞こえたよな……」
ユウトは耳を澄ました。
背後の坂下の外堀通りを往来する自動車の騒音が聞こえてきた。
「空耳か……」
と歩き出そうとすると頭上からミンミンと声がした。
「おう、やっぱりな」
蟬《せみ》の声だった。
東京で初めて聞く蟬の鳴き声だった。

──東京にも蟬がいるんだ……。

ユウトは嬉しくなった。

どこで鳴いてるのかと周囲を見た。

どうやら右方の家の塀からのぞいている大木から鳴き声はしていた。

ユウトは塀の下に行き、葉の生茂った木をじっと見上げた。

ミンミン、ミンミンと鳴き声はするのだが蟬の姿が見つからない。

子供の頃は田舎の屋敷町に悪ガキ共と一緒に蟬捕りに出かけると、最初に蟬を見つけるのはユウトだった。

なのにいくら目を凝らしても蟬の姿を見つけることができない。

それがユウトは情けなかった。

──目まで都会に毒されたってことか？

腹が立ってきた。

ユウトはいきなり大木にむかって大声で、

「ミーン、ミンミン、ミンミーーン」

と蟬の声を真似てやった。

一瞬、蟬の声が止《や》んだ。

ユウトはニンマリとした。

「ざまあみろ。わしの勝ちじゃ」

そう怒鳴った途端、またミンミンと蟬が鳴き出した。

今度はさらに大きな声でミンミン、ミンミンと真似た。

しかし蟬はユウトを嘲笑《あざわら》うかのように、先刻より大きな声で鳴いていた。

ユウトはもっと大声でミンミン、ミンミーンとやった。

蟬はいっこうに鳴き止まない。

「チキショー」

ユウトはさらに大声で鳴いた。鳴いたというより吠《ほ》えていた。

往《ゆ》き通う人が、坂道の真ん中で大木にむかって犬が牙を剝き出すように吠えているユウトを見て、訝《いぶか》しい顔をして通りすぎる。

笑い出す人もいる。

ユウトの目には周囲の人のそんな態度はいっこうに入らない。

蟬は鳴き止まない。その鳴き声が勝ち誇ったように聞こえてきた。

「この野郎、許さんぞ」

ユウトはかかえていたケースからトランペットを出し、マウスピースを差し込むと大木にむかって思いっ切り吹き出した。

ひさしぶりに吹くトランペットの音に耳の奥がジーンときた。

マウスピースから口を離すと、蟬の声は止んでいた。

「ハッハハハ、やった。ざまをみろ」

ユウトは愉快になり、景気付けにもう一度吹いた。

――気持ちがええ。

さらにもう一度吹いた。

するといきなり、頭上でバターンと音がして、ユウトの頭に水がかかった。

「やかましい。いい加減にしろ。騒音を立てるんじゃねぇ」

見ると窓から上半身を出し、バケツをかかえたスキンヘッドの大男がユウトに怒鳴った。

――ナ、ナニをしやがんだ？

ユウトは相手を睨みつけたが、見るからにおっかなそうなオヤジだった。

「チッキショー」

ユウトは歯ぎしりし、今度は男にむかってトランペットを立て続けに吹いた。

「そこにいろ、この野郎、すぐに半殺しにしてやるから」

男が怒鳴って窓から姿を消した。

ユウトはあわてて走り出した。

ユウトは本多横丁を一気に抜け神楽坂通りに出た。

肩で息をしていた。

——あのスキンヘッドの男、ヤクザか何かに違いねぇな。

ユウトは窓から顔を出した男の肩口に、イレズミが見えた気がした。

「本来ならしごう（長州弁で決着のこと）つけちゃるところじゃが、今日は大事な用があるけえのう」

ユウトは言って、目の前の毘沙門天の境内に目をやった。

先週の出来事がよみがえる。

『昼間っから酒なんか飲んでんじゃないよ』

——あれが東京の、江戸っ子が言う〝啖呵《たんか》〟ってのだろうな……。

何度思い出しても気分がせいせいする。

女にしておくのがもったいないくらいだった。

——いい女じゃったのう。

ユウトはあの時、水がかかって濡れたことより男の命が助かったことに感謝して泣いてしまっていた。

どうもありがとう、ありがとうのうと、泣きながら礼を言っていたのだ。

そんなおろおろしていた自分の醜態はすっかり忘れ、彼女を思い出してニヤついていた。

——あれほどの女の子を放っておいては男として名が廃《すた》る。

　正直、ユウトはこれまであんな行動を取る女の子を見たことがなかった。

　どこの世界にうす汚い恰好の、しかも酒の臭いをぷんぷんさせた浮浪者風の男がいくら喉に何かを詰まらせていたからといって、口移しで水を飲ませる者がいるだろうか。しかも特別に可愛い女の子がそいつの口に唇を重ねたのだ。

——ワァッ！　何をするんじゃ、この子？

　ユウトは目の前で起きていることが信じられなかった。

　しかし女の子には微塵《みじん》の迷いもないように見えた。

　老い先が短く、人生がどうなってもいいというシワクチャのバアさんがそうするならわかる。ところがそれをやってるのは、この神楽坂界隈ではこれまで見たことのないような可愛い女の子なのだ。

　そうして男の口の中から汚物のようなものを吸い出し、それを吐き出した後、パーンと乾いた音を立てて男の横っ面を引っぱたいたのである。

　ユウトは毘沙門天の境内を見ながら自分の頬に手を当てた。

——わしもぶたれてみたかった……。

　体の芯のようなところがジーンと熱くなった。

耳の奥で声がした。

『いい男が二人で何をしてんのよ』

あの後、ユウトにむかって女の子は言った。

——もしかしたら今夜、あの子と再会できるかもしれない。

ユウトは夢から覚めたように目をしばたたかせた。


あの出来事の直後、パチパチと誰かが拍手をする音がしてユウトがそちらを振りむくと、一人の着物姿の老人が境内の石段に腰を下ろし、ステッキを手にこちらを見ていた。

『いやお見事。なかなかのもんじゃな、三人とも……』

老人は笑ってうなずいた。

『いいもんを見せてもろうた。お嬢さん、あんた生まれはどちらだい？』

『私？　この近くに住んでるけど、元々は深川よ』

『ほう辰巳芸者か。気風《きっぷ》がいいやな。そこのへこたれはどこの生まれだ？』

『わしか？　わしは山口じゃ』

『おっ、そうか、長州か、うん、顔付きは高杉晋作に似ておるが、要領の良さは山縣有朋にも似とるな。おい、そこのもう一人はどこの出身だ』

『ボクは静岡の清水だ』

『ほう清水か。次郎長だな。けど次郎長ほどの度胸はないな。まああれも最初は暴れん坊だけで自分のことがようわからなんだ。面《つら》はまああじゃ。おまえたち三人で頑張りゃ、この先いいもんが見られるぞ。愉しみじゃな』

――何を言うてるんじゃ？　このジイさんは……。

『あの、わしらは知り合いじゃないんじゃ』

ユウトが言った。

『いつ知り合ったかなどというのは関係ない。そんなことはどうでもいいんだ。人は縁《えん》よ。エニシがすべてを決める。一天地六、賽《さい》の目が導くわ。出た目で縁は決まる』

老人は言ってステッキに寄りかかるようにして立ち上がると、マチコの前をゆっくりと歩きながら、

『いい女になるぞ、お嬢さんは』

と言い、ユウトとカズマに振りむき、

『おまえたちもいい男になれ』

と笑った。

その時、倒れていた男がふらふらと起き上がり、老人のそばに歩み寄った。

老人はステッキの先で男の顔を軽く叩き、目を覚ますようにした。

『おまえのような者も若い者の人生修業には役に立つんじゃな。清濁併《あわ》せ呑んで世の中

の水じゃ』

『何をしやがる手前《てめえ》』

男は声を上げるが、老人の顔を見た途端、目をまんまるにしてその場にひれ伏し、

『こ、こりゃ、とんだ失礼を』

と石畳に額をこすりつけた。

老人は笑いながら境内を出た。

『面白いおじいさんね』

マチコが言った。

『あ、あの、どうもありがとう』

ユウトはマチコに礼を言った。

『君にお礼を言われる筋合いはないわ』

『そんなことはない。わしゃ、君のお陰で気持ちが晴れ晴れとした。いや、勉強になった』

『ボクも礼を言うよ。君一人に何もかもやらせて申し訳ない』

『だから君たちにお礼を言われる覚えはないって。私、急いでるからこれで』

『ちょ、ちょっと待ってくれ』

ユウトが言った。

『わし、いやボク、石丸悠斗。今日のお礼がしたい。このままじゃボクの気がすまない。週末、そこの坂下でライヴをやってるんで君を招待するよ。ぜひ聴きに来てくれ。ドリンク代も、いや食事代も奢《おご》る。坂下の脇を入った所に〝BITTER《ビター》〟というライヴハウスがある。土曜日の夜七時からだ。ユウトを訪ねてきたと言ってくれ。あっ、君もぜひ来いよ』

『……』

カズマは返事はしなかった。

マチコが去ろうとした。

『ちょっと待って。君、よかったら名前を教えてくれんかの？』

『マチコ』

『マチコさんか。ええ名前じゃ。それと君もついでに聞いとこう』

ユウトが言うとカズマは不機嫌そうに、

『カズマ』

とぶっきらぼうに言った。

ユウトはマチコが〝ビター〟に来てくれるように祈ろうと、毘沙門天に入って本殿の前に立った。

隣りで老婆が賽銭箱に金を放り込んだ。

ユウトは賽銭を入れるかどうか迷った。

ようやく田舎から仕送りが届いた。

田舎のオフクロにどうしても買いたい経済学の本があるのだと泣き事を言い、いつもより余計に金を送ってもらった。

泣き事も言ってみるものである。それで質屋に入れておいたトランペットが引き出せた。

これがないことにはマチコに逢えない。

賽銭を出そうかどうか迷った挙句、ユウトはケースの中からトランペットを出し、本殿の前で演奏することにした。

――神さまは芸能が好きじゃからのう。

ユウトが思いっ切り吹きはじめると、かたわらで祈っていた老婆がヒェーッと声を上げてその場にしゃがみ込んだ。

ユウトは境内を出ると〝ビター〟のある坂下にむかって歩き出した。

「あら石丸さん。お部屋代ありがとうね……」

大店《おおや》のバアさんと出くわした。

「来月もこの調子でよろしくお願いしますよ」

見るとバアさんの手にしたバッグの中から競馬新聞がのぞいていた。

——それで週末までに部屋代を持って来いなんて言いやがったのか。このババア……。

「大店さん、今日のメインレースは荒れよるぞ」

「あらっ、石丸さんも競馬をするの？」

「ええ、まあ、でも貧乏学生じゃから」

「じゃどうしてメインレースが荒れるなんてわかるの」

「実はわしの友だちが厩務員《きゅうむいん》をやっとって、それに騎手の知り合いもおるんです」

「えっ、本当に。そのメインレースってどれなの」

バアさんが競馬新聞を出した。

ユウトはバアさんと一緒に競馬新聞をのぞいた。ユウトは出任せを言った。

「どれどれ、たしか関西馬で連闘使いの馬でこのレースが勝負って言っとりましたよ。

あっ、この馬じゃ。マチコインブルー。ええ名前じゃないっすか」

丁度、上手い具合に連闘使いの関西馬が上京して参戦していた。

「でもこれ無印じゃない」

「無印だから高配当になるんでしょう。バンタビ本命買《こ》うとったらギャンブルにならんでしょう。〝人の往く、裏に道あり、花の山〟じゃ」

「何よ、それ？」

「相場師の名言ですよ。〝人の往く、裏に道あり、花の山〟ほとんどの人が目指しちょる道とは逆の裏の通りにも道があって、そこには花が山のように咲いとるいうことですよ。第一、この暑い時期にわざわざ関西から連闘で馬を持ってくるはずがないでしょう。ここが勝負と狙いをつけとるんですよ。関西は調教師も馬主もケチじゃから、きっちり馬の運搬代金を取り戻して帰りますよ」

「石丸さん、あなた詳しいのね。私、見直しちゃったわ。それだけの情報ならあなたの分も少し買っておこうか。今から後楽園の場外に行くのよ。それに今日は先勝ちで私の運勢がとてもいいのよ」

「いや、わしは結構です。ギャンブルをする身分じゃありませんから」

「そう、でも買っておいてあげるわよ」

「いや結構です。どうぞ好運を」

「石丸さん、ありがとうね」

ユウトはバアさんと別れ、通りを左に折れた。

——ちょっとガセネタを吹きすぎたな。

やがて〝ビター〟の看板が見え、ユウトは地下につづく階段を下りて行った。

「ようユウト、やっとペットを取り戻せたのか」

メンバーの一人が笑った。

チェッ、とユウトは舌打ちした。

カズマは自宅マンションの窓辺のソファーに座り、東京の街並みを眺めていた。静岡の両親がカズマの将来のために購入してくれた、3LDKのマンションだった。部屋の中にはモーツァルトのピアノソナタが流れていたが、その複雑な音色はカズマの耳には聞こえていなかった。

『いい男が二人で何をしてんのよ』

あの女の子の声が耳から離れなかった。

あんな言い草を他人の、しかも同じ年頃の女の子から言われたのも初めてなら、生まれてこの方、バケツの水がかかり濡れたこともなかった。

あれが屈辱的な行為を受けたのか、それともまったくそんなことではないのか、カズマには理解できなかった。

あの女の子の行動はカズマにとってまったく予期しなかったことだった。

境内で喉に何かを詰まらせて窒息したようになっていたのは薄汚れた浮浪者のような男で、社会のゴミ屑のような人間である。生きていても社会の邪魔になるだけで何の価値もない男だ。むしろ死んでくれた方が喜ぶ者もいるかもしれない。

その男が苦しんでいるのを見て、あのユウトというおかしな若者が大声を上げてわめき出した。

カズマは別に男にも、ユウトにも手を貸すつもりはなかった。ただ、ユウトという奴があまりに騒ぐものだから、仕方なく様子を見に近寄っただけだった。

男は白目を剝いて胸を掻きむしり、見る見る顔が青くなっていた。

『これはマズイ。どうしたんだ？』

『ようわからんが、何かを口に入れたようなそんな感じがした。あっ、死んでしまうぞ。目がおかしゅうなっとる。誰か、誰か、〜』

男の身体から酒の臭いと何やらひどい悪臭が漂っていた。

——自業自得だろうが……。

カズマはそう思っていた。

その時、カズマとユウトの間から白いものが伸びてきた。

女の手だった。振りむいてわかったのだが、それも若い女の子の手だった。

ユウトが叫んだ。

『助けてくれ』

『わかってるわよ』

そう言っていきなり、男の頭を片手で抱きかかえ、その横っ面を平手でパン、パン、と叩いた。

——何をしてるんだ、この女の子は……。

『ちょっと、あなた、頭をかかえてて』

女の子はカズマに男を抱きかかえておくように言って水飲み場に走った。

戻ってきた女の子は……。

それからの彼女の行動はカズマが何度考えても異常だった。

——あのシチュエーションで、あの行動は考えられない。

もしあれが何かのテストであっても、あの答えは出ないし、正解からは遠く離れている。

「常識では考えられない！」

カズマは街並みのむこうにひろがる東京の初夏の空を見つめながら言った。

人間という生き物は、いや他の動物もそうだが、行動を起こす時には必ず動機、理由があるものだ。例えば空腹を満たすために食事をするとか、性欲を満たすためにセックスをするとか、自分の立身出世、独占利益のために邪魔者を排除するとか……。国家で言えば国益のために相手国を侵略するのもそうである。人間の歴史はすべて自己利益、または自分たちの生存のために成したことの積み重ねでしかない。

——人間は己を中心にしてすべての行動を起こすのだ。

カズマはこの考えを正しいと信じてきたし、自分の立身出世、エリートとして人生を送るために小学校に上る前から人一倍勉強し、ひとつひとつをクリアしてきた。

カズマの信条の中に、他人のために自分を犠牲にしたり、生理的に拒絶するものを受け入れる感覚は皆無だった。

ところが彼女はカズマの信条と正反対のことを平然とやってのけた。

——あの行動は間違いだ。一歩間違えたら命取りになる。

と言うのは、男が単純に何かを喉に詰まらせていたのではなく何か毒物を飲んで苦しんでいたとしたら、彼女が犠牲になっていたのではないか。見ず知らずの他人の、しかも昼間っから酒を飲んでいるような男のために、彼女はあんな行為を何のためらいもなくやってのけた。

「やはり、あの女の子は変だ。間違っている……」

カズマはそう言ってから立ち上がり、バスルームに行った。

バスルームに漂っているはずのいつもの香りが匂って来ない。それどころかわずかだが嫌な匂いがする。

カズマはバスルームに四つん這いになり、排水口に鼻を近づけた。やはり排水口から逆流してきた汚水の臭いが昇っている。

チェッ、と彼は舌打ちした。

だからこのマンションを契約する時に、もっとチェックをしておくべきだったのだ。

カズマはフレグランスを並べた棚から小壜《こびん》を出し、バスルームに散布した。お気に入りの香りが漂ってきた。

棚に小壜をしまい扉を閉じるとそこに自分の顔が映っていた。

『ほう清水か。次郎長だな。けど次郎長ほどの度胸はないな。まああれも最初は暴れん坊だけで自分のことがようわからなんだ。面はまああじゃ……』

毘沙門天の境内で逢った老人の言葉がよみがえった。

——面はまああだと……。

するとまたあの女の子の顔があらわれた。

別れ際によくよく見てみると、彼女はとても美しい目をしていた。黒蜜のような眸は気品があり理智的にさえ映った。

彼女が男の口に唇を重ね、チューチューと音を立てて汚物を吸っている姿が重なった。

——ボクにはあんなことはできない……。

カズマは鏡の中の顔を見直した。

その表情が少しずつ暗くなって行く。

「もしかして、ボクが間違ってるって？　そんな馬鹿な……」

別れ際に手を上げると、彼女はかすかに笑いかけた。

まぶしい微笑だった。

——間違いを犯した女の子があんなふうに笑えるだろうか……。

「やはりもう一度逢ってたしかめてみよう」

カズマはそう言ってからバスルームを出た。

ユウトと名乗った男の泣き面と、横柄に、

『ライヴをやってるんだ。君もぜひ来いよ』

と言った貧相な顔がカズマの脳裏によみがえった。

ライヴをやっているんだ、などと言っていたが、どうせアマチュアのつまらないバンドだろう。

カズマはCDが停止しているのに気付き、リモコンを手にしてスイッチを入れた。

優雅な調べが流れ出した。

カズマはしばし目を閉じた。

——あの女の子、たしかマチコという名前だが、あいつのライヴになんか来るだろうか。

転がる石だぜ

ユウトたちのバンドの出番は八時からだった。

それまでユウトは店の隅でインゲン豆と豚肉の煮物であるカスレを食べていた。

〝ビター〟は軽い食事とビールを中心としたスタンドバーで、昔レコード会社に勤めていたリマという女性がやっている。

週末はライヴがあるが、平日は音楽好きの若者が多く来て神楽坂ではなかなか人気がある。

ユウトは上京してすぐ、この店のアルバイト募集の貼り紙を見て、アルバイトとして入った。

ユウトはよく働き、リマもその働きぶりに目を細めた。ところがユウトにはひとつ欠点があった。

それはアルコールが入るとセーヴが利かず、ベロベロになってしまうのだ。呂律《ろれつ》は回らないし、前後不覚になってしまう。仕事どころではなくなる。

それを見兼ねて、リマが言った。

「ユウトはアルコールを絶対に口にしないこと。それが守れないんだったら、アルバイトは無理ね」

「すみません、やっぱダメっすよね」

その頃、丁度店でライヴを申し込んでいるバンドのオーディションが行われていた。

ユウトはリマの隣りに座って演奏を聞いていた。

「どのバンドも今ひとつっすね」

ユウトが言った。

「そうね。でもよくわかるわね」

「田舎でバンドやってたんすよ。それにブラスバンド部にもいっとき籍を置いてたから」

「そうなの？　それで何を演奏してたの」

「ペット、トランペットです」

「へぇー、いいわね。ねぇ、一度聞かせてよ。ユウトってそっちの方がむいてるかもしれないわよ」

それで翌日、下宿の押入れの奥にしまっておいたトランペットを出してきて、リマのバンドとセッションをしてみた。

「驚いたわ。いいじゃない」

リマはユウトのトランペットに感心した。

それで、ギャラは無しだが食事と酒付きで週末だけ〝ビター〟に通うことになった。

そのバンドはリマがミュージシャンをピックアップして作ったバンドだった。ユウト以外のメンバーは、昼間は会社勤めをしていた。皆音楽が好きで週末には〝ビター〟で練習していた。

ところが、この練習にユウトは真面目に顔を出すことができなかった。

原因は前夜の酒である。

飲みはじめはいいのだが、そのうち気分が良くなるとだんだん訳がわからなくなり、気が付けば公園のベンチで寝ていたりした。

目を覚ました後、頭も痛いが、昨夜のことをすべて忘れてしまっている。

無論、バンドの練習に行くことなど頭の隅にも残っていなかった。

練習が終る時刻になってようやくバンドのことを思い出し、のこのこ出かけては皆から白い目で見られた。すぐにユウトは浮いた存在になってしまった。

リマに言われた。

「それはアマチュアバンドだから遊びは遊びなんだけど、彼等にも夢があるのよ。やはり同じ夢を見ていないとダメね。それぞれの夢が違って来はじめた時がバンドの解散の時。バンドもメンバーも私にとって大切だからあなたが出て行ってちょうだい。たまにゲストで入るのはかまわないけど」

それでユウトはあっさりとやめさせられた。

ユウトはわかっていた。

――わしは何をやっても長続きせんからのう。

子供の時からそうだった。覚えるのは他のどの子より早かったが、飽きてしまうともう続かなかった。

そうこうするうちに毎日続けていた子に抜かれてしまう。

野球だって、ブラスバンドだって、ゲームだって皆そうだ。夢中になるのは初めのうちだけだ。

「おまえは辛抱がほんまにきかん子じゃねぇ。何をやらしても中途半端で終ってしまう。そんなことじゃ、何をしても大成はせんよ」

それがオフクロの口癖になった。

「誰に似たのかね、まったく」

それは学校の勉強にも言えた。

最初は成績がいいのだが、そのうち投げ出してしまう。

だから大学進学も最初は国立大学を目指していたが、結局三流私立大学にしか入ることができなかった。

しかしユウトの大学進学には目的があった。

――ともかくこの田舎町を出ることじゃ。東京に行きさえすれば、わしに合った何かが見つかるはずじゃ。

ただそれだけだった。


「ユウト、あと二十分ではじまるわ」

食事を終え、ビールを飲んでいるユウトにリマが言った。

ユウトはマチコがあらわれるのをずっと待っていた。

開店時間よりだいぶ早く〝ビター〟に行き、ライヴ前に練習しているメンバーに頭を下げて、今日のセッションに加えて欲しいと申し出た。

リマにも断りを入れた。

「どうしたの急に、どういう風の吹き回しかしら？」

「ヘッへへへ、ちょっと」

ユウトは頭を掻きながらニヤついていた。

メンバーが支度をはじめている。

ユウトはトイレに行った。

鏡を見ると少し顔が赤いが、ライヴの前は少量のアルコールを入れた方がいい。

トランペットはユウトの中で唯一、五年以上続いたものだった。

店に戻ると隅のテーブルの前に、周りからそこだけが浮き上がったようなシャツをズボンの中にきっちりと入れた若者が立っていた。

見覚えがあった。

——あいつ、毘沙門天にいたカズマとかいう奴じゃ。

ユウトはカズマに近づいて行った。

「よう来てくれたのう」

カズマは不機嫌そうにユウトを見た。

「あの子は来てないのか?」

「まだみたいじゃ」

ユウトは店の中を見回して言った。

——やっぱり来てくれんのかな……。

ユウトは少し気落ちした。

「まだ来てないって、彼女、来るって言ったのか」

「ああ、言うたよ」

ユウトは面倒になってそう返答した。

——おまえが来たってしょうがないんじゃが……。
店内にマイクを通したリマの声がした。
「しょうがない。一発やるか」
ユウトはステージに飛び乗った。
メンバー皆の顔を見合わせて、一曲目がはじまった。
一曲目は〝ロッキン・イン・リズム〟。
速いリズムが心地良い。
——おう、こりゃ、いけるぞ。
バンドメンバーの腕はかなり上がっているのがわかった。
——気合いを入れんと置いてかれるぞ。
一曲目が終るとかなりいい感じで客からの反応があった。
二曲目は〝ソフィスティケイテッド・レディ〟。イントロで客が湧いた。
——なんだか気分がええナ。
リマが御機嫌な顔でリズムを取っている。
そのむこうから、女の子が一人店に入って来るのが見えた。
——彼女じゃ！　マチコさんじゃ。
ユウトは身体の奥から熱のようなものが湧き起こってくるのがわかった。

こんな気分は文化祭でブラスバンド部の一員として演奏をしていた時に、恋ごころを抱いていた隣りの女子高校に通う女の子の姿を見つけて以来のことだった。

「ワォッ！」

ユウトは声を上げてマウスピースに口をつけた。

ユウトの全身からほとばしるように出た音はなかなかのものであった。

リマが自分のバンドに入るように誘っただけのことはある。

「あらっ、いつになく今夜はいい感じね。何があったのかしら」

リマが言った。

バンドの連中もユウトの歯切れのいい音色に顔を見合わせた。

「やあ」

カズマが店に入って来たマチコを見つけて歩み寄り声をかけた。

マチコはカズマをちらりと見て、またステージの方に視線をむけた。

カズマはマチコの素気ない態度に少し腹が立ったが、気を取り直して言った。

「君も来たんだ」

シーッとマチコが白い指先を唇に当てて、今、演奏を聞いてるから静かにして欲しいという仕草をした。

――へぇー、聞くんだ、あいつのこんな音楽を……。

カズマはステージのユウトを見た。

トランペットを天井にむけ身体をのけぞらせて演奏しているユウトを見て、

——恰好だけはミュージシャンだナ……。

と胸の中でせせら笑った。

「結構やるよね」

カズマはこころにもないことを言ってマチコの横顔を見た。

真剣に演奏を聞いている目がかがやいていた。

——やっぱり相当美人だよナ……。

カズマは視線をゆっくりと落した。

尖《とが》ったアゴ先から首筋、白いシャツを着た胸元から黒のサブリナパンツを穿いたウエストからヒップの……。

「ちょっと何を見てるのよ」

「えっ、あ、あ、君……」

「誰なの？　気安く話しかけないでよ」

「あっ、ごめん。そうじゃなくて、ボク、先日、毘沙門天で逢った……」

「うん？」

マチコがカズマを見返した。

「ああ、君か、わからなかったわ。そんな恰好してるもんだから」

「えっ、何かボク変かな？」

マチコがカズマの頭の先から足元まで見直した。

「変じゃないけど。なんだかよくいる秀才っぽくて、ズレテルかもね」

——ズレテル？

カズマはそんなことを人から言われたのは初めてだった。

「キツイこと言うね」

「ああ、わかってんだ。自覚があれば大丈夫よ」

カズマはこめかみがピクついてるのが自分でもわかった。

「さあ次の演奏がはじまるわよ。あの子案外とやるわね。ただの馬鹿な学生じゃないかもよ」

——あいつが馬鹿ってわかったんだ。

「そ、そうだね」

「そう、人って見かけによらないから。きっとそれは君にも言えるだろうしね」

「アッハハハハ」

カズマは笑い出したが、自分でも図星を突かれてなのか、余裕を見せたくて笑ったのかわからなかった。

「おっ、ソウルだ。懐かしいね。いいわ」

マチコは指を鳴らしてステップを踏み、軽く腰を回した。

その腰に思わず目がいき、カズマはあわてて視線をそらした。


「やあ、来てくれたんだ」

ライヴを終えたユウトが汗を拭《ふ》きながらマチコに言った。

「こんな店があるのね。知らなかった」

「結構、古いらしいよ」

「そうなの」

マチコは店の中を見回した。

「さあ、ご馳走するから何でも食べて飲んでくれ」

「じゃコーラをもらおうかな」

カズマが言った。

「おっ、君もいたんか。コーラだって？　ビールか何かにせえよ」

「ボクはまだ二十歳になってないよ」

「そりゃわしも同じじゃ」

「私、何かカクテルもらうわ」

マチコは慣れた様子で言った。

「ちょっと訊いてええかのう。マチコさんって何歳《いくつ》じゃ？」

「あら名前を覚えていてくれたの、嬉しいわ。ありがとう」

「ボクだって覚えてたよ」

「そう、ありがとう。で、何？　私の歳？　女性に歳を訊くなんて失礼じゃない。こうしてカクテルを飲もうとしてるんだから……」

「やっぱり歳上か。そうだよな。毘沙門天の君を見てそう思っとった」

「そうよ。勿論、まだ未成年よ」

「えっ、ほんまか？」

「君たちと同じフレッシュマン、いやフレッシュウーマンか」

「そうか……。だとしたら嬉しいのう」

「どうして？」

「互角に話ができるから」

「さっきから互角に話してるように聞こえたけど」

「おう、悪い。ともかくカクテル注文してくるわ。君の方は？」

ユウトはカズマに訊いた。

「じゃビール」

「ビールは何？」

「プレミアム・モルツ」

「日本のビールはないんじゃ、この店」

「じゃ何でもいいよ」

「オーケー、わしが美味《うま》いビールを持ってきてやるよ。マチコさんはカクテルのベースは何がええかの」

「ジン系がいいわ。あまりアルコールの強くないのがね。未成年だし」

「よし、美味いのを作るからのう。じゃ、このメニューを見とってよ。今日は鹿肉の煮込みがおすすめじゃ。魚もええのが入っとる」

ユウトが店の奥の方に行った。

「いいとこあるね、彼」

「そ、そうだね」

「あなたの名前を訊いてなかったわね」

——前に言ったんだけど。

「アキヅキカズマ。春《しゅん》夏《か》秋冬《しゅうとう》の秋に、歳月《さいげつ》の月、数値の数に人馬の馬だ」

「君って自分の名前を説明するのにいつもそう言ってるの？」

「そうだけど、何で？」

「変だよ、それ」

「どうして？」

「オジイさんやオバアさんが聞いたらわからないでしょう。それに聞いてて面倒臭くなる。覚える人いないんじゃない？」

「そうかなぁ……」

「そうに決ってるでしょう。だって私、今聞いたけどもう忘れてるもの」

「どうして？　秋は春夏秋冬の……」

「それがおかしいのよ。秋は、春秋《はるあき》の秋でいいでしょう。月は何だっけ？」

「歳月の月」

「馬鹿じゃないの。月日《つきひ》の月、数《かず》は数字の数、馬は馬鹿の馬がいいのよ」

「それって馬鹿にしてない？」

「そうよ。何だと思ったの？」

「……」

「ともかくシンプルでなきゃ」

カズマは言われているうちに、悔しさよりもむしろ快感のようなものを覚えた。

「そんなん無理、無理！　だからわしは持続力がないんじゃ。ママはわしのことを買い被《かぶ》りすぎじゃ」

「あら、そうかしら。ねぇ、そんなことないわよね。えっと名前は何でしたっけ、お嬢さん」

リマが言った。

「マチコです。アリガマチコ」

「マチコさんか。名前もいいけど、とてもチャーミングな方ね。もしかしてユウトのガールフレンド?」

「ハッハハ。そんなことはない。こんなええ人がわしのガールフレンドなんかになりっこないでしょう」

「あっ、じゃ、こっちの秀才君の?」

「それぜんぜん違うよ、ママ」

ユウトが急に酔っていた目をしゃきんと開いて言った。

「私もそれは違うと断言します」

マチコが言った。

――オイオイ……。

カズマはどうして今夜はこんな展開になるのか訳がわからなかった。

静岡の清水の高校ではかなりモテたのだが、まったく通用しない。

しかもあきらかに自分より頭の悪い、この酔っ払ってる奴の方が上に見られている。

「ねぇ、マチコさん。二回目の演奏なんか、かなりのもんだったでしょう」

リマがマチコに言った。

「ええ、かなりいけてました」

「だよね。なんかこう子宮に感じるって言うか、この子、時々、あるのよね。妙に艶っぽい時が……」

「ハッハハ、ない、ないっすよ」

ユウトがデレデレで言った。

――えっ、今何て言った？　たしかに子宮って言ったよな。何なんだ、この女は？　そんなことがあの演奏であるわけないじゃないか。

カズマはリマの言ってることがよくわからなかった。

「ねぇ、秀才君。ユウトの友だちなんでしょ。あなたはどう思う」

リマがカズマに言った。

「友だちじゃないっちゃ、こいつ。ヘッへへへ」

「ちょっとユウト君、飲み過ぎだから」

マチコがユウトに言った。

「わし？　わし、ちっとも酔っとらんよ」

「それが酔ってるのよ」

「コラッ、ユウト、お酒はダメだって言ったでしょう。この子、アルコールはバツなの。お酒に呑まれてしまうのよね」

——本当だね。

カズマはユウトを見て呆れた。

そうは言ったもののカズマも体調がおかしかった。演奏を聴いている時、マチコに合わせてビールを五杯も飲んでしまっていた。これはカズマのアルコール摂取量の限界を超えていた。

リマが店の奥に戻った。

「わしはよ、持続力がないからの、持続力が。よく言うじゃろう。難しい言葉で、継続が何やらかんやらって。何だっけ?」

「〝継続は力なり〟だよ」

「そう、それ! さすがじゃ。君、名前何と言ったっけ?」

「カズマだよ。アキヅキカズマ」

「ハッハハハ」

「何がおかしいんだよ」

「そりゃ時代劇のバカ侍みたいな名前じゃのう」

——何だと！

カズマは逆上しそうになったがマチコの手前、冷静を装った。

「ハッハハハ。そういうことね。私も何かどこかで聞いた気がしてたの。あっ、ごめんなさい。時代劇の若侍ね」

マチコも笑って言った。

「バカザムライ」

ユウトが声を上げた。

「それは言い過ぎでしょう、ユウト君。一応君の演奏を聞きにきてくれた友だちなんだから」

——ボクは友だちじゃない。

「そうよね、カズマ君」

「うん、そ、そうだね」

「わし、こいつと友だちじゃないから」

ユウトはまだ笑っていた。

——ボクだって友だちじゃない。

「ユウト君、君、そうとう酒癖が悪いね。と言っても私も酔ってるんだけど」

「あっ、酔っとるんだ。ええの。もっと酔ってちょうだいよ。ママ、カクテルもう一丁。

ねぇ、ねぇ、飲みましょう。おう、やわらかな手じゃ。セクシーじゃのう」
パーン、と乾いた音がした。
ユウトの首がガックリと落ちた。
マチコが思いっ切りユウトの後頭部を叩いていた。

「しっかりしなさいよ。まったく」
マチコが呆れたように言った。
ユウトは地蔵坂の光照寺《こうしょうじ》の塀に背を凭《もた》せかけてしゃがみ込んでいた。
――何をやってんだ。こいつは……。
カズマはユウトを見下《みくだ》すような目で見つめていた。
――まったくどうしてこんな奴のために夜遅くまでつき合わなくちゃいけないんだよ。
カズマはマチコがいなければとっくにマンションに戻っていた。
ウェーッ。またユウトが嘔吐した。
「ちょっと、汚ないでしょ」
マチコが言った。
――あれ？　この間とずいぶん違うナ。
カズマは毘沙門天の出来事を思い出してマチコを見た。

ユウトが塀に手をかけてよろよろと立ち上がった。足がもつれている。

「あっ、危ない。ちょっと手を貸して」

マチコの言葉にカズマはユウトの腕をつかんだ。ユウトがカズマの首に手を回した。

——ウッ、酒臭え。かんべんしてくれよ。

カズマはどうして自分がこんなことをやらされているのか訳がわからなかった。

「カズマ君、ユウト君を送ってって」

——えっ、ボクがこいつを送るの？　どうしてそうなるの。

「お願いよ」

マチコの言葉にカズマは仕方なくうなずいた。

「おい、どこに住んでるんだ？」

「××△×□の〜〜」

——何を言ってんだ、こいつ。日本語をしゃべれ、日本語を。

「どこなの、住いは。ユウト君」

マチコが訊いた。

「ハウ、ハウ、ハル、」

「ハルなんなの？」

「ハル、カ、」

「ハルカなの?」

ユウトが首を横に振った。

「ハルカの次は?」

「ゼ〜〜」

と言ってユウトは口から少し戻した。

「ハルカゼね。あっ、ハルカゼ畳店のこと?」

ユウトがこくりとうなずいた。

カズマはマチコが自分の名前を覚えてくれたのが嬉しかった。

「カズマ君」

「何? マチコさん」

カズマは少し気取ってマチコを見た。

「そこなら知ってるわ。ここから表通りに出て大久保通りを渡って坂道を登って三本目の筋を左折するの」

「三本目を左折だね」

——ちょっと待って。どうしてボクに道を教えてるわけ?

「じゃお願いよ。私、明日、早くに出かけるから先に帰るわね」

マチコは言って表通りにむかって走り去った。

「ちょ、ちょっとマチコさん」

「サヒハラ〜〜」

ユウトが手を振っている。

——こいつわかってんじゃねぇか？

カズマがユウトの身体を離そうとすると、ユウトは首に回した手に力を入れて離れようとしない。

「一人で歩けるんだろう」

カズマは言いながら表通りに出た。

もう人通りもなかった。

カズマは顔を歪《ゆが》めながら大久保通りにむかった。通りに出たら放っぽり出すつもりだった。

「パッパパラ〜〜〜パッパ」

ユウトが唇を突き出して声を上げた。

——トランペットでも吹いてるつもりかよ。

大久保通りに出ようとした時、ユウトがまた体重をかけてきた。カズマはよろっとして倒れそうになった。

オットットト、とカズマは前傾姿勢で二、三歩勢いがついた。

ドーン、と思いっ切り何かにぶち当たった。

「痛、痛え～」

声がした。

顔を上げると男が一人よろついて不動産屋のガラスにぶつかっていた。

「あっ、すみません」

カズマはすぐに謝った。

「痛え、痛えじゃねぇか」

男は言って、カズマとユウトの姿をたしかめるといきなり大声を出した。

「この野郎、手前、誰にぶつかったと思ってやがんだ」

「す、すみません。大丈夫ですか」

「大丈夫かだと？　腕が折れてんだよ。スーツが台無しなんだよ。どうしてくれるんだ」

「あっ、本当にすみません」

「パッパ、パッパラ、パッパパパー」

ユウトがまた声を上げた。

「あっ、この野郎、唾を飛ばしやがったな。ただじゃおかねぇぞ」

「兄貴、ここは俺がやります」

男の背後から山のようにデッカイ男がヌッーとあらわれた。

──な、な、何だ？　このバカデッカイのは？

カズマが相手をたしかめようとした時、いきなり頭に衝撃が来た。同時に自分の身体がすごい勢いでうしろに飛んで行くのがわかった。背中に何かがぶち当たった。カズマはうずくまった。頭と胸元に鈍痛がする。たぶん今の大男から頭突きと諸手《もろて》突きをくらったのだろう。

「カ、ズ、マ、シ、シ、シ、カヒ、シロ」

声に顔を上げるとユウトが手を差し出していた。

そのユウトの背後に大きな影が近づいてくるのが見えた。

──あ、危ない。うしろ……。

声を出そうとした瞬間、鈍い音がしてユウトの姿がカズマの視界から消えた。

背後で車のブレーキ音がした。ドスンと何かが当たる音が続いた。カズマは振りむこうとしたが、顔に影が近づいてきた。避けたつもりだったが、顎《あご》に衝撃が走った。顔を蹴られていた。その靴先が真っすぐに鳩尾《みぞおち》に入った。ウェッ、とカズマは嘔吐した。ガードレールのむこうでも、人が何かを蹴っている音がする。この野郎、兄貴に唾なんか吐きやがって、ドスン、ドスン……。

パッパラ、パッパラ、パララ。

──あれってあいつの声か？　黙ってろって。挑発してどうするんだ？　やらしておけばそのうちやめるって。

パラッパッパ、ドスン、ドスン。パラ、パッパ、ドスン。パラパッパ、ドスン……。

──しつこい野郎だな。

ドスン、ドスン。

ようやくユウトの声がしなくなった。

ユウトが道の端にあおむけになっているのがガードレールの間から見えた。

相手の足音が遠去かって行く。

「大丈夫か？」

カズマは声をかけた。

「まかせとけって」

ユウトが力強く答えた。

──何をまかせろって言ってんだ、こいつは。頭がおかしいんじゃないのか。

「お～い、こら、待たんかい」

大声がした。

カズマは驚いてユウトを見た。

ユウトは身体を返し、道に両手を突いて上半身を持ち上げようとしていた。

——な、な、何なんだ、こいつ？

「お〜い、こら、待たんかい」

また大声を出した。

——オイ、よせって。聞こえたら引き返してくるって。

「お〜い、こら、逃げよう言うんかい。待たんかい」

足音がまた近づいてきた。

「何だ、何だ。このガキ、まだやるってのか？」

先刻の兄貴と呼ばれた男が言った。

「おのれら。わしの友だちをようやってくれたのう。こっちがおとなしゅうしとったらええ気になりくさって、おんどれら一人一人頭をがちめいたる。そこのうすらでっかいの。貴様から来いや。わしの友だちにここでまず土下座せんかい」

——と、友だちってボクのこと？

「何を御託《ごたく》並べてやがる。この野郎」

またドスン、ドスン、ドスンと音が続いた。

「チェッ、口ほどにもない野郎だ。二度と口がきけないように、こうしてやる」

ドスーン、最後に強烈な蹴りが入った。

——だからやめとけって言ったろう。

カズマは大きく吐息をついた。

足音が遠去かった。

「……………」

静寂がひろがった。

車の音もしない。

「ユウト」

「……………」

返答がない。

——大丈夫かよ。

カズマが呼んだ。

「ユウト」

「こら～～、待たんかい」

先刻より大きな声だった。

——こ、こいつ何者なんだよ。

「こら～、逃げんのか。待たんかい」

また足音が近づいてきた。

オーイ、おまえ一人で片付けとけ。俺は〝龍風《ロンフー》〟に行っとくから、と声がした。

カズマは追ってくる相手を見上げた。

やはりあの大男だった。それにしても大きな図体をしてる。

——こいつにさっき頭突きと諸手突きをやられたのか。よく無事だったな……。オイ、ユウト、もうやめとけって。

ユウトは四つん這いで相手を見上げていた。

その顔を相手が首元から吊し上げるようにした。ユウトの身体は濡れ雑巾のように持ち上がって行く。

ドスン、ドスン、腹を殴られている。

パッパラ、パッパラ……ユウトの声だ。

——もうやめろって、ユウト。

「こいつ、相撲の怖さを教えてやる」

相手が声を上げてユウトの身体を力一杯、店の閉じたシャッターに押しつけた。けたたましい音とともに、ユウトがくの字になって崩れていく。

「どうだ、わかったか。これが土俵に三年おった力じゃ」

気絶しているのかユウトは何も答えない。

「素人がいきがりやがって」

相手が手を拭《ぬぐ》うようにして立ち去って行く。

——死んだのと違うか？　自業自得だよ。

カズマは空を見上げた。

妙なものに関ってしまったと思った。

「待たんかい」

「えっ？」

カズマは思わずユウトを見た。

ユウトはうなだれたままだ。

「こら〜、待たんかい。ふんどし担《かつ》ぎが」

カズマは目を剝いてユウトを見た。

——こ、こ、こいつはいったい何者なんだ？

相手も呆れたのか黙っている。

「おーっ、そんなもんかよ。土俵が何じゃと。このクソが」

「何を、こらァ」

相手がユウトを持ち上げようとした時、ドスンと音がした。

見ると大男が倒れていた。

その男の首のあたりにユウトの顔がくっついてる。

「痛、痛、や、やめてくれ。指、指が折れる。離してくれ」

ユウトが大男の指をつかんでいた。

「こら〜、これからじゃ。土俵じゃ寝転がってからどうするか習おうとらんじゃろう。おのれ、これから肉屋に売っちゃるからのう」

ボギッ、と鈍い音がした。

「あっ、指が折れた」

「折れたうちはまだ序の口じゃ。一本一本千切っちゃるからのう。おのれ、ようわしの友だちを痛めつけてくれたのう」

——肉屋、一本一本千切る？　やめとけユウト。犯罪だぞ……。えっ、友だちってボクのことか。

カズマは初めて他人から身体を張って友だちと言われて、どうしたらいいのかわからなくなった。

「痛い、痛い、医者を呼んでくれ」

「医者じゃと。霊柩車の間違いじゃろう。おんどれをもう生きて立たせるが。次はこの指じゃ」

大男の腕を取ったユウトが大声で言っていると、パーンと乾いた音がした。

「何をしてんの、ユウト君」

ユウトが叩かれた頭を掻きながら相手を見上げると、マチコが立っていた。

「気になって引き返して来たらこのざまでしょう。君は本当の酒乱ね。可哀相に、この人泣いてるじゃないの」

「違う、違うんだ。マチコさん」

カズマは言おうとしたが声が出なかった。

「助けて下さい。お嬢さん」

大男が助けを求めてマチコにしがみついた。

「キャッ！　どこさわってんのよ。この……」

カーンと今度は違う音がした。

マチコが相手の顎を見事に蹴り上げていた。

「おう、マチコしゃん、強えのう」

ユウトはどこか嬉しそうだ。

「何を言ってるの。どうしてこんなことになったのよ」

「こいつら、カ、カ、カズマをやりやがった。わしの友だちを……」

「あら、そこにいたの？」

――マジかよ。ボクは目に入らなかったのかよ。

カズマは肩を落した。

三人は毘沙門天の境内で休んでいた。

「引き返してきてくれて、ありがとう」

ユウトがマチコに頭を下げた。

「それにしてもすごい顔の傷ね。よく平気で二人ともいられるわね」

「ハッハハハ」

ユウトがカズマの顔を指さして笑った。

「人を笑えるのか。自分の顔を見てみろ。ハッハハハ」

「ハハハ」

「まったくもうどうしようもないわね二人とも、さあ解散しましょう」

「そうはいかん」

ユウトが言った。

「どういうこと?」

マチコがユウトを見た。

「さっきの大男は手下だ。本当にやり返さにゃならん奴がおる」

「何を言ってるのユウト君」

「何を言ってるって、これが男の言葉じゃけえ」

「男の言葉?」

「そうじゃ。いざとなった時に腹の底から、肝の中から男は口をきくもんだ」

「……」

カズマもマチコも呆れてユウトを見ていた。

「さあ行こうか」

「どこへよ。こんな夜中に」

「〝龍風〟という店に相手はおる。きっちり片をつけちゃるわい」

ユウトが歩き出した。

「ちょっと待ちなさい。馬鹿なことしないで。君は学生なんだから」

ユウトがマチコを振りむいて言った。

「男は十五歳を過ぎたら命のやりとりができるようになっちょるんじゃ」

「そ、それって昔の〝元服〟とか言うのでしょう。君、少しおかしいよ」

「何も刃物で刺し違えよう言うとるんじゃない。〝龍風〟は雀荘よ。そこであいつを前に見た覚えがあるんじゃ。きっちり麻雀で片をつけちゃるんじゃ」

「麻雀！」

マチコとカズマが声を揃《そろ》え、お互いの顔を見合わせた。

その一夜で見たユウトの敢闘精神と、見事な闘牌《とうはい》の姿は、三人の人生のコペルニクス

麻雀の虜《とりこ》になった。

的転回となった。

——恰好いいじゃん、ユウト。

マチコは牌を自摸《ツモ》りあがろうとするユウトの姿に惚れ惚れし、麻雀の虜《とりこ》になった。

それは、カズマも同じだった。

マチコは麻雀の牌の美しさに魅了された。

そこに麻雀牌があるだけで不思議なかがやきを放っていた。

——何なのこれって……。

マチコは麻雀卓の上にきちんと並べてある麻雀牌をそっと指で触れてみた。

——固い。

それが麻雀牌を触れた第一印象だった。

マチコはその牌をめくった。

奇妙な鳥が描いてある。

指先を当てると、それは描いてあるのではなく彫ってあった。

「お嬢さん、それはイーソウと言って鳳凰《ほうおう》が模してあるんだ」

やわらかな声がした。

振りむくと、先刻、ユウトとカズマの三人で入ってきたこの雀荘で、あやうく喧嘩がはじまりそうな状況を、一喝でおさめた老人が立っていた。

「鳳凰って、あの伝説の鳥のこと？」

「ああそうだ。もっともこれは勝手に私が思ってるんだけどね。ただの孔雀《くじゃく》という連中もいるがね。麻雀の牌を見るのは初めてかね？」

「いいえ、子供の時に見たことはあるけど、こうして間近で見てさわったのは初めてです」

「いいもんだろう」

「ええ……」

「セクシーだよな」

――セクシー？

マチコは老人の言葉にもう一度牌を眺め直した。

「そうね。妙な艶があるわ」

「ほう、それがわかるかね」

「ええ……」

「そいつはたいしたもんだ。お嬢さんは麻雀を打ってもたぶん見込みがあるよ」

――見込み？　私、なーにも知らないのに何を言ってるのかしら。

「勝ち負けじゃないんだよ。麻雀ってえのは。金のやりとりだけだったら、とっくにこの世から失くなってるんだ」

老人は独り言のようにつぶやいた。

「すみません。私、麻雀のルールも何ひとつ知らないんです」

「そんなもんはすぐに覚えられる。私が言いたいのはお嬢さんが今麻雀の牌を見ていた時の目がかがやいていたことが嬉しくて、つい余計なことを口にしたんで……」

「かまいません。もっと話して下さって」

「いや、麻雀はそんなに語るもんなんかはありやしない。お嬢さんがその牌を見て、綺麗だと思った、その気持ちが麻雀のすべてなんだよ」

──綺麗だと思ったことが、麻雀のすべて？

マチコは老人の言葉の意味がわからなかった。

背後で声がした。

「ヨオッシ、じゃ、はじめようぜ」

マチコは声のした方を見た。

卓を囲んだ四人の中にユウトがいた。

なんとも派手な顔をしていた。

顔の左半分は膨れ上がり、唇はめくれ、左目は半分つぶれたようになっていた。

残る三人は見るからに冷静なのにユウトだけが肩で息をしている。

──まるで傷を負ったキツネね……。

その背後には椅子に座ったカズマがいた。

カズマの顔も中心が膨れ上がり鼻が真赤になっている。

――あれって靴かなにかで顔面を蹴られたんだわ。

電動音がして、歪んだユウトの指が卓の中央に触れ、何かがカラカラと回る音がした。

マチコは自分が座った麻雀卓の中央を見た。

中にサイコロがふたつ入っていた。

――あのサイコロが回ってるのね。

「お嬢さんの相棒が親だ。麻雀は牌に魅力があるが、実際に打っているのはその何倍も魅力があるんだ。少し見物するかね」

「ええ」

老人がユウトたちの卓の近くに移動した。

マチコもカズマの隣りに座った。

「ねぇ、あのおじいさん、どこかで逢った気がするんだけど……」

「そう？　ボクは初めて見るけど。第一、ボクにはあんな怖いチンピラをひと言で黙らせる知り合いなんかいないよ」

「そう言えばそうね」

マチコは四人の卓をじっと見ている老人の横顔を見た。

先刻ユウトとカズマに言いがかりをつけ、手下の力士くずれに二人を痛めつけるよう命じた兄貴と呼ばれた男は、雀荘に入ってきたユウトたちを見て、一瞬驚いた表情をした。が、すぐに胸を張って、

「まだやられたいのか、おまえら」

と威勢を張った。

「ああまだやりたりんのう。おどれの首を取っちゃるまではのう」

「何を！」

男が声を荒らげた。

「ここで喧嘩は困るよ」

雀荘の主人が言った。

「言いがかりをつけたのは、そっちのぼんくらじゃけえ」

「何だと！」

男が立ち上がった。

その時、ファーッと欠伸をしたような奇声がした。

見ると雀荘の奥のソファーから白い手が伸びて、

「やかましくて寝ておれんな……」

と老人が一人起き上がった。

皆がそっちを見た。

男が老人の顔を見て舌打ちした。

「何を大声を出してんだ？」

老人がのんびりと言った。

「あっ、すんません。いらしてたんですか」

「いらしてたんですかだと？　相変らずおまえは場も見ないでギャンブル打ってんのか。佐々木《ささき》」

男は名前を呼ばれ、苦虫を嚙《か》みつぶしたような表情をしてペコリと頭を下げ、ちいさな声ですんません、と言った。

「ラストだ」

佐々木という男が麻雀から抜けることを主人に告げて椅子に座った。

「逃げんのか、こりゃ」

ユウトが言った。

「待ってろ。今この局が終ったら、片付けてやるから」

佐々木が言った。

「麻雀で決着をつけようじゃねぇかよ」

ユウトの言葉に雀荘にいた大人たちがいっせいにユウトを見た。

「ごちゃごちゃ言わねぇで表で待ってろ」

「その隙に逃げようちゅうんか」

「この野郎、言わしておけば！」

佐々木がまた立ち上がった。

「やかましいと言うとるだろう。手前、誰の前で大声上げてやがる」

老人の声が響いた。

佐々木が頭を下げた。

「す、すみません」

老人が立ち上がった。

「面白そうじゃねぇか。打ってみな」

老人の声に佐々木が驚いたように顔を上げた。

「打ってみろ」

「………」

佐々木は返答しない。

「自信がねぇのか？」

「いいえ、こいつらは……」

「こいつらは何だ？」

「いいえ、何も」

「おい、そこの若いの。こちらさんも麻雀でケリをつけるそうだ」

老人が言った。

マチコは男たちのやりとりを見ていて、

――へぇー、結構面白い人がいるんだ……。

と口元をゆるめた。

「大丈夫かよ。ユウト」

カズマが小声で言った。

ユウトは佐々木の顔を睨《にら》みつけたままカズマの鼻先に左手を差し出した。

「何だよ？」

「悪いが持ち金を全部出してくれ。わしはスッカラカンじゃ。マチコさんもじゃ」

「えっ」

カズマが声を上げた。

カズマはポケットの中から金を出しユウトの手に載せた。

「全部じゃ」

「えっ？」

カズマはポケットの奥から残りの金を出した。

マチコが立派な財布を、

「はい」

と言ってユウトの手に載せた。

「恩に着るぞ」

ユウトは言って卓の方にむかって歩き出した。


ユウトの背中がふくらんでいる。

牌を手にして、やや宙に持ち上げ、手元に置いてから、パシッと卓の上に音を立てて打ち捨てる。

——悪くないねぇ……。

マチコは胸の中でつぶやいた。

カズマは麻雀がわかるのか、ユウトの手をのぞき込んでいる。

マチコは小声でカズマに言った。

「カッコいいじゃん」

カズマが意外そうな顔をしてマチコを見た。

「わかるのかい？　麻雀」

カズマが訊くとマチコは首を横に振った。

「リーチ」

ユウトが声を上げ、捨てた牌を横にした。

マチコが小声で言った。

「何よ、リーチって」

「簡単に説明できないよ」

「ここから先は裸で射ち合うって宣言したんだ」

老人が笑って言った。

「裸で射ち合う？」

「そうだ。相手がどんな凶器を持ってきても引かないってことだ」

「面白いわ」

マチコが言うと、佐々木がマチコを睨みつけた。

「麻雀は見てるもんじゃねぇな。まだ若いな……」

老人が立ち上がってソファーの方に行った。

カズマが小声でマチコにささやいた。

「ずっと見てるつもりですか」

「こんな人たちとユウト君を一人で戦わせるつもりなの？」

「い、いいえ。そういう意味では……」

「私の財布を預けてんのよ」

「そ、それはボクも同じですから」

「なら見守ってあげるしかないでしょうよ」

ユウトのリーチは見通しのいいものではなかった。

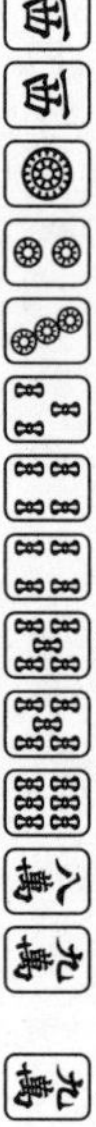

出親の四巡目のテンパイだから即リーチで相手の出端《でばな》を叩こうという先制リーチだった。索子《ソーズ》の一盃口《イーペーコー》ができるまで待つことも考えられたが、東風《トンプウ》戦だから、ここはリーチを選択していた。ドラのを使ってのペンチャン待ちだから相手から牌が出ることはまずない。

九巡目の牌をつかんだユウトの手の動きが宙でいったん停止し、パシッと音を立てて、その牌を手元で叩いた。

「ツモ」

裏ドラはである。

リーチ、ツモ、ドラ一。

ユウトの手役の中にの赤があった。

三人が卓の上に点棒と千円札を一枚ずつ放った。

ユウトが千円札を素早く拾い集めた。

マチコがカズマに訊いた。

「どうなったの、今のは？」

「この局面はユウトが勝った」

「あら、それは素晴らしいわね」

「まだはじまったばかりだ」

「そうなの？」

「ああ回数を決めてないから、もしかして朝まで続くかもしれない」

「えっ、本当に？」

「ああ、それでも見守るのかい？」

「当たり前でしょう」

そう言ってマチコは椅子に座り直した。

カズマはそれを見てちいさく吐息をこぼした。

初回はユウトがトップを取った。

「好調じゃないの」

「どうかな」

カズマが言った。

カズマは麻雀に夢中になったことがあった。但し、人間相手に麻雀を打ったことは一ヶ月間しかなかった。

それまではすべて、コンピューターを相手に戦った。

カズマは麻雀を確率論だと決めつけて、一年余り、コンピューターの中で戦い続けた。

その結果、カズマは麻雀にうつつを抜かすのは人生の無駄だと結論を出した。

カズマは麻雀によっていくつかのことを学んだ。

そのひとつが攻撃こそが麻雀の主をなす、すなわち先制攻撃こそが最大の防御だということだ。防御を主として対処していくとそれを何十、何百と続けても好転することはない。では攻撃だけがすべての戦術かというと、そうではないこともわかった。

攻撃が成立しない局面が麻雀の半分以上をしめるというのがカズマの持論でもあった。

コンピューター麻雀はプログラマーがインプットして作り上げているものである。インプットされた時点で、その目的は決定している。戦い続ければ最後はコンピューターが勝つのである。

ではコンピューターに勝てないのか。

方法はある。

プラスの時点で勝負を終えるのである。

カズマはそのことを実践するべく、大学入学が決ってからの一ヶ月間、〝フリー雀荘〟で麻雀を打つために、わざわざ静岡から上京し、泊り込みで麻雀を打った。

その時、一番厄介だったのが、どの時点で立ち上がるかの見極めだった。

マチコの問いに対してカズマが、どうかな、と答えたのは、プラスの時点で、ユウトが戦いを終えられないのがわかっていたからだ。

この相手がユウトを勝って帰すはずがないとわかっていた。逆上して、ここに乗り込んできたユウトにはそのことがわかっていない。

ユウトは麻雀に対して自信があるのだ。勝った経験があるから、勝つ目算がユウトにあるから、彼は面子《メンツ》をかけた相手との戦いの種目に麻雀を選んだのだ。

ユウトと卓を囲むのは佐々木という男と彼の手下であろうもう一人の男。そしてメンバーと呼ばれる店の打ち手である。

少なくともユウトは一対二で戦っている。

それもユウトの不利な材料だった。

カズマがユウトのうしろに座っているのは、できれば見極めの時期を助言しようと思ったからだった。

——なぜ俺がこんな奴のために……。

そう思うのだが立ち去れない理由はわかっていた。

隣りでうつらうつらとしはじめたマチコが、見守ると言い出したからだ。

二回戦がはじまって佐々木の打ち方が少しかわった。

――やばいな。

初戦で、佐々木はユウトの打ち筋を見ていたのだ。それは手下の男も同様だったはずである。

一番冷静にユウトの打ち筋を見ていたのはたぶんメンバーの男だろう。

二回戦はまたたく間に終わった。

手下の男が飛《トンダ》んだのである。ハコテンになったのだ。

二人が何かを連繫した気配はない。

気配はなくとも手下の男はユウトに和了《ホーラ》させなければいい立場のはずだ。少し雀力《じゃんりょく》があればそれは難なくできることだった。

トップが佐々木。二着がメンバー。僅差でユウトが三着。

メンバーとの差は僅差でもオカウマと言われるプラスアルファ、マイナスアルファがあるから、その差は大きい。

このパターンはこれから何度か出てくるはずだ。

四回戦で興味ある手がユウトに入った。

東風戦では役満《やくまん》のような手役はほとんど必要がない。

ひたすらトップを目指しその回数を増やしていくことと、赤牌に象徴されるご祝儀役を積み重ねてポイントを増やしていけば結果的にプラスになる。

それでも次から次に局面が重ねられると、麻雀は魅力のある手役にむかって牌の方から寄ってくることが起こる。

麻雀の魅力のひとつは実はこの手役の醍醐味である。美しい手役は、すなわち強靭《きようじん》な手役でもある。

〝美しいものは強靭である〟

配牌《はいぱい》は以下であった。

麻雀を少し打った人なら、この配牌が役満手、緑一色《リューイーソー》を狙えるとわかるだろう。
緑一色は、索子《ソーズ》の混一色《ホンイチ》をすすめていく時にが対子《トイツ》か刻子《コーツ》になっている時に進展して和了できる場合が多い。
緑一色の手作りをすすめていく上でのポイントになるのはの順子《シユンツ》をいかにまとめ切れるかである。他のは刻子か雀頭《ジャントウ》、アタマにしかならない

からだ。だからとある時は、緑一色と決めれば早目にを切り出しておいた方がいい。

緑一色は偶発的に和了することはほとんどない。だから緑一色の目があると目算を立てたら、それにむかって態勢を整え、残る牌の数を頭の中で算出しておくことだ。

三巡目でユウトの手役はこうだった。

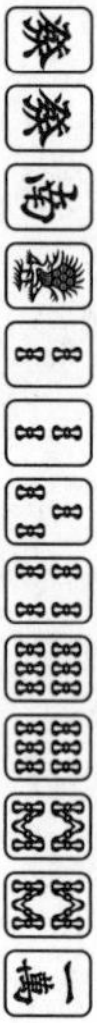

五巡目でを引いて、

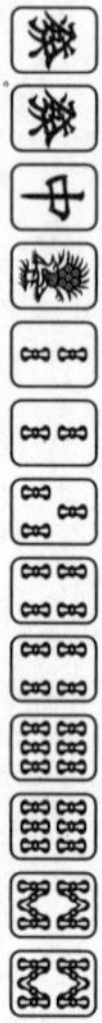

である。

八巡目でを引いてを切った。

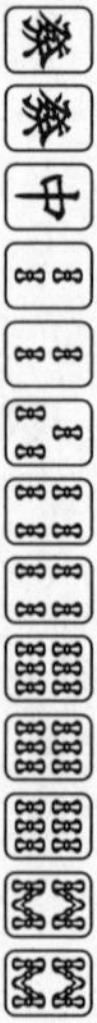

緑一色のイーシャンテンである。

そこからツモ牌がパタリと止まった。

おまけにメンバーが珍しくをポンした。

ポンと同時にまずテンパイしていると見て間違いない。

メンバーはユウトの手役に気付いているのである。

役満はご祝儀が出る。和了されれば五千円を三人が払う。責任払いはない。その支払いのリスクをメンバーは負いたくなかったのだ。

河《ホー》に三元牌《サンゲンパイ》は中が一枚出ているだけでメンバーがをポンした時点で佐々木も手下の男も少し顔付きがかわった。

「おいおいご祝儀か」

佐々木がメンバーに言った。

「そりゃ欲ってもんだろう」

手下の男が言った。

二人ともメンバーの手役がもしかして大三元《ダイサンゲン》か小三元《ショーサンゲン》と読んでいる。

それでいてユウトの上家《カミチャ》にいる手下の男は索子牌をいっさい出そうとしない。

「厄介な場所に座ったな」

手下の男が笑いながら言った。

とっくにオリているのだろう。

佐々木が牌をツモってきて、その牌を手にしたままコツコツと卓を叩いた。何かの牌を切り出そうと思案しているのか、それとも自分の和了に突き進もうとしているのかはわからなかった。

「次から少しレートを上げないか」

佐々木が言った。

ユウトは返事をしない。

カズマはうしろで、

——ユウト、レートは絶対に上げるなよ。それがこいつらのやり方だ。ユウト、その話に乗ったら負けるぞ。

「わしはレートで揺さぶられたりはせんぞ」

ユウトが言った。

「そりゃ頼もしいな。さぞパパとママがお金持ちなんだな」

「親は関係ない。いらんことを言うな」

ユウトが声を荒らげて言った。

——おいユウト、冷静になれ!

カズマは胸の中で叫んだ。

九巡目で手下の男がメンバーの切った🀋をポンした。
——なぜオリてるのにわざわざ手を狭くしたんだ？
カズマは手下の男を見た。
その時、河の🀋を拾おうと手下の男が伸ばした手がヤマに触れ、牌が落ちた。
🀒である。
ユウトのツモ牌だ。
「おっと失敬」
手下の男は言って🀕を切り出した。
ユウトはそれを見送って🀒をツモり、🀄を打ち出した。
二人がユウトの顔を見てメンバーの顔を見返した。
メンバーの男がヘラヘラと笑った。
ユウトの手役は、
🀅🀅🀑🀑🀒🀒🀓🀓🀕🀕🀕🀗🀗
緑一色のテンパイだ。
——これを和了するのがいいのか、悪いのか……。

カズマはリスクを考えた。

ユウトの背中が丸くなっている。

――和了しないでオリた方がいいんじゃないか……。

マチコの寝息が隣りで聞こえていた。


「もう、いつまでそうやって沈んでいるのよ。終ったことはしょうがないじゃないの」

マチコが言った。

ユウトは卓に座ったまま牌をじっと見ていた。

何を考えているのか、その目は焦点が定まっていなかった。

「そうだよ。もう夜が明けてるぞ。引き上げよう」

カズマが言った。

「それにしてもあいつら嫌味な奴等だったわね。またいつでも遊んでやるぜだって。頭に来るわよね」

「いや、やっぱり強かったよ。少なくともあの佐々木って奴は」

メンバーの男がトイレから出てきた。

雀荘の主人は先刻、あの老人と引き上げていた。

「そうだろうな。負けただろうな。あれじゃ勝てないわな」

老人はそう言って出て行った。

「まだ皆さんいらしたんですか。今夜はありがとうございました」

メンバーの男が礼を言った。

「オジサンも遅くまで大変ね。でも麻雀が毎日打てていい仕事ね」

マチコが言うと、メンバーの男は笑って、

「私、麻雀はそんなに好きじゃないんですよ」

と言って、

「本当のことなんですよ」

と真顔になった。

「へぇー、好きじゃないのにこうやって毎晩麻雀をしてるの？」

マチコが目を丸くしてメンバーの男を見た。

「仕事ですから」

「仕事って言ったって嫌なものをよく続けられるわね」

「仕事だと思えば何ってことはないんですよ」

「どうせ雀《ジャン》プロのなれの果てなんじゃろう」

ユウトが吐き捨てるように言った。

「ユウト、つまらないことを言うな」

カズマがたしなめた。

「そうなんですよ」

メンバーの男が頭を掻きながら言った。

「雀プロって何？」

マチコが訊いた。

「いや、いいんです。こちらの方が言われるとおりなんですから。麻雀で何回も死にかけましたし、何人も殺しかけましたから」

「それって何のこと？　実際に人を殺したわけじゃないんでしょう。変な人ね」

マチコが笑った。

「いや、本当に殺された人間がおるんじゃろう」

ユウトがメンバーの男を睨んだ。

「何を言ってるのよ。ユウト君、いくら自分が負けたからって、そういう言い方はないでしょう」

「お嬢さんは麻雀なさるんですか？」

メンバーの男が訊いた。

「私、ぜんぜんできないわ。でも今夜見てて私、麻雀を勉強することにしたの。ねぇ、ここに来たら教えてもらえるのかしら」

「マチコさん、何を言ってるんだ。ここはそういう所と違うから。麻雀を覚えたいんならボクが教えますよ」

「あら、カズマ君が私に麻雀を教えてくれるの？　それは嬉しいわ。あなたは頭が良さそうに見えるから教えるのも上手でしょうね」

「やめとけ、麻雀は受験勉強とは違う。方程式や正解があるもんじゃない」

「いや、ある」

カズマがはっきりとした声で言った。

「君の後半の打ち方ではボクは負けると思った。あの緑一色《リューイーソー》は和了すべきじゃなかったんだ」

「何じゃと？　おまえ緑一色の価値がわかっとるんか」

「ああ緑一色や清老頭《チンロートー》の和了の難しさはわかっているさ。でも今の麻雀はそんなことにこだわってたら戦いにならない」

「ふん、知ったようなことを言いやがって」

ユウトは立ち上がると黙ってドアを開けて出て行った。

「ちょっと待ってよ。一人で勝手にどういうつもりなの。誰のお金で負け分を払ったと思ってるのよ。月末にはちゃんと返してもらいますからね」

「ボ、ボクもそうだよ」

二人がユウトを追い駆けた。

ありがとうございました。またのお越しを……とメンバーの男の声が背後でした。

神楽坂の通りに朝の陽射しが差し込んでいる。

並木の木洩れ日が前を歩くユウトの背中に揺れている。

マチコとカズマは呆れ顔でユウトのあとを歩いていく。


マチコは料亭〝美戸里《みどり》〟の離れの部屋で人を待っていた。

この離れに入るのはひさしぶりだった。

幼い頃、ここで誰かの膝の上で遊んでいた記憶がある。

それが誰なのか、遠い昔のことなのでよく覚えていない。

十二畳ばかりの広さの部屋は〝美戸里〟の東の庭の端にある。この離れは〝美戸里〟の中でも特別な雰囲気を醸《かも》し出していた。

神楽坂は花街として江戸の後期から発展した。元々は武家屋敷の多い土地であったが、安政期に〝牛込花街〟として武家、町衆の遊び場としてはじまった。花街と言っても吉原のような格式のある廓《くるわ》街ではなく、武士と町衆に酒を出し、酌婦《しゃくふ》の気のきいた女たちを集めているうちに一軒、二軒となっていった。

神楽坂が賑わうきっかけは大正十二年の関東大震災だった。この丘陵一帯は被害を免れほとんど無傷で街が残ったので、家が壊れた金持ちたちが一斉に借家を求めた。すると彼らを追うように銀座、日本橋から大店《おおだな》が移ってきた。三越、松屋、白木屋というデパートから資生堂までがこの街に店を出した。昭和の初めには料亭、待合が百五十軒、芸妓《げいぎ》が六百人いたという。戦後も賑わっていたが、料亭を利用する人が減り、今は〝美戸里〟をふくめて九軒の料亭があるきりで、芸妓の数も三十人程度である。

料亭が勢いを失くしたかわりに、この数年は若者たちや食の好きな人たちに新しいグルメの街として賑わっている。

昔の神楽坂を知る人はたまにこの街を訪れて、そのさまがわり振りに驚いている。

ふた間になった十二畳間の中央、マチコの前に真四角の卓がひとつ用意してあり、その卓の上にフェルトが張られた箱がひとつ置いてある。

この箱と中身を買ってくれたのはユウトである。

買ってくれた、という言い方は正確ではない。数日前、酔っ払ったユウトが街のチンピラに因縁をつけられ、その仕返しを麻雀でやろうと言い出し、マチコはユウトに戦闘資金として財布を渡した。中には三万円の現金が入っていた。それをそっくりユウトは負けてしまった。カズマもなけなしの金をすべてユウトに貸し、スッカラカンになってしまった。

翌日、マチコたちは待ち合わせた。

まずは貸した金を清算してもらわなければ困る、とカズマが言った。

神楽坂通りの喫茶店でマチコとカズマが待っていると、頭を掻きながらユウトがやってきた。手にトランペットのケースを持っていた。

「あらっ、今日はバンドの練習に行くの？　真面目なのね。〝ビター〟のリマさんの話と違うじゃない」

マチコが言った。

チェッ、とユウトが舌打ちした。

「そんなことより金を返してくれ」

カズマが手を出した。

「ちょっとカズマ君、男の人が手を出してみっともないでしょう」

「どうしてだい？」

「決ってるでしょう。男の人は人前で手を差し出したりしないもんよ」

「そんなこと聞いたことないよ」

カズマが首をかしげた。

「わかっちゃいねぇな。マチコさんが言うとるのは、男が物欲しそうにするんじゃねぇってことじゃ」

ユウトが言うとマチコがうなずいた。

「そういうこと」

「そんな話聞いたことないな」

「だからおまえはつまらんのじゃ」

「ボクは仲間からつまらないと言われたことはないぜ。つまらないのはあれだけ威勢のいいことを言って麻雀で負けた君だろう」

「勝負は時の運じゃ」

「そうじゃない。あんな緑一色《リューイーソー》を和了しようとするからだ」

「どういうことじゃ」

「だから東風戦をあんな高い手役にむかう方がおかしいんだよ」

「むかっちゃ悪いかよ。緑一色は役満の中でもそう和了できるもんじゃねぇんだぞ」

「わかってるよ、そんなことは」

「ねぇ、ちょっと待ってよ。麻雀って人よりたくさん自分がよい手を完成させればいいんでしょう」

「完成？　麻雀は和了《わりよう》。和了《あが》るって言うんじゃ」

ユウトが言った。

「あがるって言うの？　芸者さんのお座敷みたいね」

「何を言うとるんじゃ、まったく」

「あら、最初はあなただって何も知らなかったんでしょう。そういう言い方ってつまらない男の典型でしょう」

「………」

つまらない男と言われてユウトは口をつぐんだ。

だがすぐにまたカズマと言い合いをはじめた。

「ええか、カズマ、あそこは和了にむかって突き進むのが常識じゃ」

「それが違ってるんだ。あれはワザと和了させたんだ。そんなこともわからないのか」

「ワザと？」

「ああ、たぶんそうだ」

「どういう意味じゃ？」

「気がつかなかったのか。いいか、あの時だな……」

「△×□を○▽……」

「□○&△▽◎……」

マチコは二人が何の話をしているのかさっぱりわからなかった。

「それがわからなかったら自分勝手な麻雀になるだけだぞ」

カズマが言った。

「もうええ、そんな話は……」

「ならすぐ金を返せよ」

「じゃ、ここで待っとれ」

ユウトは先に表へ出た。

「ちょっと、ちょっと待ってよ」

マチコが追い駆けてきた。

「あのさ、ちょっとお願いがあるんだけど……」

「わしに？」

「他に誰がいるの」

「そりゃ、そうじゃ」

「私、あなたに三万円貸してるわよね」

「そうじゃったかの」

「ちょっとそういう言い方するの？」

マチコはユウトを睨みつけた。

「わ、わかった。で、何？　すぐには返せんから……」

「そうじゃなくて、私、麻雀を覚えたいの」

「えっ？」

「だから麻雀を覚えたいのよ」

「君が？　麻雀を？」

「そうよ」

「何でじゃ？　何の理由で麻雀を」

「理由？　理由を訊きたいの？　じゃ、あなたはどうして麻雀をはじめたの」

ユウトがマチコの顔をじっと見た。

マチコもユウトを見返している。

――いい女の子じゃゃ。ヤレたら最高じゃろうな……。

「何、考えてるの。麻雀の話をしてるのよ。そんなことは他の女の子で考えて」

――えっ？　何でわかるんじゃ……。

ユウトは驚きながら、もう一度マチコを見返した。

――綺麗な眸だ……。

「ヨオッシ、わかった。教えよう」

「では、その三万円で」

「いや、三万円でまず麻雀牌を買わなきゃ」

「麻雀牌って、そんなに高いの」

「象牙《ぞうげ》なら十万円、二十万円、いやもっとする」

「二十万円、麻雀牌が？　それに象牙って何よ？」

「だから象牙じゃ。象の牙じゃ」

「わかってるわ。どうして象牙で？」

「麻雀牌は昔から中国では貴重品だったんじゃ。ともかくわしが君の麻雀牌を買《こ》うこてくる。あの馬鹿と一緒に待っとってくれ」

そう言ってユウトはトランペットのバッグを手に軽子坂の方に駆けて行った。

三十分後、ユウトは喫茶店に戻ってきて紫色のケースをテーブルの上に置いた。

「ちょっと待ってくれ。先にカズマ、おまえに借りた金を返す。八千円じゃな。これで貸し借りはなしじゃ」

「それを言うなら借りがなしだろう。ボクは君に借りてないから」

チェッ。ユウトは舌打ちして、大学へ行くと席を立ったカズマの背中を睨んだ。

「ワァッー、すごい。麻雀の牌だ」

マチコが嬉しそうな声を上げた。

「本当に買ってきてくれたんだ。ありがとう」

「三万円より少し高かったが、不足分は利息としてわしが払っといたから」

「じゃ、今から麻雀を教えてよ」

「今日はダメだ。用事がある。それに女は麻雀なんかしない方がええ」

「あら、今は麻雀は女子プロが全盛だって言ったのはあなたじゃなかった？」

「けどマチコさんには……」

「私には何よ」

「ともかく今日はダメじゃ」

ユウトはレジで支払をしてくると、

「あの野郎、飲み逃げしやがった」

と憎々しそうに言って店を出て行った。

マチコと麻雀牌だけが残った。

——本屋に行ってハウツー本でも買って一人で覚えようかしら……。

「それもねぇ」

マチコが独り言を言って顔を上げると、通りに面したテーブルに座った二人の若者がマチコに手を振っていた。

マチコは立ち上がって彼等に近づくと、

「君たち麻雀できる？」

と訊いた。

「えっ、麻雀？」

二人が顔を見合わせてから、口を揃えて言った。

「ああいう前近代的なもんは、今の人はやんないでしょう。そんなことよりさ、これか

「私は前近代的な女の子なのよ。あのさ、気安く私に手なんか振らないでくれる。そんなファッション雑誌そのままのダサイもん着てさ。十年早いんだよ」

マチコは啖呵を切ってテーブルに戻った。

「あら、お嬢さん、お嬢さんじゃありませんか……」

声のする方を見ると〝美戸里〟の大女将がマチコを見つけて、大声を上げていた。

――また逢ってしまった……。

マチコは大学に入学したのを機会に麻布の家を出て神楽坂で独り住いをはじめた。少女の頃、何度か遊びに来た神楽坂のことがずっと気になっていた。大学が目白なので、通い易い場所ということもあり神楽坂を選んだ。

ところが神楽坂にはマチコの祖母が戦前に開いた料亭〝美戸里〟があった。今の経営がどうなっているのかは知らないが、兄の純吉《じゅんきち》に訊くと、あそこはうちのグループの持ち物なんて言えたもんじゃない、と言っていた。

その祖母に一から教えられて、女将、大女将になったのが、今テーブルに近づいてくるヒナノ姐《ねえ》さんである。

「先日はどうしてあの後、寄って下さらなかったんですか。淋しゅうございましたよ」

「だから、あの日はちょっとした事件があったって電話で話したでしょう」

らどこかに遊びに行かない?」

「それでも少しだけでも顔を見せて下されば……」

「わかったわ。ジュースでもご馳走するから」

「あら嬉しいわ。お嬢さんにご馳走して頂くなんて。おやっ、その目の前のケースは何ですの？　宝石でも入ってるんですか？」

ヒナノの言葉にマチコはケースを見返して、

――まあ宝石入れと言えば、そうかな……。

と納得しながら〝美戸里〟の庭を思い浮かべた。

東の庭の築山のむこうに、茶室に似たちいさな建物があった。

「ちょっと、大女将」

「いやですよ。お嬢さん、そんな言い方は。ヒナノでかまいませんから」

「じゃヒナノさん。もしかして昔、〝美戸里〟でお客さんが麻雀してなかった？」

「ええ、なさってましたよ。今でも時々、もうめったにありませんが。あれもここんとこやる方がいなくなりましたから」

「ヒナノさんもやったの？」

「私はしやしません。先輩のお姐さんなんかでずいぶん打てる人はいましたが。第一、あれは大臣のなさることですから。役所の領分の取り合いだったり、総理の椅子を賭けたりなすってましたから」

「総理大臣の地位を賭けてたの？」

「ええ、それに〝永田町ルール〟ってのがいろいろあったようですよ」

「永田町って？　あっ、そうか国会議事堂があるからね」

「ええ、その国会議事堂にかたちが似ている牌があって、それを引き寄せるとまたご祝儀が増えたりして」

「国会議事堂に似た牌があるの？」

「ええ、たしかチーソウとか言ってましたわ。ほら、竹のマークの7番目の牌ですよ」

「詳しいわね。ちょっと待って」

マチコがテーブルの上のケースを開いてヒナノに見せた。

「あら、麻雀牌じゃありませんか。お嬢さん、麻雀なさるんですか？」

「これから覚えようと思ってるの」

「本当ですか」

マチコは大きな眸をゆっくりと動かしてうなずいた。

「何でまたお嬢さんが麻雀を？」

「一晩、見ていたら興味が湧いて……。それでどの牌なの？」

「ええーっと、あっ、これですよ」

ヒナノがひとつの牌を指した。

「どれ？」

マチコも見た。

「あっ、本当ね」

「そうでしょう。国会議事堂の本館に似てるでしょう」

二人はを見て笑い出した。

「ヒナノさん、誰か私に麻雀を教えてくれる人はいない？」

「お嬢さんに麻雀をね……。そこら辺りのチャラチャラした連中じゃ困るし」

「私はチャラチャラでもゴテゴテでもかまわないわ。ひととおりのことを教えてもらえたら、あとは自分でやるわ」

「そうはいきません。習い事というもんはどんなものでも最初が肝心です。いい先生に教わったものは一生覚えておけるんです。ようは筋ですよ」

「そんな人がいるの？」

「そうですね。こころ当たりがいないわけでもありませんが、たしか四、五十年前に貸しもあったし……。そろそろ清算してもらっても悪くありませんね……」

ヒナノは言ってひとつうなずいた。

「ずいぶん前の清算なのね」

それで今、マチコは〝美戸里〟の離れの一室で一人、誰だか知らぬ相手を待っていた。

背後の木戸が開く気配がした。

マチコは姿勢を正した。

相手が回り込んでマチコの前に立っている。

マチコは顔を上げた。

——あれっ、この人？　前に毘沙門さまで……。

「どこのお嬢さんかと思ったら、あなただったか。ヒナノがえらく仰仰《ぎょうぎょう》しく言うもんだからどこの誰かと思ったぜ」

「オジイさん、ヒナノさんのお知合いなんですか」

「おいおい、オジイさんはずいぶんだろう。これでもまだ恋もしようかって頑張ってるんだぜ」

「本当に？」

「ああ本当だ」

「それは偉い！」

「偉いと思うかね？」

「勿論です。恋をしようとする人は頑張って生きようとする人ですから」

「ほう、いいことを言うね」

「これは私じゃなくてシェークスピアが言ったんです」

「ハムレットかね」

「さすが」

「ヨォーシ、気に入った。教えてやろう」

「ありがとうございます」

「その前に質問だ。どうして麻雀を覚えたい？」

「理由はよくわからないけど、とても魅力があるように思えたんです。危険な匂いもふくめて、女の子は不良が好きだから」

「そうだな。特にイイ女はな」

「でしょう」

「じゃ、その麻雀牌を開けなさい」

「わかりました。先生」

「先生も、オジイさんもやめてくれ」

「じゃお名前は？」

「イサだ」

「イサ？」

「伊豆の伊に、佐渡ヶ島の佐で〝伊佐〟だ」

「ご本名?」

「そうだ」

「下のお名前は?」

「銀次郎」

「伊佐銀次郎さん。やりますね」

「やるだろう。そっちは?」

「マチコです。マチコはカタカナ」

「そりゃいい」

「有賀マチコです」

「有賀? どこかで聞いた名前だな? はてどこで聞いたか」

「どこでもいいでしょう」

「そりゃそうだ。ほう、新しい牌をわざわざ買ってきたのか。そりゃいいこころ構えだ」

「借金のカタです。三万円の」

「三万だと? こりゃ、質屋で三千円もせん」

「えっ?」

「知らぬことは怖いってことだ。だから教えることを徹底して覚えろ。メモを取るな。

身体で覚えろ」

「はい」

「まずはこの無用の牌を取ってしまおうか」

四個の箱に入った牌のひとつを出し、そこからマチコに予備の白牌と春夏秋冬と書かれた四つの牌、合わせて八牌をよけさせた。

「これは全部で何牌ある？」

マチコが数えた。

「百三十六牌です」

「計算が早いな。その百三十六牌で麻雀は戦うんだ。三人麻雀で一色除く場合と、さっき取り出した花牌というのを入れる特別ルールもあるが、それは今、覚えなくていい」

「はい」

「トランプにはスペード、ハート、クローバー、ダイヤの四種類があるが、麻雀は、その丸い筒子《ピンズ》、細長い索子《ソーズ》、漢数字の萬子《ワンズ》がある。三種類がメーンの牌だ。これがそれぞれ一から九まで四枚ずつ、丸いのはいくつある？」

「三十六牌」

「そうだ。三種類合わせると？」

「百と八牌。煩悩《ぼんのう》と同じだ」

「そうだ。残る牌はいくつだ？」

「二十八牌」

「四牌ずつでその二十八牌がある。ということは」

「七種類の牌があるということですね」

「そうだ。それが東、南、西、北」

「東西南北ですね」

「麻雀では東西南北とは言わん。トン、ナン、シャー、ペイだ。四風牌《シーフーパイ》と呼ぶ」

「それって中国読みですよね」

「そうだ。麻雀は中国から伝わってきて、日本人が日本人にあったルールをこしらえた」

「やはり中国ですか」

マチコが言った。

「やはりとは何がだ？」

「今、中国は世界の話題の中心でしょう」

「あの連中は歴史だけはたいしたものだが、最近はあらゆるものごとの起源は中国にあると言い出している」

「中国が嫌いなんですか」

「別に中国だから嫌いってわけじゃない。傲慢《ごうまん》な奴が気にくわんだけだ」

「私もです」

「紀元前六世紀に孔子が発明したという説があるが、まったく出《で》鱈目《たらめ》だろう。あいつらは、オーバーだから。はじまりはせいぜい百五十年くらい前だと聞いたが、それもアテにはならん。ルールは日本人が戦後にこしらえたものが一番面白いし、麻雀に奥が出た。それも偶然だろうがな。さて東南西北は覚えたな」

「はい。じゃ東南西北が一組揃うといいことがあるんですか?」

「まったくイイことなんかない。最初に麻雀を見た者はたいがいそう錯覚する。麻雀は三つの牌で一組が完成する。東東東となる。東南西北は揃っても無益だ」

「そうなんだ」

「但し、東東東、南南南、西西西、北北北と揃うと、これはたいしたものだ」

「たいしたものなんですか」

「そうだ。四つの喜びと書いて、大と小で大四喜《ダイスーシー》、小四喜《ショウスーシー》と呼ぶ」

「じゃ四枚ずつを三組でも成立しますね」

「それが根本的に違っている。お嬢さん、何かを覚える時に一番大事なのは、理屈で覚えないで、最初から、そうあるものだと身体で覚えるんだ」

「わかりました」

「さあ、それで東南西北を除くと残る牌はいくつだ？」

「二十八牌から十六牌を引くから十二牌」

「そうだ。その十二牌が、これだ。こっちから順番にハク、ハツ、チュン、三元牌《サンゲンパイ》と呼ぶ。ハツはリュウハとも言う」

□發中

「この三牌って綺麗ですよね」

「そう思うか？」

「はい」

「そのとおりだ。これは天下の美女のことを表わしている。□は色白でロウのように透き通った肌のことだ。發は美女のつややかな黒髪のことだ。中は唇の美しい赤のことだ」

「へぇー、そうなんだ」

「まあ□をパイパンとも言うが……」

「それって何ですか？」

「そのうちわかる」

「はあ……」

「さて、これをすべて表向きにして卓の上に出してみなさい」

「全部をですか」

「そうだ」

マチコは牌を卓の上に無造作に置いた。

銀次郎はそれを腕組みして眺めていた。

「立ち上がってみろ」

「えっ？」

「立ち上がって、自分の置いた牌を上から見てみろ」

マチコは卓に置いた百三十六の牌を見た。

「どうだ？」

「どうだって？」

「どうって……。綺麗だと思います」

「そうだろう。なかなか牌って奴は綺麗なもんだろう。この牌がこれからお嬢さんの意志を受けて、もっと綺麗なかたちになっていくんだ。そうなった時はお嬢さんの身体の芯がシビレルだろうよ」

「シビレル？」

「そうさ。人間の快楽ってのは千差万別だと言うが、そうじゃねぇ。田圃《たんぼ》で生まれたオタマジャクシが、その田圃で死ぬまで鳴き続けるように、生きものってのはよほどのことがない限りその枠からは抜け出せない。しかしそこでつまらない生き方で終るほどカエルとて馬鹿じゃねぇ。快楽の匂いを嗅ぎつけたら、そこに命懸けで飛んで行く。これが綺麗だと思えるなら、お嬢さんは綺麗の奥にあるもんを見るチケットを手に入れたのかもわからねぇってことよ」

「私に、その綺麗が見えるかしら？」

「見えるかどうか、そりゃやってみなきゃわからねぇ。そこに飛び出して行くカエルと、そうじゃねぇカエルがいる。人間も同じことだ」

「私ってカエルなの？　銀次郎さんも？」

「俺は天下の大ガマガエルを目指して飛び出したが、ただのションベンガエルだった」

銀次郎は笑って言った。

「この眺めをよく覚えておくんだ。麻雀ってやつは中に入り込んでしまうと、この景色が見えなくなる。今初めて見た、この自由な気分ってもんをな」

——自由って気分？

マチコはなんだか銀次郎の言うことがとても気に入った。

「さて、じゃ、ルールを教えよう。これから話すことは半日で覚えるんだ。それを覚えたら即実戦だ」

「えっ、実戦って、この間の夜みたいに雀荘で知らない人と打つってことですか？」

「それ以外に何があるんだ？　それとも麻雀のルールだけを覚えに来たのか？」

「い、いいえ、そうじゃありません」

「ならやるべき所でやるのが普通だろう」

「そ、そうですね」

「よし、それじゃ、トランプのブリッジはやったことはあるか」

「はい、ブリッジなら得意です」

「そりゃいい。じゃ、説明しよう。暑いな。窓をあけるか、お互いが裸になるか？」

「窓を開けます」

「そうしてくれ……」

毘沙門天の境内の前に鬼灯《ほおずき》が揺れるたくさんの鉢植えが並んでいる。

神楽坂の鬼灯市である。

東京、江戸の露天は、この善国寺近辺からはじまったと言われている。

「ほら、やっぱりご覧なさいよ。お嬢さんがそうして鬼灯を眺めていたら、男衆たちの目の色が変わるじゃありませんか。さすがに祖母さまの血を受け継いでらっしゃるんでしょうよ。祖母さまは東京を歩く度に男衆の目が釘付けになったと評判の美人だったんですから……」

「もうその話はいいってヒナノさん」

「いいえ、私はお嬢さんが麻雀を覚えたいなんておっしゃるから、てっきり本当にギャンブルの血が目覚めたのかってびっくりしてしまって……」

――本当はそうなのよ。

「やっぱり私が考えていたとおりです。お嬢さまは〝美戸里〟のために神楽坂に移り住んでこられたんだと、やっとわかりました」

マチコはヒナノの言葉をよそに鬼灯を見つめ、露天の男衆に訊いた。

「ねぇ、この鬼灯、どのくらい持つものなの？」

「ちゃんと手入れをしてもらえば、鬼灯が落ちた後も来年また実をつけますよ」

「そうなの。じゃあもらおうかしら」

「へい」

男衆が鉢植えを選んでマチコに渡した。

「千五百円です」

マチコは千円札を一枚出し、小銭入れから五百円玉を取り出し男衆の手のひらに、

「ハイ、イーピン」

と言って渡した。

「そのイーピンとおります」

男衆は言った。

マチコはそれを聞いて笑い返した。

「それじゃあ先に戻ってますから。お嬢さんもあまり遅くならないでくださいよ」

鬼灯の鉢植えをマチコから受け取ったヒナノが言った。

「わかってるわよ」

本多横丁を曲がるヒナノを見送るマチコの背中で声がした。

「よう、あれからどこに行っとったんじゃ」

振りむくとユウトが立っていた。

「あら、こんにちは」

「暇になったんで麻雀を教えてやろうかと思って探してたんぞ」

「それはご親切にありがとう。軽子坂下の質屋の高い麻雀牌をわざわざ買って下さって」

「えっ？　何の話じゃ。そ、それ……」

「まあいいわ。麻雀教えてくれるって言ったわよね。じゃこれからフリー雀荘に一緒につき合って」

「フリー雀荘？　何を言うとるんじゃ。ルールも知らんのじゃろう」

「ルールは実戦で覚えればいいでしょう」

マチコの声にユウトが目を見開いた。

——いきなりフリー雀荘で、実戦かよ……。

ユウトは神楽坂の通りを歩きながら、厄介なことにつき合わされっぞ、と思った。

ユウトのうしろからマチコが楚楚《そそ》としてついて行く。

たしか麻雀牌を買って渡したのが四日前のことだ。あの日、軽子坂下の質屋で仕入れた三千円もしない麻雀牌を素人のマチコに三万円したと言って渡した。しかし今しがた、その牌の出元の質屋まで知っていた。

——誰がマチコにそんな智恵を入れたんじゃ？　カズマの野郎か……。

ユウトはカズマの生意気そうな顔が浮かんだ。

――いや。あいつは牌のことまでは知らねぇはずじゃ。オカシイナ……。

ユウトは首をかしげた。

「ねえ、ユウト君、どこまで行くの？　フリーの雀荘ならこの近くにあるでしょう。この間の店でもいいじゃない」

「神楽坂の雀荘はレートが高いし、打ち手も玄人《クロ》いのが多いからダメじゃ」

「レートって？」

ユウトが目を剝いて振りむいた。

「おまえ、じゃ、なかった。君」

「マチコ」

「マチコ、君、レートの意味もわからんでフリー雀荘に行こうとしとるのか？」

「だから教えてよ。レートって何？　為替《かわせ》レートのレート？」

「そのレートだ」

「歩合とか相場ってこと」

「そうじゃ。金を賭ける単位のことじゃ。神楽坂はテンピンだ」

「何よ、それ？　テンプラ？」

「たはあ～」

ユウトが自分の額を叩いた。

「テンプラじゃのうて、テンピン。テンピンってのは千点百円だ。それに赤ウーピン・赤ウーソー・赤ウーワン（オプションとしての何枚かに赤牌を入れ、これを使って和了すればドラと現金分の役割を果す）がつくし、場所によっちゃキンドラ（キンドラ牌は赤牌よりさらに強いオプション牌。店によって条件は違う）も入る」

「ウーピンって、5の筒子《ピンズ》でしょう」

マチコが言うと、

「麻雀やったことあんのか?」

ユウトが驚いて訊いた。

「まだないわ。覚え立てよ。イ、リャン、サン、スー、ウー、ロー、チー、パー、キューでしょう。萬子《ワンズ》に、筒子に、索子《ソーズ》、東南西北《トンナンシャーペイ》、白《ハク》、発《ハッ》、中《チユン》」

得意そうに言うマチコをユウトはじっと見ていた。

——こいつこの間までは麻雀のことを、本当に何も知らなかったのかよ?

「つまりレートは賭ける単位じゃ。神楽坂は客が商店のオヤジやサラリーマン、遊び人が多いからレートも高い。早稲田まで行けば客はほとんどが学生のフリー雀荘が何軒もある。麻雀を覚え立てなら点5、点3でもいい。それなら素人だって十分遊べる」

「ええ、わざわざ早稲田まで行くの?」

マチコが面倒臭そうに言った。

「いいから黙ってついてきな。相手してやろうとしとるんじゃ」

「はい、はい」

神楽坂の地下鉄の駅の階段を二人で並んで下りた。

すれ違う若い男の視線がマチコに注がれるのがユウトにはわかる。

ユウトはちらっとマチコを見た。

長い黒髪が吹き上げて来る風に揺れ、白い透き通った肌と切れ長の目と黒蜜のような眸がきわだって上級である。

——やっぱ、いい女なんだな……。

「うん？　今、何か言った？　ユウト君」

「い、いや、何も言いやせんよ。けどどうしてマチコが麻雀なんじゃ？」

「ユウト君はどうして麻雀なの？」

「そりゃ面白いからよ。他のどんな遊びより奥が深くて楽しいからのう」

「私も、それと同じよ」

——同じよって、まだ麻雀のマの字もわかっちゃいないんじゃろうが……。

「家庭麻雀で覚えたのか？」

「家庭麻雀って？」

「だから家で家族が遊びで麻雀を打っとる時に、仲間に入ってたのかってこと」

「そんな家あるの？」

「あるのって、わしの家はオヤジが大のギャンブル嫌いじゃったから家の中で賭け事はいっさいせんかったけど、東京じゃ結構そんな家があって、正月なんかに親戚が集まると打つんじゃろう。マチコは東京っ子と違うのか」

「そうだけど、私の家はそんなんじゃない。けど子供の頃に誰かが麻雀を打ってるのを見た記憶はある気がするの」

「何じゃ、それ？」

「ものごころついたかつかないかでよく憶えてないの」

――こいつっていちいち言ってることが普通じゃないよな……。

地下鉄のプラットホームで二人は並んで電車を待った。

「牌の並べ方くらいは知ってんのか？」

「それくらいはね。セブンブリッジと似ているけど、アタマが七対子《チートイツ》、国士無双《コクシムソウ》以外には必要なんだよね」

――何だよ。知ってるんじゃん。

「順子《シュンツ》は？」

「123、567でしょう」

「刻子《コーツ》は？」

「同じ模様が三つ揃うこと」

「三暗刻《サンアンコー》は何翻《ハン》だ？」

「何翻って何？」

——役はまだわかってないのか。

「リーチは？」

「あと一牌で和了のテンパイした時に宣言して和了を狙う。リーチの分とオプションとして裏ドラを加える権利が得られる。ただしリーチを宣言すると自分の手はそこで変えることはできない。その待ち牌を河《ホー》に捨てていた場合は他人の牌からは和了できない。それを間違えると罰金を相手に支払う」

「いくら？」

「知らない」

「たはあ〜」

ユウトはまた額を手で叩いた。

「親と子のことは？」

「親からすべてがはじまる。親は子よりも和了の点数が高い。親の時は攻める」

——ほうっ、わかっとるんだ。

電車が来て二人は乗り込んだ。

「マチコ、大学はどこなんじゃ？」

「どうして？」

「いちおう知っておこうと」

「いいよ、そんなこと、どうでもいいことじゃない。通ってる大学で人の価値が変わるわけじゃないでしょう」

「そうか？」

「当たり前じゃない」

電車が早稲田に着き、二人は降りて階段を上り大通りに出た。

「早稲田ってひさしぶりだな。ヨオーッシ、がんばるぞ」

マチコはそう言って右手を伸ばし牌をツモる仕草をした。

ユウトは通りに立ち、ビルを眺めた。そうして一軒の雑居ビルの前に立ち、

「あそこがいいじゃろう」

ビルの上の看板を指さした。

マチコも看板を見上げた。

〝リーチ麻雀・ジャンボ〟とある。

「なんだか平凡な名前ね」

「雀荘は名前じゃないんだ」

「そうかしら、なにしろ初打ちですから」

――本当に初めてなのかよ。

エレベーターで七階に上がるとすぐに入口があり、中に入ると六卓の台の半分がうまっていた。

「ようこそ、お二人さんですか。ご一緒ですか」

「ああ」

店長はわからないが、店員はすべて学生アルバイトのようだ。

店員の一人がルール説明にやってきた。

「ルールを説明させてもらいます。当店は東風戦でレートは千点三十円です。クイタンアリの二万五千点持ちの三万点返し、赤ウーピン、ウーワン、ウーソウが一牌ずつ。五十円です。他にこのジャンボ牌（キンドラと同じで赤牌より特典がある）がひとつ。こちらは百円です。ゲーム前に三千円のお預かり金を頂きます。お二人一緒の卓に入られますか」

「ああ」

「それでは少しお待ち下さい」

「ねぇ、女の子っていないの？」

マチコが訊いた。

「そうでもないよ。たまにいるぜ。店にもよるよな。ここはいないだけだ」

三十分ほど待っていると、メガネをかけた学生風の客が一人入ってきて、メンバーが一人加わって卓に着くことになった。

先刻から他の客がマチコをちらちらと見ている。マチコが卓に座ると、客がもう一度マチコを見た。

「じゃ、場決めはつかみ取りでいいですね」

メンバーが手先に伏せた風牌を中央に押し出した。

「何をするの？」

マチコが小声で訊いた。

「場所を決めるんじゃ。好きな牌を取れ」

マチコが一牌を取って胸の前で握りしめている。ユウトと客、メンバーが牌を表にした。マチコの牌が東だった。

「マチコ、好きな場所に座ってええんじゃ」

「私が選ぶの？」

二人の会話をメガネの客とメンバーが怪訝《けげん》そうな顔をして見ている。

「ここだな。壁を背の方が良さそう」

マチコが壁際の場所を選んで座った。

四人が席に座った。

マチコとユウトは対面になった。

メンバーが、よろしくお願いします、と頭を下げた。

「こちらこそ」

マチコが言った。

二人が驚いてマチコを見た。

二人にむかってユウトがマチコを指さして言った。

「初めてなんじゃ」

えっ、という顔を二人がした。

「まったくの初めてですか？」

メンバーが訊いた。

「はい。今日が初打ちです」

「大丈夫ですか？　ルールはおわかりですよね」

「だいたいね」

マチコが笑って言った。

メガネは口を半開きにしてる。

「並べ方は知っとるらしい。かまわず打ってくれ。錯和《チョンボ》をしたらきちんと払うし、無理なら罰金払ってやめる」

ユウトが言うと、メンバーが笑って、

「まあ、そんなに厳格じゃなくとも。誰でも初めての時はありますし。いいですよね」

とメガネの方を見た。

メガネはちいさくうなずいた。

「じゃ親決めを」

メンバーが中央のサイコロを指さした。

「その手前のスイッチを押すんじゃ」

「私が？」

「そうだ」

マチコが指先で触れるとカラカラと音がして中のサイコロが回転した。

「オゥー、面白い」

マチコが嬉しそうに言った。

⚀⚅で合計が7。ユウトが仮親である。ユウトがサイコロを回した。

⚁⚂で合計が5。ユウトが親である。ユウトがマチコの前の東札を自分の右サイドに置いた。

「俺が親だ。マチコは西だ」

「うん、わかってる」

ユウトがサイコロを振って東の一局がはじまった。

神楽坂の料亭〝美戸里〟の奥座敷の濡れ縁に男が一人たたずんで庭を見ていた。

庭の青紅葉をじっと見つめる目はどこか淋し気である。

くゆらせた煙草の煙りがゆっくりと庭の中を流れて行く。

障子戸が開いて、大女将のヒナノが入ってきた。

男は気配に気付いて煙草の火を消した。

「おかえり、涼太《りようた》」

涼太と呼ばれた男はヒナノの声に振りむくと、姿勢をただして座り直し丁寧に頭を下げた。

「大女将さん、長いことご迷惑をおかけしました」

ヒナノは涼太の顔をまじまじと見て口元に笑みを浮かべた。

「東京にはいつ戻ったんだい？」

「昨日です。福井に寄りましてオヤジとオフクロの墓参をして来ました」

「そりゃ良かったね」

「昨日、谷中で親方へ挨拶してまいりました」

「そうかい。源次《げんじ》もさぞ喜んだろう。住いの段取りは先月からつけてある。幸吉《こうきち》に案内するように言ってあるから、これで当座のものを揃えな。すぐに板場に入るのも何だろうから、しばらく身体を休めてもかまわないよ」

そう言ってヒナノは封筒を差し出した。

「いいえ、明日から板場に入ります。身体は塀の中で毎日きちんと鍛えておりましたから」

「そうかい。じゃそうしておくれ。若衆が三人入ってるから、それは明日にでも挨拶させるよ」

ヒナノは言って手を二度叩いた。

足音がして若衆が一人入ってきた。

若衆は部屋に入ると正座している涼太を見た。唇を嚙むと感無量の表情で、

「兄貴、お帰りなさいまし」

と言って頭を下げ、あとは顔を伏せたまま肩を震わせた。

「幸吉、頼んだよ」

ヒナノはそう言って部屋を出て行った。

ヒナノの足音が遠去かると、幸吉は涼太に近寄り、涙で濡れた頰を拭いながら、

「兄貴、ご苦労さまでした」

と言ってまた涙を流した。

「元気だったか、幸吉」

「はい。ずっとお待ちしておりやした」

「明日からまた世話になる」

「世話になるなんて、自分のほうこそまた勉強させてもらいますから、どうぞよろしくお願いします」

「すぐには仕事の勘は戻らないだろう。七年は長かったからな」

「兄貴に限ってそんなことはありません。自分が一番よく知っています」

幸吉の言葉に涼太は目を細めた。

二人は〝美戸里〟の裏口から出ると路地を並んで歩き、大通りを横切り、岩戸町にむかって行った。

「幸吉、毘沙門さまに寄って行こうか」

「はい」

二人は毘沙門天の境内に入ると本殿前に歩み寄り、参拝した。

二人が参拝を済ませて境内を出ようとすると社務所の戸が開いて、恰幅の良い男が二人の若衆を連れて出てきた。

男は立ち止まり、出て行こうとする涼太と幸吉の姿に目を止めた。

「おう涼太じゃねぇか」

その声に涼太が振りむいた。

「やはりおまえか。いつ刑務所を出てきたんだ。思ったより早かったな」

幸吉が男を見て苦々しい顔をした。

「ご無沙汰しまして……」

涼太が男に頭を下げた。

「ご無沙汰だと？ 気のきいたことを言うじゃねぇか。手前にそんな口をきかれる覚えはねぇ。すぐにこっちに挨拶に来るのが筋じゃねぇのか」

「……」

涼太は黙って男を見ていた。

「たいした野郎だぜ」

「挨拶はいずれまた」

「いずれだと」

男の表情が変わった。

「兄貴がそっちに挨拶する筋合いはねぇんじゃねぇか」

幸吉が言った。

「よせ、幸吉」

涼太の声に幸吉が頭を下げた。

「何だ、その言い草は。殺《や》られたのはこっちの身内だぞ。それを知って言ってるのか」

すると表通りの方から声がした。

「何だ、昼間っから騒々しいな。おう、曳地《ひきち》じゃねぇか。相変わらず威勢がいいな」

伊佐銀次郎が立っていた。

「お、おまえさんには関係がねぇ」

「何の関係だ。ここは毘沙門さまだ。おまえの縄張り《シマ》でもねぇだろう。それに俺はそっちにおまえ呼ばわりされるほどまだ耄碌《もうろく》しちゃいねぇよ。おう涼太じゃねぇか。いつ戻ってきた？　おまえが帰ってくるのを待っていたぞ。元気そうだな」

「銀次郎さん、ご無沙汰しています」

涼太が丁寧にお辞儀した。

「大女将には逢ったのか」

「へい、さっき挨拶してまいりました」

「そりゃ喜んだろう」

曳地と呼ばれた男がチェッと舌打ちし、二人の若衆に顎をしゃくって境内を出て行った。

「あんな連中と口をきくな。放っておけ」

銀次郎の言葉に涼太がうなずいた。

「落ち着いたら祝い酒をやろう。〝美戸里〟に戻るんだな」

「はい。大女将さんのお言葉に甘えさせてもらいます」

「それが一番いい。涼太」

「はい」

「この歳月はおまえが罪を償ったってことだ。もう誰にもとやかく言われる筋合いはないんだ。それをしっかり覚えておくことだ。おまえは堂々と歩いていい身体だ」

「は、はい」

「近い内に逢おう」

銀次郎は言って境内を出た。

涼太と幸吉は銀次郎の背中にむかってもう一度頭を下げた。


「ロン、その」

マチコの声がした。

「えっ？」
を切ったメンバーが目を剝いた。
マチコが牌を倒した。

手役は、

である。

ドラはである。マチコはリーチをかけていた。問題はメンバーが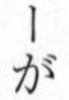をポンしており、ユウトがとをポンしている点だ。

マチコはあと一牌しかないペンにむかってリーチをかけていた。その上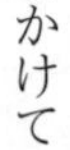も河《ホー》に三枚出ていた。

メンバーが眉間にシワを寄せてマチコの手役を見ている。

――な、なんじゃ、このリーチは？

ユウトはマチコの手役を見てつぶやいた。

先刻からユウトは、マチコの手役の中に必ずといっていいほどドラや赤牌が入っているのに感心していた。

――こいつツイてやがる。ビギナーズラックっちゅうやつかよ。

それがユウトのマチコの麻雀に対する印象だったが、目の前の手役を見ていてどうもそれだけではない気がしてきた。

メンバーが点棒をマチコの前に出した。

「あら、こんなに……」

ユウトはメンバーの顔を見た。

あきらかに動揺していた。

――そりゃそうじゃな。あのが当たるとは誰も思わん。わしも放っちまうよ。はラストチャンスではあるが、そのラストチャンスにむかってリーチをかけたことがメンバーの固い守りを狂わせていた。

――この回、もしかしてマチコがトップを取るかもナ……。

ユウトがもうひとつマチコの麻雀で驚いているのは、ここまでの六戦で彼女が一度しかラスを取っていないことだった。

三着、二着、四着、三着、二着、二着である。

メンバーは勿論だが、もう一人のメガネの客、たぶん学生だろうが、こいつもかなり打てる。そしてユウトの三人に囲まれて、初めて麻雀を打つマチコが互角に戦っている。

――いくらビギナーズラックと言うても、これって少しおかしいじゃろう。

七戦の親はユウトで配牌はこうであった。

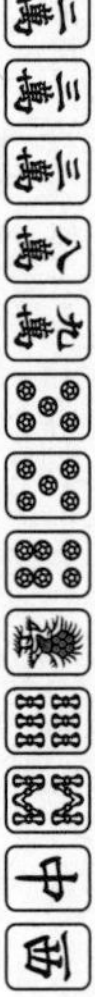

——このまま楽々トップを初心者に取らせるわけにはイカンでしょう。

ユウトは一巡目にマチコが切り出したドラの三萬を見て、

「ポン」

と声を上げた。

それを見てメガネが呆れ顔でマチコを見た。

マチコは平然としている。

——あいつ、ドラを知ってて一巡目から切り出したのか?

ユウトは少し不安になった。

ユウトはスピード優先にして中を切り出した。

「ポン」

メンバーが声を出した。

——オイオイ、おまえはもう浮上する力はないはずじゃ。何動いてんじゃ。

メンバーは客と打って勝ち分は自分の懐に入るが、同じように負け分は自腹で支払わなくてはならない。

それでいてメンバーは客が楽しんで麻雀を打てることを前提に戦っていくのが心得であって、客に対してあきらかに立ちむかう打ち方はしないように指導されている。

ユウトはメンバーの手先を見た。

指先がピク、ピクッと動き出している。

――こいつ逆上しとんのか？

五巡目でメンバーの切り出した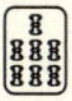をユウトはチーして、六巡目でテンパイをした。

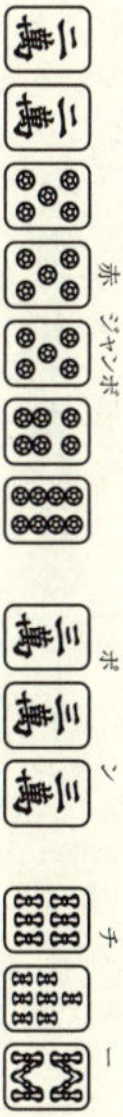

ドラのに赤にこの店のジャンボもある。和了《あが》れば現金も入る。

待ち牌のは河にまだ一枚も出ていない。

「ちょっと待って」

マチコが言った。

両手で手役の牌を入れ替えながらマチコは考えている。

――なんだ、なんだ、またリーチか。

メンバーもメガネも牌を入れ替えては考えているマチコの手先をじっと見ている。

「う～ん」

マチコがうなった。

「どうしたんじゃ？」

ユウトが訊いた。

「ゴメンナサイ。何か変なんだよね」

「変って、何が変なんじゃ」

ユウトが苛立って言った。

「あっ、そうか。こうやって分ければ組合わさるんだ」

「おまえ、いやマチコ、何をごちゃごちゃ言うとるんじゃ」

「ゴメンナサイ。わかったわ。リーチ」

マチコが切り出したを横にした。

「えっ？」

ユウトが声を上げた。

メンバーもメガネもマチコの河に目を注いだ。

――どうなってんじゃ、こいつ。

ユウトはマチコを見た。

マチコは両手で三牌ずつの組合せを確認している。

――こんな素人に負かされたんじゃ、何のためにこれまで高い授業料を払ってきたのか、納得行かんぞ。

ユウトは強気に攻めることにした。

リーチの二巡目、マチコがを切った。

「カン」

ユウトはをカンした。

カンドラをめくるとがあらわれた。

ドラはである。

ユウトの手はアタマのがドラになり、一気に倍満《ばいまん》になった。

――これなら一挙に逆転できる。

次の巡でメンバーがマチコに無筋のを切った。

――オイオイ、何をまだ突っかかってんじゃ。ここはオリじゃろう。

ユウトはメンバーを睨みつけ、力を込めて牌をツモった。

――どこにおるんじゃ、は……。

リーチから五巡、メンバーもユウトも突っ張っている。

――もしかしてはかかり合いか？

リーチの六巡目。

マチコが山から牌をツモって来て、

「あらっ、引いてきた」

と素っ頓狂な声を上げた。

マチコが手牌を倒した。

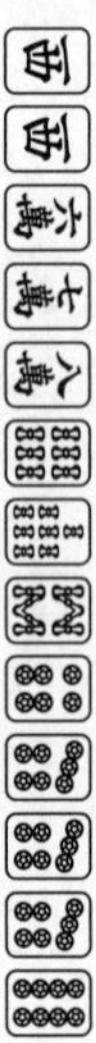

マチコの手にあったのは最後のである。

――嘘じゃろう?

ユウトはマチコの手役を見て愕然とした。

「これって何とかかって言うんでしょう」

マチコが三種類の牌が同じ順序で組み合わさった牌をトントンと指でさし示した。

「三色《サンショク》ですね」

メンバーが言った。

「ドラをどうぞ見て下さい」

メンバーの声は震えていた。

マチコは、そうでしたね、と言って裏ドラをめくった。そこにが二枚並んでいた。三倍満の自摸《ツモ》和了である。

ユウトとメガネとメンバーの目が点になった。

風鈴の音が耳の底に心地良く響いている。

マチコは自室のソファーに横になってうたた寝をしている。

——なんだか気持ちがいいわ……。

マチコは、先刻まで見ていた夢を思い出していた。

麻雀の夢である。

この一週間、マチコは寝ても覚めても麻雀の牌が頭の中を駆けめぐっている。

『おまえ、いや、マチコの麻雀ははっきり言って異常じゃ……』

ユウトの声がよみがえる。

『ええか、ああいうことは麻雀を打っていて何年に一度くらいしかない。あれが普通と思うとったら大間違いぞ』

ユウトはあの日、早稲田からの帰り道で何度もマチコに言った。

『ええか、あれはすべてビギナーズラックがさせたものじゃ。それを忘れんなよ』

『あら、それでもいいじゃない。ビギナーであれラッキーが私の下に集まってたってことでしょう。運も実力のうちって言うじゃないの』

『だからそれが違《ちご》うとるって』

『そうかしら。私はそう思わないわ』

『それはマチコがまだ麻雀を知らんからじゃ。ツキというものは長く打って行けば必ず平均化するもんじゃ』

『私はそうは思わない』

マチコが言うと、ユウトは立ち止まり、

『じゃ、わしがわかるように説明してみろ』

と鼻の穴をひろげて言った。

『これはお祖母ちゃんから聞いた話だけど、人間には持って生まれたツキ、星回りってものがあって、その人に一生ついて回るツキがあるんだって。たぶん、私にとって麻雀がそれなのよ』

『一生そいつについて回るツキじゃと?』

『そうよ』

『話にならん』

『何をそんなに怒ってるのよ。二人とも勝ったんだからいいじゃない』

『それとこれとは違う』

マチコはあの日のことを思い出し、クスッと笑った。

——ユウトって可愛いよネ。

マチコはソファーから立ち上がり、ベランダから外を見た。

坂道を一人の男が歩いていた。

どこかで見たような歩き方だ。

——あれっ、もしかしたら涼太さんじゃないの？

マチコは男の姿が路地に消えたのを見て、あわてて部屋を飛び出して行った。

「ねぇ、涼太さん」

マチコが路地の階段を下りて行く男の背中に声をかけた。

男は振りむき、そこに立っているマチコの顔を怪訝そうな表情で見つめた。

誰だったかを考え込んでいるふうにして、いったん足元に視線を落してから、目を見開いてマチコを見直した。

「もしかしてマチコさん、マチコお嬢さんですか？」

マチコがニッコリと笑ってうなずくと、

「いや驚きました。こんなに大きくなっていらっしゃるとは……。ご無沙汰していました。先日、帰ってまいりました」

と丁寧に頭を下げた。

「大きくなったはないでしょう。庭の木じゃないんだから」

「は、はい。いや、一人前の、立派な娘さんになっていらっしゃるんで」

「そりゃそうよ。涼太さんが突然、神楽坂からいなくなってもう何年になると思ってるの。あの時リボンをしていた子供だって、こうしていっぱしの娘になるのよ」

「……………」

涼太は感極まったようにマチコを見つめている。

「事情は後で聞いたわ。ヒナノさんにはもう逢ったの？」

「へい、昨日、ご挨拶しまして」

「神楽坂に帰って来るんでしょう」

「へい。〝美戸里〟でまたご厄介になろうと思っています」

「それは良かった。ねぇ、今少し時間ある？」

「へい、どちらかへ？」

「その辺りで甘いものでも食べない」

「甘いものですか？」

「そう、昔、よく連れて行ってくれたでしょう」

「は、はい……」

二人は神楽坂通りに出て坂道を並んで下りて行く。

マチコが先に通り沿いにある甘味処の暖簾《のれん》をくぐった。

「あら、お嬢さん、おひさしぶりです。ヒナノさんはお元気ですか？」

店の女将が訊いた。

「たぶんね」

マチコのあとから入ってきた涼太を見て、女将の表情が一瞬こわばった。

「ご無沙汰しております」

涼太が挨拶したが、女将は軽く会釈するだけだった。

「私はアンミツ。涼太さんはトコロテンだったよね」

マチコの声に涼太はちいさくうなずいた。

注文を受けた女将と従業員が、店の奥の小暖簾越しにマチコと涼太を覗き見ていた。

その顔はいかにも他所者《よそもの》を見るような表情だった。マチコはそれに気付いたが、知らん振りをしている。

「それで涼太さん、住いは？」

「幸吉たちが住んでる所に世話になります」

「そう」

アンミツとトコロテンが運ばれてきて二人は食べはじめた。

「どう？　昔と味はかわらない？」

「はい。美味しいです」

「そりゃよかった。ねぇ、涼太さんは麻雀はできるの？」

「えっ、麻雀ですか?」

「そう麻雀よ」

「昔、親方が打たれる時、そばで見たことがあります。兄貴分に好きな人がいまして、少しおそわりました。でも並べるだけしかできません」

「あっそう、一応、打った経験はあるんだ」

「ですから並べる程度です。お嬢さん、またどうして麻雀のお話なんぞを」

「私、今、麻雀に夢中なのよ」

「えっ、お嬢さんがですか?」

「そうよ。何か変?」

「変? 変じゃありませんが、女のお嬢さんがどうして麻雀を?」

「一度、打ってるところを見学して、それで面白そうだったから少し習ってやってみたらこれが信じられないくらい面白かったの。いえ、面白いという言い方は違うわね。奥の深いものだったわ」

「奥が深い?」

「そう。奥のまた奥がありそう。まだ私にはわからないけど……」

涼太は思わず腕組みしてマチコを見返した。

「何なの、その顔は? 私が麻雀すると何かおかしいかしら」

「いや、そんなことはありませんが……」

それっきり涼太は黙った。

「さあ出ましょうか」

涼太がテーブルの上の伝票を取った。

「いいの、今日は神楽坂に戻ってきたお祝いで私がご馳走するわ」

「それは、いけません」

「いいから。これは私が麻雀で勝った分だからかまわないの。博奕《ばくち》で儲けたお金はどうせ〝アブク銭〟だから」

マチコは伝票を涼太の手から取ってレジに行った。

女将が挨拶に出て来た。

「お嬢さん、今は神楽坂にいらっしゃるんですか」

「そう、四月から大学に通いはじめたので、ここの方が通うのに便利なの」

「そうでしたか。どちらの大学で?」

「どちらの大学? 大学なんてどこもつまらない所よ。それで女将さん、この人〝美戸里〟にいた板前の涼太さん。覚えてない?」

「そうでしたかね」

女将が首をかしげた。

「女将さんも歳を取ったのね。覚えてなきゃいいわ。私はまた涼太さんが塀のむこうにお勤めに行っていたから煙たがって知らん振りをしてるんじゃないかと思って……。いいの、耄碌《もうろく》して忘れてるんなら、それでいいわ」

マチコの言葉に女将の顔が蒼《あお》くなった。

「じゃ、ご馳走さま」

マチコは店を出た。

「お嬢さん、あんなふうに言っちゃいけません。悪いのは自分なんですから」

「そうかしら。涼太さんはこの街のために厄介事にむかって行ったんだから堂々としていればいいのよ。昔はあんなに親切だった女将さんの、涼太さんに対するさっきの態度は許せないわ」

「それが世の中では当たり前のことです」

「私はそうは思わない」

マチコはきっぱりと言った。

「じゃ、私は馬鹿な友だちに逢いに行くからここでね。ねぇ涼太さん。今度、私と麻雀を打ってよ」

「そ、それはちょっと」

「私じゃ相手として不足かしら」

「そうじゃなくて、私は博奕はやりません」

「博奕じゃなくてゲームだとしたら」

「それもやりません」

今度は涼太がきっぱりと言った。

「そう。昔と変わってなくて良かった」

「えっ？」

涼太が目を丸くした。


「クソォー、まったくどんだけ暑いんじゃ？」

ユウトは部屋に大の字になって天井を見ていた。

守宮《やもり》が一匹、天井の隅にじっとしたまま動かずにいる。

――コイツも暑いんだろうな……。

その証拠に守宮もかれこれ二時間、身動きもしない。

グゥーと腹が音を立てた。

――腹も空いたのう。いや、空いたというより〝ヒモジイ〟じゃ。

「いやいや、これは〝餓えている〟じゃろう」

ユウトは声を出した。

声を出すと、また腹が音を立てた。

——守宮って食べられるんじゃろうか？

ユウトはふとそう考えた。

昔、戦争に行った兵士が食べ物がなくなってヘビやネズミ、木の根っ子、靴まで噛んで飲み込んだという話。もっと以前、飢饉《ききん》の時には人間まで食べることがあったとも聞いた。

——それなら守宮くらいはまだご馳走ということじゃろう。そうか喰えるか……。

そう思って守宮を見直した途端、守宮がはじめて数センチ移動した。

——おうっ、こっちの考えとることがわかったんじゃろうか。

ユウトはその日、目覚めてから初めて笑った。

「守宮、お主もやるのう」

ユウトが上半身を起こすと、守宮は素早く天井の隅から入口の方に一気に走った。

ユウトはそれを見て舌打ちして再び大の字になった。

携帯電話が鳴った。

ユウトは動かない。

どうせ電話に出たところで、大学の同級生から貸してる金を返せという電話か、電気製品のローン未払いの催促くらいだ。もうすぐこの携帯も料金未払いで止められる。

「只今、お掛けになった電話番号の当人は餓死寸前です」

ユウトはつぶやいた。

やがてコール音が止まったが、しばらくするとまた鳴り出した。

ユウトはゴロリと身体を回転させて携帯を手に取り、着信の文字を見た。

〝秋月数馬〟

――あいつか。勝手に鳴らしてろ。

携帯を放り投げた。壁に当たり、ペシャンという音を立てて鳴り止んだ。

その音を聞いてユウトはガバッと起き上がった。

――あいつなら何か喰わせてくれるかもしれんぞ。

ユウトは携帯を拾い、カズマにかけようとしたが、ウンともスンともいわない。

「あれっ、こわれちまったか。チクショー」

ユウトは携帯を、また壁にむかって投げつけた。

すると携帯が鳴りはじめた。あわててそれを拾った。

「おう、秋月さんか。何？　気持ち悪い？　大丈夫かって、何だよ。秋月さんのさんを付けてるのがか。そりゃ、俺にとって秋月さんは大切な友達じゃからの」

すると電話が切れた。

「何じゃ。勝手に電話してきて、いきなり切りやがって」

ユウトはカズマに電話した。カズマが出た。

「おまえな、電話しといていきなり切るってのはどういうことじゃ」

ユウトは怒鳴るが、カズマは何事もなかったように話をはじめた。

「元気かって？　変わりゃしないよ。もうすぐ夏休みだろって？　それがどうしたんじゃ。どこかに行くのかって？　どこへだよ。もうええよそんな話。切るぞ。これ以上話をすると本当に死んじまうからな……。何？　マチコがどうしたって？　逢ったかって？　ああ逢ったよ。一週間前に。なぜって？」

そこまで返事をしてユウトは天井を見た。

――そうか、こいつ、俺に電話をしてきたのは、マチコのことが訊きたかったんじゃナ。

「ああ、早稲田で逢ったぜ。半日一緒にいたよ、半日。マチコと何をしてたかって？　そりゃプライベートのことじゃからおまえには言えんよ。おまえだけには言うなとマチコから言われてんじゃ。なぜおまえだけにかって？　そんなこと俺が知るわけなかろう」

ユウトは電話の話し口を手でふさぎ、出入口のドアの上に場所を移して静止している守宮にむかって、笑いを押しこらえてVサインを送った。

「マチコならもうすぐ来る。嘘をつけって？　じゃそれでええよ。切るぞ、わし、部屋の掃除せにゃならんから、いくらなんでもあの子が来るのに、このままだとみっともない。ええ～と、新しいバスタオルはどこじゃったかのう。何？　今すぐここに来るって、おまえがここに何しに来るんじゃ。俺は忙しいんじゃ、またにしてくれ。えっ、すぐ行くから住所を教えろ？　そんな個人情報は易々と教えられん。頼む、教えてくれ？　じゃ次の機会にお見えになることもあるかもしれんから、ええか、ちゃんとメモしとけよ。新宿区横寺町×丁目×番地、下が畳屋じゃからのう」

ユウトは電話を切ってから笑い出した。

「おい守宮、カモがネギしょって来るぞ。何にしようか。まずは〝五十番〟で中華丼とギョウザとニラレバ炒めあたりかのう。おまえにもシュウマイか何か土産品を買うてきてやる。さあ〝果報は寝て待て〟と言うから、もうひと眠りするかのう」

ユウトが三たびドタンと大の字になると、階下から声がした。

「石丸さん、石丸さーん」

大店《おおや》のバアさんだ。

——やかましい。

「石丸さーん、石丸さーん、お客さんよ」

——やかましいって、勝手に呼んでろ。

「石丸さーん、お客さんだって」

ユウトは起き上がり、窓を開けて怒鳴り声を上げた。

「石丸は死にましたから」

するとと通りに人があらわれた。

バアさんの息子で、畳屋の主人だった。

「あの、お客さんね、本人が二階から死んだと言ってますよ」

ハッハハと声がした。

若い笑い声だった。

「ユウト君、じゃお通夜ってことで一杯やろうよ」

その声に聞き覚えがあった。

「石丸さん、今、そっちに上がって行くそうだよ。有賀さんってお嬢さん。石丸さんも隅におけないね」

主人が欠けた前歯を見せて笑った。

――あ、あ、有賀？　イカン、マチコじゃないか。

「ちょ、ちょ、ちょっと待った。そこにおるように言うて下さい。今、下りて行きますから」

「もう上がってったよ」

「ワアォ、ワアッ、ワアッ……」

ユウトは急いで服を探したが、どれも皆汚れたものばかりだった。

ドアをノックする音がした。

ユウトはドアに近寄り鍵を掛けた。

「ユウト君、死んだんだって？」

マチコの声である。

「マチコ、ちょっと待ってくれ。今、すぐ下に行く」

「何を水臭いこと言ってるの。早く開けて」

「そ、それが開けられん事情があるんじゃ」

「いいから開けてよ。陣中見舞いに〝五十番〟の海老シュウマイ持って来てあげたわよ」

——えっ、〝五十番〟の海老シュウマイ？

ユウトは生唾を飲み込んだ。

やっとマチコを説得し、下の通りで待ってもらうことにしてユウトは階下に下りて行った。

午後の陽射しの中に笑って立っているマチコは、まぶしいくらいベッピンだった。

畳屋の主人がユウトのそばににじり寄って来て、ささやいた。

「スゴイ、可愛い彼女だね」

——彼女じゃないから……。

「ヨオッー、ひさしぶりじゃな」

「何を言ってるの。一週間前に逢ったばかりじゃないの」

その時、ユウトは自分の隣りに畳屋の主人がまだ立っているのに気付いた。

「オジさん、そうか、ここで何しちょるの？　仕事はええのか」

「あっ、そうか、忘れてた。じゃ、がんばってね。応援してるから」

主人は笑ってユウトにウィンクした。

チェッ、とユウトは舌打ちして、

「何しに来たんじゃ？」

とマチコを見た。

「だから陣中見舞いよ。ほらこれ」

マチコが〝五十番〟と印刷されてある袋を持ち上げた。

「海老シュウマイ嫌いだったっけ？　なら大店さんにあげようか」

「そ、そんなことはない。ありがとうのう」

ユウトはマチコから袋を受け取ると中に手を突っ込んで海老シュウマイをひとつ、いきなり口の中に入れた。

そうしてたちまち食べると、すぐにまたもうひとつを固いナイロン袋を破って取り出し、口の中に放り込んだ。

マチコはそれを目を丸くして見ていた。

「えっ！　嘘でしょう。ユウト君、シュウマイにお醬油もカラシも付けないで食べる人なの？　それに今、口に入れた方はまだ蒸してない冷凍のものよ」

マチコの言葉に、ユウトは口の中の食べ物が一個目とどうも固さが違うと感じた理由がわかった。それでもユウトはそれを嚙み砕いて飲み込んだ。

「俺の田舎じゃ、こうして食べる者もおる。腹の中に入ったら同じじゃ」

「そんなわけないでしょう」

マチコが言っても、ユウトは袋の中をまた覗きこんで、冷凍ではない海老シュウマイを取り出して食べはじめた。

「もう気持ち悪いから、そんなに食べないでよ」

さすがに三個目でユウトは噎《む》せた。胸板を叩いて唸《うな》っている。

「大丈夫？　ユウト君」

騒がしい様子に、畳屋の店の奥から主人が出て来た。店先にあるホースをユウトに差し出し、蛇口をひねった。

水がいきなりユウトの顔にかかった。

「ヒェッ！」

たちまち上半身がずぶ濡れになった。

それでもユウトはそのホースを口にくわえて水を飲み、人心地ついて言った。

「オジさん、わしは馬じゃないぞ」

するとと奥からバアさんが出て来て、

「馬がどうかしたって？　何か狙い目があるの。石丸さん」

チェッ、またユウトは舌打ちした。

「お嬢さん、この人、競馬の狙い目がたいしたもんなのよ。若いのにギャンブルがなかなかなの」

「そうなんですか。麻雀も強いですよ」

マチコが笑って言うと、バアさんが険しい顔になって言った。

「そうなの。麻雀もやるの。うちの一番上の息子、あの子の兄なんだけど、麻雀で家も家族もパアーにしちゃったのよ。麻雀はダメよ」

「大店さん、そんな話どうでもええよ。そりゃ息子さんが弱かったからそうなったんじゃや」

「違うのよ。雀ゴロたちに嵌《は》められたのよ。息子はお人好しだったから騙されたのよ」

主人が、オフクロ、とバアさんを呼んだ。

「その話を石丸さんにしたって仕方ないよ」

主人は言って、バアさんの手を引いて奥に消えた。

「つまらん話をしやがって」

「そうかしら」

マチコが言った。

「ギャンブルで身を滅ぼすのは皆、当人のせいじゃ。それを素人がとやかく言うてもしようがない」

「あら、ユウト君は玄人《くろうと》なの？」

「そうじゃないが、知らない者がギャンブルというだけで毛嫌いするのを見ると腹が立つんじゃ」

「〝転ばぬ先の杖〟で言ってくれてるんじゃないの？」

「マチコ、君までがわかったようなことを言うな。転がらなきゃギャンブルなんてやりようがないじゃろう。わしらは転がる石なんじゃ。置き物とは違うんじゃ」

「〝転がる石〟か。いい感じだな、それ」

「で、何をしに来た？」

ユウトがまた袋に手を入れようとすると、

「いい加減によしなさいよ……。いや、どうしてるかなって思ってさ」

マチコが何か隠してるふうに答えた。

ユウトはマチコの顔をのぞき込んだ。

「何よ?」

「まさか、わしを誘いに来たんか?」

「何を誘ってるのよ」

「決っとるじゃろう。それは……」

ユウトが言いかけた時、マチコの背後から声を上げて手を振る者が見えた。

「オーイ、オーイ」

それを見て、チェッ、とまたユウトが舌打ちをした。

カズマが声を上げながら走ってきた。

——まったく何なんじゃ、このタイミングは……。

「あらカズマ君。ひさしぶり」

マチコが嬉しそうに手を振った。

それを見てカズマの顔がグチャグチャに崩れた。


「あと一人ね……」

マチコが喫茶店の隅のテーブルに頰杖ついて楽しそうに言った。

「マチコさんが麻雀をするんですか。そりゃもういくらでもお相手しますよ。どんな麻雀なんだろうね、ユウト。ボクはとっても楽しみだ」

カズマがコーヒーゼリーを口に入れながら言った。

ユウトは椅子に斜めに座り、神楽坂通りを歩く人を眺めている。

――チェッ、調子に乗りやがってカズマの野郎。どうしてわしがこいつらと麻雀をつき合わなきゃならんの。

「じゃメンバーがいるっていう、その早稲田の雀荘に行けばいいんじゃないのか」

カズマが言った。

「あそこはダメよ。相手が学生ばっかりで手作りが安いから」

マチコの言葉にユウトが思わずマチコを見た。

――コイツ何を言い出すんじゃ。昨日今日、麻雀を覚えたばかりだって言うのによ。

ユウトはマチコと一度だけ麻雀を打って、マチコの奇妙な麻雀の力に少し驚いていたが、一人になってよくよく考えてみると、

――ありゃツキじゃ。ツキが重なっただけじゃ。ツキがマチコにとりついていただけじゃ。

と考え直した。

そうでなかったら、あれだけラス牌、裏ドラがマチコだけに集中するはずがない。

ユウトは、人間のツキはどこかで帳尻合わせが出来て、ツイてなかった日が続いても必ずいつかツキはやってくるものだと信じている。それとは逆に、ずっとツイていても

必ずそのツキが離れていく時が来る。

だがギャンブルのツク、ツカナイを雲の上の方から鳥瞰図《ちようかんず》のように眺めて、ツイている時間、領域と、ツイていない時間、領域を比べると、あきらかに前者の方が後者より短時間だし、領域も狭い。

また、ツク、ツカナイのどちらかではなく、二者の中間の時間と領域にいる時がある。〝見《ケン》〟というギャンブルのしのぎ方がある。対人の麻雀やポーカーと違って競馬や競輪、競艇といった自分が何かを仕掛けるのではなく、そこでくりひろげられる競技、ゲーム（ルーレット、ブラックジャック、バカラなど）に賭けるギャンブルの場合、実際に賭けに参加せずともギャンブルの行方が計れる場合がある。これなどはツク、ツカナイの領域とはあきらかに違う。しかしこの〝見〟が実はギャンブルの力、筋肉を鍛えるにはひどく大切になる。

闇雲に相手にむかって行けばギャンブルは必ず敗れる。ギャンブルで生き残ろうと思えば、そこに相手と自分を冷静に見つめることができる目と精神が必要となる。その目がやがて工夫、智恵を働かす必要がある場面で生きてくる。

ギャンブルは闇雲に相手にむかって行けば必ず敗れると言ったが、そうでなくても敗れることが多い。特に対人で行うギャンブルには強者と弱者が確実に生まれる。逆にそれがあるから強者は打ち続けると言ってもいい。ではなぜ弱者までが打ち続けるかと言

負けたりしても、それは自分を弱者と当人は思っていないし、自分のこれまでの戦績は勝ったり負けたりで、トータルすると少し負けているのだろう程度に考えているからである。同時に麻雀で言うと、次から次に麻雀を覚え立ての新人が入って来て、弱者が或る場所では強者になるという面を以前は持っていた。

ところが今、麻雀に新人（若いというだけではなく）がどんどん参入する時代ではなくなり、この時代に麻雀を魅力的だと考えるのはむしろ稀有《けう》な例となっている。

或る程度の麻雀の技倆《ぎりょう》がなければ、技倆を持ち合わせた者とやり合えば、必ず技倆の劣る者が敗れる。しかし技倆は鍛えれば或る程度はマスターできるし、そう歳月を必要とするものでもない。

では同じ程度の技倆を持つ者同士が打ち合って、どうして強者と弱者が生まれてしまうのか。その理由を〝天運〟、つまり天から与えられた運命がそれを決定するという考えがある。それから〝地運〟。その人がどこの場所、土地に立っているかによってすべてが左右されるという考えもある。方位学などはこの天運、地運を見計ろうとするものだ。

そうして最後が〝人運〟である。その人が持って生まれてきた運命、或る時からその人について回るようになった運命、その手のものが強者となるべき原動力となっているという考えだ。

ユウトはマチコと初めて麻雀を打って、

――ありゃツキじゃ。ツキが重なっただけじゃ。ツキがマチコにとりついてただけじゃ。

と結論を出しているが、それはユウトの言うとおりかもしれないし、もしかすると、マチコが持って生まれて来た運命かもしれない。

それはこれからのマチコの麻雀を見てみなければわからない。

〝好きこそ物の上手なれ〟という言葉があるが、この言葉は或る種、物事が上達する上で間違っていない。

一般社会の仕事もそうだが、好きと嫌いでひとつの仕事をずっと続けていけば、好きである方が仕事の魅力を先々でも発見できるが、嫌いで、イヤイヤやっていると、いつまで経っても仕事の魅力を発見したりすることはない。

マチコは麻雀が好きになった。惚れたと言ってもいいだろう。その点がまずマチコの麻雀がこの先成長していく原動力になることはたしかだ。ともかくこの先、この三人がどういう麻雀をマスターしていくのか愉しみではある。

三人は雀荘にむかうエレベーターに乗っていた。

「ねぇ、雀荘ってもう少し綺麗なビルに入ってないの？」

マチコが言った。

「そう言えばそうだね。やはり麻雀は古き良き時代のものなんじゃないかな」

カズマが言った。

「わかったことを言うな。何が古き良き時代じゃ。雀荘が汚かろうと綺麗だろうと、そんなことはマチコ、関係ないんじゃ」

ユウトが怒ったように言った。

「そうかしら。綺麗な店だったら、もっと若い人も増えるんじゃないかしら」

エレベーターが開いた。

「いらっしゃい。あれ、この間の人たちですよね」

雀荘の主人が言った。

マチコが笑った。

「三人ですか？」

「はい」

「そうですか。じゃどこの卓でもお座り下さい。メンバーはじきにあきますので。あっ、そっちの卓の方が新しいからいいですね」

三人は奥の卓に座った。

並べてある麻雀の牌をマチコが目をかがやかせて見ている。

――この目じゃ。

ユウトは胸の中でつぶやいた。

この目がかがやいて、いつも和了していたのを思い出した。

「ねぇ、この風牌を伏せて当てっこしない」

「いいですね。トランプみたいなもんだ。どうやって遊ぶの？」

カズマが言った。

「伏せた牌を順番で一枚ずつ取って行ってそれを当てるの。最初の一枚を当てれば五百円。そして次も当てれば三百円。次が二百円。すべて当たりだったら千円プラスってのはどう？」

「そりゃ面白い。やろうよ。なあユウト」

ユウトはうなずいた。

「じゃ、誰から始めるかジャンケンで決めましょう」

「いいよ。レディーファーストで」

カズマが気取って言う。

「じゃ私から……」

伏せた牌をまぜてからマチコがじっと見つめた。

「東」

マチコが言って一枚目をめくった。

東が出た。

「スゴイ」

カズマは目を丸くした。

「南」

南があらわれた。

「嘘だろう」

カズマがユウトを見た。

ユウトはじっとマチコの目を見ていた。

伏せた風牌の三枚を当てて見せたマチコが、かすかに微笑んで右手を差し出した。

「いや、マチコさん、スゴイよ」

カズマが興奮している。

「はい、二千円ずつね」

「何を言ってんだ。金は俺たちが終ってからだろう」

ユウトが言った。

「そ、そうだね。その方がフェアーだ」

カズマがうなずいた。

「フェアーとか、そういうんじゃない。常識じゃ」

「それじゃ、どうぞ」

カズマがユウトを見た。

「どっちが先じゃ？」

「ユウトからどうぞ」

「そうか……」

ユウトは風牌の四牌を手元に寄せて、それを裏返すと、手の中で混ぜた。

「じゃ、やるぜ」

「ちょっと待った」

カズマが制した。

「何じゃ？」

「その牌、悪いがボクにも洗牌《シーパイ》させてくれ」

「何？　おまえ、わしがイカサマでもしとると言うんか」

「そうじゃないよ。公正をきすためさ。さっきマチコさんの牌はボクが最後に混ぜたから……」

「チェッ、勝手にしろ」

カズマはマチコに笑いかけながら牌を混ぜて並べた。マチコもそれを見て笑っている。

——なにをいちゃついてんじゃ……。

ユウトは目の前の牌を見た。

——どうしてマチコが牌を当てたか……。

ユウトはガン牌（牌にあらかじめ傷があったり、変色していたりしてクセを持っている牌）を探した。

——お？　傷がどこにもない。マチコは偶然で三牌を引き当てたのか……。そんなことあるんかのう。

「何やってんだよ、ユウト」

「黙ってろ」

「透視してるってか？」

カズマの声を無視してユウトは目の前の牌に指を伸ばし、

「南」

と声を上げ、牌をめくった。

そこには南があった。

「オウーッ」

カズマが声を上げ、マチコは目をかがやかせて、

「スゴーイ、ユウト君」

と手を叩いた。

「何がスゴイじゃ。そっちは三枚当ててんじゃないか」

「私のは偶然だもの」

「えっ?」

「でも家で一人でやってると、よく当たるの。超能力があったりして……」

ユウトはマチコの顔を見返した。

——コイツ、俺をからかってんのか?

「さあ、次をめくれよ」

カズマがせっついた。

「うるせえな。静かにしろ」

チェッ、とユウトが舌打ちをしてカズマを見た。

「おい、一牌当たるとずいぶんえらそうだな」

——やかましい……。

ユウトは残りの三牌を睨んで、

——集中じゃ。集中するんじゃ……。

自分に言い聞かせた。

全身に力が入ってきた。

するとマチコが素っ頓狂な声で言った。

「でもなぜ最初が南なの？」

――う〜ん。

ユウトは考えこんで、表になっていた南の牌を見直した。

――なぜ南なんじゃ？

ユウトも自分ではわからなかった。

マチコのその一言でユウトの頭の中は混乱しはじめた。

「そう言えば南からってのは変だよな。変だよ、コイツ、ハッハハハ」

カズマが笑い出した。

「何がおかしい？」

ユウトがカズマを睨みつけた。

「カズマ君、そんなにおかしいことじゃないでしょう」

マチコが真顔で言った。

「そ、そうだけど、やっぱり変だよ」

「何が変なの？　私が訊いたのは南から当てたことがスゴイと思ったからよ。だってそうでしょう。そう思わないの？」

「そ、そりゃ、そうだね」

「そうよ。笑うなんて失礼よ。それでユウト君、どうして南なのよ」

「知らんよ。気が付いたらそう言うとったんじゃ。それより静かにしてくれ。集中しとるんじゃ」

「あっ、そう、わかった」

マチコが口を真一文字に閉じた。

「マチコさんと同じで偶然だよ。南なんて言ったのも」

「カズマ君、静かにしたら」

「……」

カズマは口をへの字にして黙った。

ユウトは残る三牌を見つめた。

――偶然じゃろうが、引ける奴と引けない奴がおる……。わしは引ける男になりてぇ。

「なりてぇ～」

ユウトはそうつぶやいて一枚の牌に指をあて、

「北」

と声を上げた。

「オウーッ」

カズマが目を見開いて牌を見た。

「ヤッター、さすが」

マチコが拍手した。

二人が北をじっと見つめていた。

「なんだよ、これ？　どういうことだよ」

カズマが言った。

卓上の北を見て、一番驚いたのはユウトだった。

驚くと同時にユウトは感激していた。

これまでこんなゲームをしたこともなかったし、牌にむかって祈るようなこともなかった。

——そういうことか……。

ユウトは胸の中でつぶやいた。

どういうことなのかは、正直、きちんとわかっていなかったが、ユウトは少なくとも自分には何か力があると感じた。

「たいした偶然だな」

カズマが言った。

「そう思うか？」

ユウトがカズマを見て笑った。

「何だ？　そう思うかって、どういう意味だよ」

「だから、おまえは偶然だと思うとるんじゃろうが」

「そりゃ、そうさ。伏せた牌がガン牌じゃない限り、わかるわけないじゃないか」

「わかっちゃいないな……」

ユウトはゆっくりと首を横に振り、急に余裕のある顔付きをしてカズマに言った。

「カズマ君の、何がわかってないの」

マチコが怪訝な顔で訊いた。

「フッフフフ……」

ユウトが笑った。

「もったいぶってないで次の牌をめくれよ」

カズマが苛ついて言った。

「あわてるな。これからええもんを見せてやるからのう」

ユウトの言葉にカズマが不愉快そうな顔をした。

「がんばって、ユウト君」

マチコが興奮している。

ユウトはふたつの牌をじっと睨んだ。

「残りはふたつだもんな。五十パーセントの確率で当たるわけだ……」

カズマが言った。

——五十パーセント？

ユウトは今までの二牌を引き当てた時、確率なんてことを考えてもいなかったことに気付いた。

——そうか、どちらかが東か西ってわけじゃ……。それなら何とかなるじゃろう。

そう思った途端、

——違う牌を引いたらおしまいってことか。ここまで来て、それじゃかっこうがつかんナ。

しかしこの状況では、引けたか引けなかったのかのどちらかしかないのだから、引けない場合も同じ確率でユウトの前にあることになる。

——引けるかな……。

ユウトはそう思ってから、

——何を弱気なことを言うとるんじゃ。引き上げるんじゃ。

と言い聞かせた。

——でもここまでで一牌目の五百円と二牌目の三百円は手に入れてる。一牌目でダメだったら、まるまる二千円をマチコに払わなくちゃならんかった。それだけでもクリアしてるってことじゃ……。

ユウトはそうつぶやいてちいさくうなずき、唇を嚙んだ。

──何を満足してんじゃ、わしは……。金の問題じゃなかろうが。こういう勝負に甘い性格が自分の弱点だってわしが一番良く知っちょるじゃろうが……。

「チキショー」

ユウトが声を出した。

「えっ、どうしてくやしがってるの、ユウト君？」

「何でもねえ」

「あっ、おまえ、ここまで来て、急に不安になったんだろう。そうだろう。図星だろう。さあ早くやれよ」

ユウトはカズマに胸の内を見透かされたようで舌打ちした。

「チェッ、つまらんことを言うな」

ユウトは目の前のふたつの牌を睨んだ。

──どっちが、どっちじゃ。どっちって、東のことか西のことか……。何を言うとんじゃ、わしは……。

「早くしろよ」

カズマがニヤニヤと笑いながら言った。

「やかましい。そーら、東じゃ」

ユウトは牌をつかんで卓上に叩きつけた。

「西が、平然とそこにあった。

「ハッハハハ……」

カズマが大声で笑った。

「ああ～」

マチコがタメ息をこぼした。

ユウトは卓上の西をじっと見ていた。

——チキショー、二分の一が引けないのかよ……。

「ユウト君は八百円ね。さあ次はカズマ君よ。がんばってよ」

「おう、まかせてくれ。ボクはこういうの、子供の頃から強いんだ。静岡のオバちゃんからも、この子は他の子にない力があるから、なんて言われてたんだ」

カズマは座ったまま、両手を牌の上にかざすようにした。

「わし、ちょっと小便に行ってくるわ」

牌が外れ力が抜けてしまったのか、ユウトが立ち上がった。

「ちょっと待てよ。これからボクの番だろう」

「済ませてくるまでせいぜい、おまえのその超能力をパワーアップしとけよ」

ユウトが投げやりに言って店の外のトイレに行こうとすると、店のメンバーが、

「もうすぐ行きます。それにしても面白そうなことやってますね。さっきは残念でした

ね」

と笑って言った。

「あんたに関係なかろうが」

「私も運気が絶好調の頃は、ああいうのをズバズバ引き当ててましたよ」

ユウトはメンバーの顔をまじまじと見て、

「運気じゃねぇんじゃ、あれが外れたのはよ」

「何ですか?」

「だから、あんたに関係ないって言うとるじゃろう」

ユウトは言ってトイレに行った。

用を済ませて手を洗った。

鏡の中に自分の顔が映っていた。

「どっちが、どっちだなんて考えるからじゃ。この性根無しが!」

ユウトは顔を洗って店に戻った。

「あら泣いてたの、ユウト君?」

目元が濡れてるユウトを見てマチコが訊いた。

「顔を洗っただけじゃ。なんでわしが泣かなきゃならんの」

「フッフフ、私に負けたから」

「何を！　この……」

この野郎、と言いかけてユウトは口をつぐんだ。

そうしてカズマを見て、

「何をやってんじゃ。早く引いて、終らせろ」

「そういう余計なことを言わないでくれ。今集中してんだから」

「そうよ、ユウト君。いけないわ」

マチコの言葉にユウトはまた舌打ちした。

カズマは目を閉じている。

そうして目を開けると目の前の牌を見つめた。カズマの目が今まで見た目とどこか違っている。

——あれっ、こいつ意外とギャンブル、好きなんだ。

「がんばって、カズマ君」

マチコが声をかけるが、聞こえてないようだった。

——どうせ上手くはいかんって……。

カズマがひとつ目の牌をつかんで、

「東」

と声を発して牌を裏返した。

そこに東があった。

「カズマ君もスゴーイ」

マチコが手を叩いた。

——嘘じゃろう？

ユウトは卓上の東とカズマの顔を交互に見た。

——こんな偶然があるのかよ。

ユウトは思わずレジのところに立っているメンバーの顔を見た。

メンバーはニコニコと笑っていた。

「東南《トンナン》戦はひさしぶりですよ。何だか懐かしい気がしますね」

メンバーが牌を揃えながら言った。

「えっ、そうなの？」

マチコが訊いた。

「はい。今、都内じゃ、いや関東のほとんどのフリー雀荘は東風戦ですよ」

「どうして？」

「その方が決着が早いし、お客さんも面白いみたいです」

「そうかしら……」

「おう、ゴチャゴチャ言うとらんではじめようぜ」

「ちょっとユウト君、そのゴチャゴチャって私に言ったの?」

ユウトがマチコを見た。

マチコの目が光っている。

「そうじゃねぇよ。そのメンバーに言うたんじゃ。麻雀は、打つ時は余計なことを口にしないのがマナーだからよ」

「あら、ユウト君からマナーという言葉を聞くとは思わなかった」

「だから、そういう余計なことをしゃべんないでさ」

「麻雀だと、君は真面目なんだね」

「おいカズマ。わしの何が不真面目だって言うんじゃ。わしのことを何も知らんくせにおかしなことを言うな。それに、さっきおまえは一牌しか引き当てられなかったろう。それはな、おまえに力がないってことじゃ。なら麻雀と真剣にむき合うことじゃ」

ユウトは強い口調で言った。

「あれは偶然だよ。あんなことで雀力がどうのこうのって言う方がおかしいよ」

「そうですかね?」

メンバーの声に、三人が同時にメンバーを見た。

「あれって結構、その人の雀力を試してるところがあるかもしれませんよ。もちろん、全部引き当てたから強いってことじゃありませんけど」

「面白いことを言いますね。それってどういうことですか」

カズマは身を乗り出すようにしてメンバーに訊くが、

「おい、もういい加減にしないとわしは帰るぞ」

ユウトが卓を叩いた。

「そういう言い方はやめて。皆楽しくやりましょうよ」

とりなすようなマチコのひと言で場が和《なご》んだ。

「じゃ、親決めを」

メンバーがマチコにサイコロを振るようにうながした。

マチコが中央のサイコロのカバーにふれた。クルーンとサイコロが回る。

「おっ、5ね。5というと1、2、3、私か。もう一度振るんだったね。わあ、また5が出たわ」

「インテルの長友佑都ですね」

メンバーが言った。

「それを言うならメジャーの松井秀喜選手と言って欲しいわね」

マチコは不満そうに言う。

——へぇ～、マチコは松井秀喜のファンか。センスあるじゃないか。

ユウトは感心した。

「ボクはイチローだな」

カズマは得意そうに言った。

「そうでしょうね。エリートたちは天才と呼ばれる人が好きだものね。自分と通じるところや願望があるんでしょう。どこがいいの。あんな恰好をつけた選手」

「マチコさん、イチローが嫌いなんですか。でも日本からメジャーに行ったすべての選手の中でイチローはナンバー1ですよ。実績が違うでしょう。数字は正直ですから」

「あら、カズマ君は野球を数字や実績でやるもんだと思ってるの。あなたは野球が何もわかってないわね」

マチコが珍しくムキになっていた。

「どうしてですか?」

「野球は何のためにあれだけ懸命にやってるのかわかってるの? 野球というのはチャンピオンに、チームがチャンピオンになるためにやってるの。日本でもペナントレースって言うでしょう。ひとつしかない勝者の旗をチームで取りに行く戦いなのよ。個人の記録や実績のために選手は野球をやってるんじゃないの……」

——ほうっ、マチコ、なかなかじゃないか。

「いやボクはそういう意味で言ったんじゃなくて……。真の実力はイチローだということを言いたかっただけなんだ」

「だから、それが違うの。麻雀のことは覚えたてだからよくわからないけど、賭け金を一円でも多く取った方が勝者じゃないでしょう。金儲けが目的なら投資や為替をやった方がいいわけでしょう」

「マチコさん」

ユウトがマチコをさん付けで呼んだ。

「何よ、ユウト君」

「マチコさんはここに何をしに来たんじゃ?」

「ああ、ゴメンナサイ。カズマ君もゴメンネ。ちょっと言い過ぎちゃって」

「こいつはええんじゃ。イチローと生きていきゃしあわせだろうから。わしは断然、松井秀喜じゃ。あとは野茂英雄」

「あら、私もよ。気が合うわね、私たち」

「まあな」

ユウトが言うとカズマは顔を真赤にしてユウトを睨んだ。

マチコは親の東一局目の五巡目でいきなりリーチをかけてきた。

「早いですね」

メンバーが言った。

マチコは嬉しそうに鼻にシワを寄せている。

マチコの河《ホー》の捨て牌は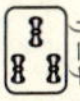《リーチ》である。

ユウトも手が早く、安全牌が見当らないでカン受けのの牌をの筋で、落すことにした。が通って、八巡目にユウトはイーシャンテンとなり、九巡目でを切った。

「それ、当たり、ロン」

マチコが声を上げ、手牌を倒した。

「チェッ」

ユウトが舌打ちした。

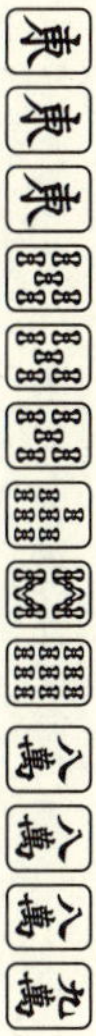

相変わらず暗刻《アンコ》が多い。

——あれ？

「それ、チョンボじゃろうが」

ユウトが言った。

「えっ、がアタマでいいんでしょう」

「よく見ろよ。七萬だって和了じゃ。この七萬を切っちょるじゃろう」

「えっ、どうして」

「並べてみろよ」

「そ、そんな……」

メンバーが八萬八萬八萬九萬に七萬を持って行き七萬八萬九萬と八萬八萬に分けてやった。

「あっ、そうか。言ってくれればいいのに」

「誰が、誰に、何を言うんじゃ。ほら罰金じゃ。親の満貫《まんがん》払い」

ユウトに言われ、マチコが残念そうな顔をして点棒を卓の上に置いた。

「覚えたてではよくやるミスですよ」

メンバーがなぐさめた。

「そんなわけない。初心者でもわかるミスじゃ」

「ユウト、少し言い方を考えたらどうなんだ。ボクもマチコさんと今日初めて打って、彼女の雀力がよくわかった。まだ初心者のマチコさんから満貫の罰金はないだろう。それは酷というものです」

「あのな、おまえ何か考え違いしちょるじゃろう。一緒に麻雀を打ちたいと言うてきたんは彼女じゃ。その時、わしは手加減はなしで、ルールはちゃんと守れよ、と言うたんじゃ。それを承知したのも彼女。わしは初心者だろうが子供だろうが、麻雀は手加減せん」

「お客さん、じゃ特別ルールにして、罰金を少なくしたらどうですか？」

メンバーが言った。

「やめた。わし、帰る」

「ちょっと待ちなさいよ、ユウト。罰金は払ったでしょう。それに、いつ私が手加減してくれとか、罰金を安くしてくれって言ったのよ。やめてくれない？　そんな同情されるために、私は打ってるんじゃないの。さあ、カズマ君でしょう、親は」

「あっ、わかりました」

南場に入り、一局目の七巡目でマチコが声を上げた。

「リーチ」

三人がマチコの顔を見た。

「今度は大丈夫だから……」

マチコは自分の河を見た。

一発でドラのを自摸《ツモ》和了った。

「ワオッ！　一発だわ」

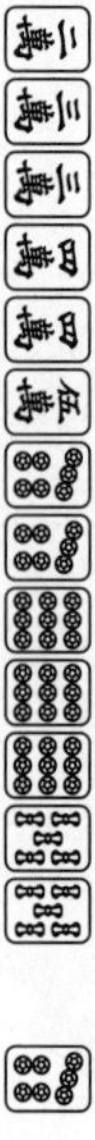
ツモ

ハネ満である。

メンバーもマチコの特異な麻雀の質に気付きはじめた。

「お嬢さん、お強いですね」

メンバーが言った。

カズマは東場が終った時点で点数が残り少なくなっていた。

二度のリーチをマチコに追い駆けられ、二度ともマチコに満貫を放銃《ほうじゆう》していた。

いつの間にか東一局の罰金を取り戻し、マチコはトップになっている。

カズマの赤かった顔がさらに赤くなっていた。

カズマは決して麻雀が下手ではなかった。むしろ同じ学生のレベルとしては上手い方だった。

それが、マチコの麻雀に翻弄されていた。

「カズマ君もがんばって」

南場の親で二本積んだマチコが言った。

「………」

カズマは返答しない。

——おとなげない奴じゃ。

マチコが三巡目に ユウトのをポンして、カズマが切り出したを見て、

「はい。それです」

と手牌を倒した。

ドラのが暗刻《アンコ》である。

「あっ、飛んだな、カズマ」

「飛んだって何のこと?」

マチコが訊いた。

「ハコテンじゃ」

「ハコテンって何? てんぷらみたいね」

「ハッハハ、そう、てんぷらみたいに油の上にカズマが浮き上がったってことじゃ」

カズマは何も返答をせず歯ぎしりしていた。

半荘《ハンチャン》を四回戦って、三人は雀荘を出た。

「いや楽しかった。麻雀ってやっぱり面白いね」

マチコが両手を通りの並木にむかって伸ばして言った。

「イイ感じだわ」

カズマは押し黙っている。

――一人負けだもんな。それも初心者に……。わかるぜ、その気持ち。

ユウトはカズマに少し同情した。


夕暮れの神楽坂通りを、三人で歩いた。

「ボク、用があるんで、これで」

カズマの声は沈んでいた。

「あら、ちょっと待ってよ。私が勝ったんだから夕飯をご馳走するわ。美味しいお鮨屋さんがあるのよ」

――おうっ、鮨かよ。

ユウトはカズマを見て、

「用があるんじゃろう。行ってええよ」

追い立てるように言った。

「いや、少しくらいなら大丈夫だ」

カズマは急に態度を変えた。

「よかった」

三人が毘沙門天の方に歩いて行くと、露店の花屋の脇で甚兵衛にステテコ姿の男が一人腰を下ろして煙草を吸っていた。

「あれって〝金魚売り〟でしょう」

よく見るとその男のそばに木枠を組んで金魚鉢が吊してあるのが見えた。

マチコが小走りに〝金魚売り〟に近寄って行った。

「こんにちは。もうこんばんは、かしら。ちょっと金魚見ていいですか」

「ああ、この暑さで少々へばり気味だがね……」

「そんなことないよ。皆元気そうよ」

「お嬢さん、安くしとくから持ってってくださいよ」

「そうね。これってすぐ弱ったりしない？」

「うちの金魚は大丈夫だ」

「ああ、これがいいかな。ほら、私たちみたいに三匹でいるわ」

見ると、黒い出目金が二匹と赤い金魚が一匹入った鉢があった。

「これがわしらかよ」

ユウトが言った。

「そう、いけなかった？　今日の三人の初麻雀の記念に貰って行こうかしら」

「えっ、まだつき合わせるんかのう」

「つき合わせるんじゃなくて、三人で麻雀を極めるのよ」

「極める？」

カズマが大声を上げた。

「そうよ。あんな面白いものをやらない手はないじゃないの。大学に行ってるよりよほど楽しいじゃない」

――麻雀に嵌まりはじめてるな。

マチコの顔を見てユウトは思った。

「カズマ君はそう思わない？」

マチコがカズマの腕にふれた。

「ま、まあ、思わなくもないけど」

「でしょう」

マチコが買った金魚鉢をかかげ、鉢の中の金魚を見ている。

「どっちがユウト君で、どっちがカズマ君かしら……」

「この男前の方がボクじゃないか」

カズマが笑って言った。

――勝手に言うてろ。

ユウトは言って二人のあとを歩いた。

本多横丁を筑土八幡《つくどはちまん》の方に下って軽子坂の一本手前の道を右に折れた。

「それにしても神楽坂ってところは路地が多いとこだね」

カズマが言った。

「お祖母ちゃんの話だと戦争でも、その前の震災でも焼け出されなかったんで、街を直すきっかけがなかったんだって」

「その戦争って太平洋戦争だよね。震災は関東大震災だよね」

「そう。私は両方とも知らないけどね……」

「そうだね。ボクたちにとっては遠い日のことだものね」

カズマが答えると、マチコがうなずいた。

「そういうこっちゃダメなんじゃや。わかっちょらんのう。歴史っちゅうもんが」

ユウトが言った。

「何がダメなのよ」

「自分の国で起きたことを、その国の人間が知らんちゅうっとは、その国の人間とは言えんちゅうことじゃ」

「それ、どういう意味よ?」

「少《すく》のうても自分たちの祖父《じい》さん、祖母《ばあ》さんの時にあったことくらいは身体で覚えとらんと日本人の資格がないちゅうことじゃ」

「急に何を言ってるのよ」

「ユウト、もしかして学校の勉強で唯一歴史が成績良かったとか？」

カズマがニヤリとして言った。

「学校？　そんなところで何を教わるっちゅうんじゃ。先公や教科書から身に付くもんて、何があるよ」

「大きく出たね、ユウト君」

「バカ、はったりかましとるんと違う話じゃ。わしが言うとるんわ、日本人なら戦争いうもんをしっかり身体で覚えておかにゃならんということよ」

「何を言ってんの。ユウト君、あなた戦争中なんて生まれてないじゃないの。それがどうして身体で覚えられるのよ」

「それが、わかっとらん言うんよ」

「じゃユウト君は何を知ってるの？」

「わしの祖父ちゃんの兄貴はニューギニアで戦死して、弟は中国で戦死しとる。そして祖母ちゃんの姉さんの一家は広島で原子爆弾に被災して皆亡くなっとる」

「あらそうなの。よく覚えてるわね。その覚えてるってことを自慢してるの」

「そうじゃない。わしの町じゃ子供の時から盆になると精霊流《しようろう》しをやる。そこに祖父ちゃんの兄弟と祖母ちゃんの姉さん一家の名前を全員墨で書いて川から海へ流すんじゃ。そん時に教えられた。わしらが今ここにおるのは、わしらのために死んで行った人がおるからじゃと」

「ふぅーん」

マチコがユウトを見た。

「でもそれって覚えてたからって何か役に立つもんでもないだろう。いつか忘れてしまうことだろう」

カズマが言った。

「だから優等生はバカじゃと言うんじゃ」

「君にバカと呼ばれることはないと思うよ」

「そうか、おまえは頭がええらしいからの。バカじゃなけりゃ、アンポンタンじゃ」

カズマがきょとんとした顔でユウトを見返した。

「ハッハハハ、何、それ、アッ、ポンタ？」

マチコが笑い出した。

「アンポンタンじゃ。たわけもののことよ」

「たわけもの？」

カズマが目を剝いた。

「そうじゃ、愚か者いうことじゃ」

「ボクのどこが愚かなんだよ」

「全部じゃ」

「どの全部なんだ？　言ってみろ」

カズマがムキになって言った。

「ええか、おまえはわしの祖父ちゃんの兄弟のことや祖母ちゃんの姉さんの一家のことをいつか忘れると言った。そんなことは断じてない。わしは死ぬまで忘れはせん。もし長生きしたら祖父ちゃんがわしに話したように、祖母ちゃんが姉さんの一家の写真を見せてくれたように、そのことをわしの息子や娘、孫に話して聞かせるんじゃ。おまえたちが生きとられるのは、この人たちのお蔭じゃとな。わしはたしかに学校の勉強の覚えは悪かった。しかし人間には、忘れちゃならんことがあるんじゃ。それが戦争のことじゃ。カズマの家ではそんな話はせんかったのか？」

「……………」

カズマは黙った。

「私の家だってそんな話はしなかったわ。今はどこの家だってそうじゃないの」

「だからいけんのじゃ」

「でもそれを知ってたらどうなるの？」

「戦争いうもんは隣りにおった者、同じ屋根の下におった者が死んでしまうということを肝に銘じることができる」

カズマがそれを聞いて、

「つまり君は戦争反対と言いたいわけだ。そりゃ、ボクだって戦争は反対だし、いちいちそんなことを覚えてなくてもわかるさ」

と小馬鹿にしたように言った。

「そこが違うんじゃのう」

「何が？」

「歴史の中に立つ言うんは、わしらのかわりに死んで行った人の名前を覚えたり、手を合わせることで身体に覚えさせることを言うんじゃ」

「でも戦争を否定することはかわらないじゃないか。それって屁理屈だろう。第一、歴史の中に立つなんて大袈裟だよ」

「いえ、そうでもないわ」

マチコが言うと、カズマが意外な顔をした。

「ユウト君の言ってること、わかる気がするわ」

「マチコさん、どういうこと、それって」

カズマが訊いた。

「上手く言えないけど。本を読んで知ったりしたものや、テレビのドキュメント番組で見たりしたものと、ユウト君が河原で精霊流しに手を合わせるのはどこか違うことのような気がする」

「おう、さすがはマチコじゃ。いやマチコさんじゃのう。やはり頭がええ」

「君たちの言ってることって実感の話をしてるんだろう。ボクだって十分に戦争の悲惨さはわかってるつもりだ」

カズマが不満そうに言った。

「いや、おまえはわかっとらん」

「だから君に言われたくないって」

「そう言うなら、それでええ。雀友《じゃんゆう》じゃと思うから話しただけのことじゃ」

「………」

カズマは口を尖らせている。

「今、何って言ったの、ユウト君?」

「雀友じゃ」

「ジャンユウって何、それ」

「麻雀の雀に友人の友で雀友よ」

「麻雀で生まれた友だちってこと？」

「そうじゃ」

「いい言葉ね。響きがいいわ。雀友か……。私たち三人、雀友よね」

「こいつはそう思っとらんらしい」

ユウトが顎をカズマの方にしゃくって言った。

「そんなことないわよ。ユウト君が私たちのことを責めるように言うからよ。私だって初めは嫌な気持ちがしたもの。ユウト君の家にはそういう話があったからよく覚えてるわけでしょう。それがないのは私たちの責任じゃないし」

「そりゃ、そうじゃのう。だったら親に聞いてみにゃのう」

「最初からそう言えばいいんだよ。マチコさんが言うとおり、ボクたちに責任はないよ」

カズマが言った。

「いや責任はある」

ユウトがはっきりと言った。

「どうして責任があるんだよ。ユウト、君の言ってることはおかしいよ」

「そうよ。私たちが始めた戦争じゃないし」

「いや責任はあるんじゃ」

「どうしてよ？」

「アウシュヴィッツ博物館の元館長だったスモレンいう男がこう言うとる。〝この目の前で起きた悲惨な、この戦争の責任は君たち若者にはない。しかしこれから先、戦争をくり返してはいけないということを守る責任は君たち一人一人にある〟とな」

ユウトの言葉を聞いて、マチコとカズマが目を丸くしてユウトを見つめた。

「スゴイ、ユウト君、もう一度言ってみて」

「うん、今のはイイ」

「そうか、それほどでもないがの……。じゃもう一度……、え～と何じゃったかのう。あれ？　忘れてしもうた」

チェッ、とカズマが舌打ちした。

「やっぱりね」

マチコは呆れた。

「さあ、お鮨屋さんに入りましょう」

路地の先に店灯りが見えた。

「ここよ」

「おう、なんか雰囲気があるね」

「高そうじゃぞ。大丈夫なんか、マチコ」

ユウトが訊くとマチコは胸を叩いて笑った。

「ちいさい頃から知ってる店よ」

「そうか、馴染みの店ということか」

木戸を開けて入ると、

「いらっしゃいまし」

と威勢の良い声がした。

「おや、お嬢さん、おひさしぶりで」

カウンターの奥から主人らしき男が挨拶した。

「今日はお友だちと？」

「ええ、雀友とね」

「ジャンユウ？」

主人が怪訝な顔をした。

ユウトは生まれて初めて食べものが美しいと思った。

これまで、食べものの見てくれなど考えたこともなかったし、美味い、不味《まず》いというのは少しはわかるが、何よりもユウトにとって食べものは空腹を満たせばそれで済んだ。

「さあユウト君、カズマ君、今日は私がご馳走しますから……」

マチコが言うとカウンターの主人が、

「お嬢さん、何かいいことでもおありになったんですか」

と訊いた。

「ええ、今日、麻雀に勝ったんです。だから私の奢りなの」

「お嬢さん、麻雀をなさるんですか」

「ええ、まだ覚えたてだけど」

「ほう」

主人が感心したように目を丸くした。

「私の麻雀、スジはいいみたいよ」

「スジがいい。それはそれは……。で、今日の勝負はお嬢さんがお勝ちになったというわけですね」

「そう、この二人をお相手にね」

主人がユウトとカズマを見た。

チェッ。ユウトは舌打ちをした。

——手加減しとるというのによ。

カズマもムッとした顔をした。

「お兄さん方を相手に博奕で勝つとはたいしたもんですね」

「運が良かったんでしょう。〝勝負は時の運〟って言うから」

「〝勝負は時の運〟なんて言葉をご存知なんですか。いや驚きました。さて、ぎゃふんといわされた方々は何からお出ししましょうか」

主人がユウトとカズマを見た。

「じゃ、並の握りを一人前」

ユウトが言うとカズマも、ボクもそれをと言った。

「そんなふうでなくていいわよ。好きなものを食べなさいよ。人がご馳走するって言ってるのに並なんて、私に恥をかかさないで」

「じゃ中くらいの握りを」

ユウトが主人に頭を下げた。

「ユウト君、ここには中とか並はないの。皆上等なお鮨ばっかりなの」

「そうか、じゃその上等なのをまず二十個ほど握ってもらおうかのう」

ユウトが顔を上げ、胸を張るように言った。

「はい、承知しやした。そちらも同じで」

「は、はい」

「そうこなくっちゃ」

マチコは嬉しそうに笑った。

――知らねぇぞ、マチコ、わしは腹がぺこぺこなんじゃから。

「お飲みものは？」

和服を着た女将がユウトに訊ねた。

「水」

それを聞いたマチコは呆れ顔になった。

「ユウト君、お鮨屋さんでお水はないでしょう」

「じゃ、コーラ」

「コーラもないでしょう。子供じゃないんだから」

「ならお茶じゃ」

「私はビールを」

「おう、じゃあわしもビールじゃ」

マチコは笑いを嚙み殺していた。

ユウトの目の前に鮪《まぐろ》の握りが置かれた。

「中トロです。お醬油はつけてあります」

「このまま口に入れていいんじゃね」

「はい、その方が粋でしょう」

ユウトは勢いよくひとつ目を口に入れた。

田舎で食べたり、東京の回転寿司で食べた鮨よりかなり小振りだが、ひと嚙み、ふた嚙みすると、思わず声が出た。

「美味い」

カズマも、美味いとうなずいた。

マチコは満足そうに笑っている。

中トロ、ヒラメ、タイ、シマアジ、サバと二個ずつが出て、たちまち十個を二人は平らげた。

「どう?」

マチコが訊いた。

ユウトはマチコにうなずいただけで、

「マグロだけを十個」

と両手を出した。

「へい」

「ワァッ、スゴイ」

「ボクも同じく」

カズマも負けずに言った。

二人はたちどころに十個を食べた。

カズマがお腹をポンポンと叩いた。

「あとは何を握りましょう？」

「何がええかのう」

ユウトは正直、何があるのかわからなかった。

「それでしたら赤貝はいかがですか？」

ユウトとカズマが同時にうなずいた。

主人のかたわらで若い板前が、殻のままの赤貝三個、俎板《まないた》に置いて中身を開いている。手早くワタを除いて赤貝の身を分けて水で洗った。その身を受け取った主人が庖丁の先で少し切り目を入れ、握って三人の前に出した。見事なものだった。

「はい、お待たせしました」

ユウトが口に入れると、これが歯ごたえもあり美味かった。赤貝のヒモが細く切った海草で巻かれて出た。

「ヒモでございます」

——へぇ～、これをヒモって呼ぶんだ。

これも口にすると美味かった。

ユウトの隣りでカズマもうなずいている。

「アオヤギのいいのがあります」

「あっそう、もうアオヤギも終る頃だものね」

マチコが言った。

——何が終るんじゃ？

ユウトにとって、アオヤギは初めて味わう味覚だった。

握る時に醬油をつけて出す鮨も初めてだった。少し醬油がうすい気もするが、ともかくどんどん食べることができる。

「お嬢さん、新子《シンコ》が出てますが」

「えっ、新子が出てるの？」

——今度は何じゃ？ 出てるの出てないだの……。シンコって、どこぞの女の名前か？

それより……。

「こちらのお客さんにもお出ししましょうか」

その時、ユウトが言った。

「ちょっと聞きたいんじゃが……」

主人とマチコがユウトに目をやる。

「この店は、飯の量をケチってんの？」

「はあ？」

主人がユウトを見直した。

「なぜですか?」

「さっきからどの握りも飯の量が少な過ぎるからよ。他の店じゃ、もっと景気良く握っちょるぞ」

「そうそうボクも同感だ」

カズマも声を揃えて言った。

ハハハッ、とマチコが笑った。

「お客さん、この店にゃまだお客さんがこれから百個召し上がっても大丈夫なシャリは用意してございます。うちの鮨はその大きさなんです。私は小僧の修業時代から鮨はその大きさ以外に知りません」

「でも大きくすりゃええだけなんじゃないんか」

「それじゃ鮨ではなくなってしまいます」

「どうしてじゃ?」

ユウトは引き下がらない。

「よそさまはわかりませんが、江戸前の鮨ってのはその大きさです」

「いや、わしはもっと飯が多い鮨を食うたし、美味かったぞ」

「それは鮨じゃございません」

主人も引かない。

「じゃ、わしが食べたのは何じゃ」

「たぶん握りの鮨ではなく、握り飯。おにぎりじゃないですか」

ハッハハハ、とまたマチコが笑った。

ユウトは頬をふくらませた。

その時、表の木戸が開いて若い男女が子供を二人連れて入ってきた。

「あのよろしいでしょうか。ここは、〝寿司K〟さんですよね」

母親がグルメ雑誌を手にしていた。

「はい。そうです」

と言ってから、女将さんがカウンターの主人を見た。

主人は首を横に振った。

「すみません。うちはお子さんにご遠慮願っているんで、申し訳ありません」

——えっ、子供を入れない鮨屋があるのかよ。

ユウトは驚いた。

その家族はすごすごと店を出て行った。

「ちょっとええかのう。今、聞こえたんじゃがどうして子どもは店に入れんの。それって差別じゃろう」

主人が手を止める。

「差別じゃありません。区分です。鮨屋は子供が入ってくる所じゃありません」

「なぜじゃ?」

「ここは大人が食事をする所です。だから酒もお出ししてるんです」

「よその店じゃ、子供も入れちょるぞ」

「よそさまはよそさまです。昔から鮨屋に子供は入れないんです。子供は粗相をします。ここでは刃物をお客さんの目の前で使わせてもらってます。私は大人のお客さんに鮨を握るために修業してきました。鮨の修業は握り方を教わることじゃございません。鮨というものには分別というものがございます。その分別を修業してきました。分別がまだわからない人や、ましてや子供に握る鮨は教わってません」

――なるほど。

とユウトは思ったが、

「それは屁理屈じゃ。鮨屋だけじゃなくてレストランだって、どこでも子供は入れちょる」

ムキになって言った。

「ユウト君、いい加減にしなさい。私だって鮨屋で子供が騒いでたら嫌だもの。それに私が子供の時は、ここは昼間しか連れて来てもらわなかったし、それもお座敷以外は入れなかったのよ」

「そうかのう。わしには気取ってるふうにしか見えないんじゃがのう」

「お客さん、さっきまで麻雀をなすってたんでしょう」

主人が訊いた。

「ああ、やってたよ」

「雀荘ですか」

「ああ」

「その雀荘のお客さんたちが打っている隣りの卓で子供が数人ギャーギャー騒いで牌を身勝手に放っていたりしたらどう思われますでしょうか？」

「そ、そりゃ、ガキに言うさ。やかましい、静かにしろって。ここはおまえらガキが来る所じゃないんじゃ、とな」

「それと同じです。この店は」

「……………」

ユウトは何も言えなかった。

「ご主人の勝ちね」

「出過ぎたことを言ってすみませんでした。あとは何を握りましょうか」

「わしゃもういいよ」

主人はカズマを見た。

「じゃボクはキュウリを巻いて下さい」

「はい。カッパですね」

ユウトもカッパ巻きを食べたかったが注文する気になれなかった。

釈然としなかった。

「ご主人も麻雀をするの？」

マチコが訊いた。

「今はやりません。昔はやりました。まだ小僧の時、兄弟子につき合わされて」

「面白かったでしょう？」

「博奕はどれも皆面白くできてます。若い時はずいぶん夢中で打ちましたが、親方に注意をされてやめました」

「どうして注意されたの？」

「修業がおざなりになったからです。それほど夢中になってたんでしょう。それに……」

と言って主人は言葉を止めた。

「それに何ですか？」

「こういう商いは、地道にやって行けば何とか喰っていけます。私どもの商いがおかしくなるひとつには、博奕があります」

「お店まで賭けてしまうの？」

「違いますす。仕事がいい加減で、卑《いや》しくなるんです」

「どういうこと？」

「人間は勝った負けただけで生きて行くと必ず下品になりますし、卑しさが出ます。博奕というのは、人間の見なくてもいいものまで見えてしまいますから」

――このオヤジ、いっとき本気で博奕をやってたんじゃのう……。

ユウトは思った。

「どういうことか私にはよくわからないわ。ユウト君はご主人の言ってることわかる？」

「ああ少しじゃけど」

「少し、何がわかるの？」

「そうじゃな。例えば一人だけずっと負けてる奴がおる。もうよせばええのに、そいつは頭に血が昇ってて何も見えなくなっちょる。そういう時は醜いな、と思うのう。何が何でも勝とうとすると、イカサマをやる奴もおる。見ていて嫌になる時がある。そういうのを見とると、わしゃちょっと辛《つろ》うなるんじゃ。あれがもしかしてわしの姿かもしれんとな」

「ふぅ〜ん。そんなことがあるんだ」

「だから女、子供が博奕をするんは、わしゃあまり好きじゃないんじゃ」

「私もそう思います。女の子がギャンブルに夢中になるのはいかがでしょうか」

「そういうことか。でも私は違うよ。お金を得るために麻雀をしてるんじゃないもの」

マチコは口を尖らせた。

「そう言うとってもずっと続けとりゃ、そういう場面には出くわすよ」

「そうかしら。そうなの？　ご主人」

「さあ、どうでしょうか。家庭麻雀ならそういうことはないでしょうから、なさってよろしいんじゃないんですか」

「私、家庭麻雀とか、そういう麻雀を目指してるんじゃないの」

するとと主人がじっとマチコを見た。

「そうですか。それならお嬢さん、よほど覚悟をなさらないといけませんよ」

「だから覚悟してます」

「覚悟というのはお嬢さん、難しいもんでございます。血が出ない博奕はございませんから」

——オヤジ、いいこと言いやがる。

「それも覚悟してるわ」

「そうでしょうか……」

主人が言った。

「あら失礼ね」

マチコが頰をふくらませて席を立ち、

「さあ行きましょう」

と言った。

女将が主人に小声で言った。

「あなた、お嬢さんにあんなことを……」

「黙ってろ。口出しするんじゃねぇ」

ユウトとカズマも立ち上がった。

「ご馳走さま。美味しかったです」

カズマが言った。

ユウトも礼を言おうと思ったが、

「ご主人。あんたの言うたことは正しいかもしれんとわしは思いはじめた。たしかにこの店に子供は入ってこない方がいい。わしが悪かった。このとおりじゃ」

ユウトは頭を下げた。

「いいえ、私も偉そうなことを口にして申し訳ありませんでした」

主人も頭を下げた。

「わし、東京に来て、初めて大人の食べるものを食べた気がする。今までで一番美味い鮨じゃった」

「ありがとうございます」

三人は店を出た。女将がマチコに言った。

「すみませんね、お嬢さん。うちの親方は頑固ですから」

「本当ね」

「若い時に麻雀に入れ込んで、その時の親方に勘当されたことがあったんです。ですからお嬢さんに間違いをして欲しくないと思って言ったんだと思います」

「えっ、そうなの」

「わしはあのオヤジの言うとることは正しいと思ったな」

「何よ。ユウト君までが、私が麻雀することに反対なの？　どうしてよ」

マチコが真剣な目でユウトを見た。

「そ、そんな怖い目で見るなよ。ただそう思うただけじゃから」

「カズマ君はどう思うのよ」

「ボ、ボクは愉しい麻雀なら女の人がやってもいいんじゃないかと思うよ」

「そうでしょう」

――また上手いこと言いやがって。

ユウトはカズマを睨みつけた。

路地を抜けると、いきなり鉦《かね》の音がしてお囃子《はやし》の賑やかな音色が聞こえてきた。

「何じゃ、あの騒ぎは」

「あら、今夜から神楽坂祭りじゃないの。あの囃子の音は〝阿波踊り〟をやってるのよ」

「〝阿波踊り〟は四国、徳島じゃろう」

「だからその徳島から〝阿波踊り〟の〝連《れん》〟の人たちが来てるのよ。さあ見物に行きましょう」

マチコが走り出した。

カズマも後を追い駆けようとした。

「カズマ」

ユウトが呼んだ。

「何だよ」

「おまえ、何か用があると言うとらんかったか？」

「あっ、そうだったっけ」

「そうだったっけじゃなかろう。おまえ、もう帰れ」

「どうして？」

「わしはマチコと少し話がある。やはりマチコに麻雀をさせるのはいかん気がする」

「どうしてそれをおまえだけが説得しようとしてるんだよ」

「おまえも説得してくれるんか？　さっきマチコに麻雀をやってもええと言うとったじゃないか」

「そ、それは……」

「おまえは何でも都合で口をきき過ぎると思わんか。マチコのためを思うなら麻雀はやめさせるべきじゃろう」

「そんなに固く考えなくてもいいんじゃないのか」

バチーン。

ユウトがいきなりカズマの頬を叩いた。

「な、な、何をするんだよ」

「おまえは本当にマチコのことを考えてはおらん」

「考えてるよ。毎晩」

「えっ？」

「ボクはマチコさんのことを毎晩考えてるんだ」

「それはおまえ、違う意味じゃないのか？」

二人に、激しいお囃子の音と〝阿波踊り〟の〝連〟がむかってきた。

激しく打ち鳴らされる太鼓《たいこ》、鉦に三味線の上げ下ろす乱れ弾きがユウト、カズマ、マチコの耳元に響くと、〝阿波踊り〟の連が次から次へと迫って来た。

「オゥッー、こりゃええ調子じゃのう」

ユウトがお囃子の音色に合わせて、手首を折るような仕草で動かし、上半身を揺らしはじめた。

それを見てマチコが、クスッと笑った。

上半身を揺らしていたユウトが腰をグイッと落とし、いきなり膝下だけを動かして一歩、二歩、三、四、五歩と踊り出した。

「あら、上手いわ、ユウト君。カズマ君、ほら見てごらんなさい。ユウト君、サマになってるわよ」

——ケッ、調子に乗って……。

カズマが呆れた顔でユウトを見て、よくあんなことができるな、と言いたげに首を横に振った。

「ボクには信じられないよ。あんなふうに……」

カズマがマチコに言おうとした時、マチコはユウトにむかって両手を肩先よりやや上方に上げ、白い手を上下させながら、足をツマ先から跳ねるようにして踊りはじめた。

——えっ、マチコさんまで何をやってるんだよ。

ユウトにむかって踊りながら近づくマチコを見て、ユウトがひょっとこのように唇をすぼめて突き出している。まるでマチコにキスを求めるように映る。

それを察したのか、マチコが恥ずかしそうにシナを作った。

見物人がそれを見て、ドッと笑った。

——あの野郎、調子に乗りやがって。

カズマが胸の中で毒付いた。

マチコはユウトに背中をむけてカズマの方に近づいてくる。

マチコは少し汗を掻いていて、顔や頬が薄っすらとひかっている。

——やっぱり綺麗だな、マチコさんは……。

カズマが見惚れていると、マチコが手招きした。

——さあ、カズマ君も踊りましょう。

マチコの目がそう言っている。

——いや、ボクにはそんなことは……。

それでもマチコは手招きをしている。

——できないって。ボクには人前でユウトみたいにサルマネのような恰好は……。

マチコとカズマの間にユウトが踊りながら入って来た。

——この野郎、恥ずかしくないのか。

カズマがユウトを睨むと、ユウトが大声で歌うように言った。

「踊る阿呆に、見る阿呆」

——こいつ、ボクをからかってるのか。

するとユウトの前に今度はマチコが笑ってあらわれ、

「同じ阿呆なら、踊らにゃ損、損……」

とおかしくてしかたないふうに歌った。

カズマはマチコの言葉に顔をしかめた。

「カズマ」

ユウトが呼んだ。

背中をこちらにむけている。

——何だよ、こいつ背中をむけて失礼じゃないか……。

「カズマ」

ユウトが大声で呼んだ。

「何だよ、この野郎」

するとさらに大声でユウトが背中をむけたまま怒鳴った。

「カズマ、阿呆にならんと、おまえ、つまらん男にしかならんぜよ～」

ユウトはそのまま踊りの輪の中に入って行った。

カズマがあわててマチコを見ると、彼女の姿も踊りの群れにまぎれてしまっていた。カズマは一人で歯ぎしりしながら、そこに立っていた。

ひさしぶりに懸命に踊って汗を掻いたせいか、マチコの身体は冷たいシャワーをあびたにもかかわらず、まだ火照《ほて》っていた。

部屋のベッドに横になって、少し開けた窓からの夜風に当たっている。

かすかに三味線の音が聞こえる。

途切れ途切れの音色とつたなさで、それを弾いているのが半玉《はんぎょく》か見習いの女の子だとわかる。ちっとも上手くないのに、それが耳障りに聞こえないのは、子供の頃からそういう音を聞いていたからだろう。

耳の底に手習いの三味線の音が聞こえてくるのが、この街なのである。神楽坂の夜の音色である。

マチコは反転して部屋の天井を見た。

『覚悟というのはお嬢さん、難しいもんでございます。血が出ない博奕はございませんから』

先刻、鮨屋の主人が言った言葉がよみがえった。

――血の出ないギャンブルはないっていうことなのね。

マチコはつぶやきながら、先日、早稲田の雀荘で自分が勝った時に、最後の精算で金を卓の上に置きながらマチコを睨みつけた、学生の口惜しそうな表情を思い浮かべた。

その時、マチコは笑って、

『ありがとうございます。遊んだ上に小遣いまで貰っちゃって』

と相手に頭を下げたが、すぐそばからユウトがマチコの脇を突いて小声でささやいた。

『黙って受け取っとけ』

『あら、そう。お礼を言っただけよ』

そう返答して雀荘を出た。

二人で早稲田通りを歩きはじめるとユウトが言った。

『勝った時はあんなふうに言うもんじゃない』

『どうして?』

『おまえ、いやマチコのような麻雀の腕前の、しかも女の子に負けたと思うと、あいつは腹の中が煮えくり返っとる。それにあの雀荘におる学生はほとんどが毎日麻雀ばかりを打っとる。負けると、その日の飯が抜きになるのもおる』

『まさか』

『本当じゃ。麻雀いうのはいったん嵌まってしまうと他に目がむかんようになる。麻雀だけを打っていられれば、それが一番気持ちええんじゃ。今さっき見たのも、その口じゃ』

『でもたったあれだけの金額よ』

『マチコとは暮らしが違う学生の方が多いのがわからんのか。あれであいつのポケットの中の大半の金じゃろう』

『本当に？』

『ああ本当じゃ。だからあいつらは雀荘のレートとルールに敏感に反応して、何とか喰いつなげるように麻雀を打っとるんじゃ』

『そうなの。ますます気に入ったわ』

マチコが嬉しそうに言うと、

『何を言っとるんじゃ、まったく。話にならんわ。ともかく勝って金を払わせる時は、相手を逆上させんことじゃ』

『どうしてよ？』

『恨みや闘争心を必要以上に自分に対して持たせんようにするのが、ギャンブルの大事なところじゃ』

『ふぅ〜ん。じゃ、あの人は頭にきてたのね』

『そういうこと。負けて笑っとるのがおったら、そいつはバカじゃ。あれが真剣勝負なら、マチコに斬られたいうことじゃがの』
『あら、私があの人を斬ったの？』
『そういうこと』
『それは失礼つかまつった。拙者がいたりませなんだ。フッフフ』
マチコの言葉を聞いてユウトが呆れ顔になった。
——あの負けた相手は血が流れたってことなのかしら？
マチコは自分を睨みつけていた学生の目を天井の薄闇の中に見ていた。

八月に入ったばかりの週末、ライヴハウス〝ビター〟からバンド演奏の音が吹き上がってきて、通りまで聞こえていた。

「ヨオーッシ、じゃ、もう一回。頭からいってみようか」

バンドのリーダーらしき男が、ピアノの前で譜面を見ながら言う。

演奏がはじまった。

カウンターに背をもたせかけてユウトが立っている。

そのそばの椅子に腰をかけて、店のオーナー兼ママであるリマが演奏を聞いている。

「ユウト、あなた田舎には帰らないの？」

「はい……」

「そう、それはいいわね」

「何が？」

「その年に東京で大学生になった若者はふたつに分れるのよ」

「何のことじゃ？」

「だからね。夏になって大学が休みになるでしょう。休みになった途端に真っ直ぐ故郷に戻る学生と、少しいろいろなところに行って、それでも故郷には帰る学生がほとんどなのよ。だけどもうひとタイプ。まったく故郷に帰ろうとしない学生がいるの。そのどちらかなんだけど、ほとんどの学生は故郷に帰って行くのよ。どうしてだと思う？」

「さあ、わからないよ」

「ママのオッパイが恋しいからよ。家族や、家が楽しいからよ。田舎の風景が恋しいからよ。そこで安心したいのよ。そういう学生は東京で就職してもいずれ故郷に帰るわ。けど一年目の夏からまったく故郷に、田舎に帰らない学生は、私に言わせれば、いつか何かを必ず見つけるの。そうして故郷には二度と戻らない。私はそういう学生が好きなの。だからユウト、あなたは少し見処があるのかもね」

「わしはただ田舎までの電車賃がないから帰らないだけ。そんなたいそうな理由は端からないよ」

「理由は何だっていいの。帰りたければ歩いても帰るのが故郷ってものらしいわ。ユウトは山口だっけ？」

「そう、つまらない所じゃ」

「そんなことないわよ。長州でしょう。明治維新じゃないの。高杉晋作、木戸なんとか、それに歴代の総理大臣がたくさん出てるでしょう。伊藤博文、山縣有朋、岸信介、佐藤栄作……あの安倍晋三ってすぐ退《や》めちゃったのもそうでしょう」

「チェッ、山口の話をすると、結局、そのふたつしかないんだよな。明治維新か、総理大臣。そんなことが何になるのか、俺にはようわからんし、まったく興味がないんじゃ」

「そうかしら、私みたいに東京生まれは故郷がないの。だから〝故郷〟って響きにいっとき憧れたわ」

演奏が終った。

「どうでしょうか？」

ピアノの男が訊いた。

「どうかだってよ、ママ」

「あら聞いてなかったわ。どうだったユウト？」

「まったくダメだね、こいつら」

「あなたがそうなら……」

リマはそれが当然という顔で言った。

「うちじゃ、ちょっと無理ね。他をあたって」

「えっ？」

ピアノの男は不満そうだ。

「ちょっと無理って何がどう無理なのか説明してもらいたいね」

他のメンバーもうなずいている。

「何がって、うちの雰囲気とは少し違う気がするの」

「どういう雰囲気なの？　俺たち、先月まで六本木でやってたんだけど」

「そうそう、それよ。六本木みたいにお上りさんが多い所じゃ、今のでいいかもしれないけど神楽坂じゃ、ちょっとね……」

「どういう意味だ？　それって」

ピアノの男が表情を変えた。

リマも椅子から立ち上がった。

「ああいいよ、ママ。説明しちゃるからよ」

ユウトはカウンターを離れて店のフロアーの真ん中に立った。

「譜面を見て音を合わせてるようなバンドじゃ、この店は客が皆帰っちゃうんです。言っとくけどレベル高いんですよね、神楽坂は」

「何を、若造、もういっぺん言ってみろ」

「百回でも千回でも、一万回でも言いますよ。レベルが低いの、おたくたち」

「何をこの野郎」

バンドのメンバーたちがステージから降りてきた。

「いい加減にしなさい」

リマが声を上げげた。

「何を……」

バンドのメンバーがリマに近づこうとした時、〝ビター〟の階段をドン、ドンと鈍い音を立てて下りてくる足音がした。

店のライトの中にいるので顔が見えないが、その図体はおそろしく大きかった。

「誰じゃい。ママに大声を上げさせてんのは？」

野太い声が店中に響いた。

その男がライトの中にゆっくりと入って来た。

「デッケェー」

ユウトは思わずそう口にした。

背丈はゆうに二メートルはある。それよりもTシャツからむき出しの両腕がユウトの足より太いし、その下から見える盛り上がった胸の筋肉が半端じゃない。穿いているハーフパンツから出たふくらはぎ、そしてサンダルを履いた足の大きさと言ったら、四十センチはありそうだ。

おまけにスキンヘッドだ。

「あら、東京に帰ってきたの。ミッチー」

リマが嬉しそうに言った。

――ミッチー？　何じゃ、その名前は？　ブウーッ。

ユウトは男と似ても似つかない名前に吹出した。

「ええ、さっき東京駅に着いたばかりです。まずはママに挨拶せねばならんと思って真っ直ぐ来ました」

見てくれと違い、やけにやさしい言葉遣いだ。

「今、声がしたけど何かあったの？」

リマがバンドたちを見ると、楽器の片付けを黙々としていた。

「何でもないの」

「そう」

ミッチーと呼ばれた男がユウトを見た。

「彼はね、ユウト。少し前まで店でトランペットを吹いてくれてたの。けど根気がないんでやめてもらったの」

「ミュージシャンなの？」

「違う。ただの学生」

「ああ学生さん。初めましてミッチーです」

男が手を差し出した。

——自分までがミッチーって言うことないじゃろう。

「ユウトです。よろしく」

ユウトも手を出し握手をした。

「痛、痛、痛え〜」

ユウトが叫び声を上げた。

「あ、ゴメンナサイ、もう少し加減した方がよかったね。ひさしぶりに人と握手したもんだから」

「加減じゃと、バカヤロー、指が折れるじゃねえか。この野郎、少しは考えてやらんか」

ユウトが怒鳴り声を上げた。

「本当にスミマセン」

「スミマセンで済みゃ警察はいらねぇんじゃ。このバカ力が」

「ユウト、私の友だちにむかってバカとは何よ。謝りなさい」

「ああママ、いいんだよ。悪いのはこっちだから」

「そういうお人好しの所がイケナイのよ。ともかく謝りなさい。ユウト。でないと許さないわよ。ミッチーはただ親愛の情を込めて握手しただけなんだから」

「わかったよ。わしが悪かった。ゴメンナ」

「いいよ。俺も加減しなくてわるかったね。大丈夫？」

ミッチーがユウトの肩に手を置こうとした。

「いいから、大丈夫じゃからわしの身体にさわらんでくれ」

「ミッチー、それでこれからどうするの？　東京に帰って来たって言ったけど、どこか住む所のあてはあるの？」

「………」

ミッチーがうつむいた。

「そう……。まあ今日は取りあえず帰京祝いをしましょう。それから考えればいいわ」

リマの言葉にミッチーが顔を上げて笑った。

——スゴイ。前歯が半分ないじゃないか。

「どうしたの、その前歯？」

「北海道でクマが急にあらわれて……」

「クマに嚙みついたの？　ミッチー」

——嘘じゃろう……。

「いや逃げようと思って振りむいたら樫《かし》の木にぶつかって……」

——何じゃ、話が違うじゃないか。

「相変わらずね。さて、まずはどこかで乾杯でもしましょう」

「は、はい」

ミッチーがまた笑う。

——その笑い、強烈じゃのう……。

「ところでユウト、あなたここに何しに来たの？」

「ああ、待ち合わせ。喫茶店に入る金もなかったんで」

「誰と？」

「麻雀相手と」

「あなた麻雀やるの？」

「まあね」

するとリマがミッチーを見た。

ミッチーが妙な表情をして両手をひろげて首をかしげた。

階段を下りてくる足音がした。

三人は階段を見た。

あらわれたのは浴衣姿のマチコだった。

「ユウト君、ごめんなさい。出がけにヒナノさんが来て歌舞伎に行こうって言い出したもんだから……」

そこまで言ってマチコはリマとミッチーを見て、

「あら、失礼しました。こんにちは」

「こんにちは。素敵なお嬢さんね、ユウト。何が麻雀相手よ。嘘をつくんだったらもう少しましな嘘をつきなさい。紹介して」

「えっ、前に逢《お》うてるよ、ママ」

「前にここで夜、ご挨拶しましたマチコです」

「あ……、ああ思い出したわ。あの時の方ね。わからなかったわ。そんな素敵な姿なので」

「これは今朝ちょっと挨拶に行かなきゃならないところがあったんで、本当は着換えてきたかったんだけど……」

「その方が良くてよ。私は好きよ。若い女性が着物を着るのは。それによく似合ってる」

「ありがとうございます」

ミッチーがリマの腕を指で突いた。

「それで、この人は私の友だちでミッチー」

「は、は、初めまして、ミッチーです」

ミッチーがマチコに手を差し出した。

「あっ、やめとけ」

ユウトが言ったが、マチコは何でもないふうに握手している。

——何じゃ！　加減できんじゃねぇか、この野郎！

マチコはミッチーの手を握ったまま言った。

「間違ってたら申し訳ありませんが、昔、東海プロレスにいらした〝シルバーバックのミッチー〟さんじゃありませんか」

「あら、あなた〝シルバーバックのミッチー〟を知ってるの？　良かったわね、ミッチー」

ミッチーがうなずいた。

「ワァーッ、本当に、私、大ファンだったんです。〝シルバーエルボー〟ですよね。あの頃と同じで、可愛い！」

マチコが言うとミッチーが恥ずかしそうに顔を赤らめた。

「こんな美しい人に覚えておいてもらって、自分はしあわせです」

ミッチーのつぶらな両目がうるんでいる。

——オーバーなんじゃ。

「じゃどうかしら、これから私たちはミッチーの帰京祝いをするんだけど、あなたたちもご一緒にどう？」

リマの言葉にマチコはユウトに目をやる。

ユウトは眉間にシワを寄せて、

——やめとけ。

と合図した。

その様子にリマが、

「何か用があるの？　麻雀相手なんて嘘までついて。ああデートね」

とからかうように言う。

「違うって。本当に麻雀なんじゃ。そうだよな、マチコ」

「本当なんです。今日は麻雀の日なんです」

「あなたが麻雀をなさるの？」

「はい、大好きなんです」

「本当に？」

「ええ本当です」

それを聞いて、リマがミッチーにうなずいた。

「それでこれから」

「そうそう、相手が待っちょるんじゃ」

「そうなの？」

「いいえ、相手が待ってるんじゃなくて、雀荘に行って、そこでフリーの客と打つんです」

「あなたフリー雀荘に通ってるの？」

「は、はい」

「ふうーん」

リマは感心したように言って、またミッチーを見た。

「ユウト、セットじゃないんだったら、どう？　私たちと打たない？」

「えっ？　今、ママ何て言ったの？」

「だから私たちと麻雀を打ちましょうよ」

「ママ、麻雀やるの？」

ユウトの問いにリマがミッチーを見て笑うと、ミッチーも前歯が欠けた口を開けて笑って言う。

「ママは名人です」

「えっ、本当に？　ママって麻雀の名人なんですか？」

マチコが目を丸くした。

——嘘じゃろう……。

ユウトも驚いてリマを見た。

「名人ってほどじゃないけど、以前は新宿で雀荘もやってたのよ。そこにミッチーが遊びに来たのよ」

「新宿で〝鬼引きのリマさん〟と言えば、雀荘仲間では有名でした」

「すみません。私、まだ麻雀覚え立てなんでよくわからないんですが、その〝鬼は外〟って何ですか?」

マチコが訊くと、

「お嬢さん、〝鬼は外〟じゃなくて〝鬼引き〟です。〝鬼引き〟って言うのは麻雀で必要な牌を鬼みたいに必ず引いてくることを言うんです」

ミッチーが説明した。

「ああ、それで〝鬼引きのリマさん〟。ワァッ、カッコイイ」

——ホントかよ……。

ユウトは天井を見上げて目を閉じた。

「ぜひお手合わせ下さい。ねぇ、ユウト君」

マチコが興奮して言った。

その時、店の階段を急ぎ足で下りてくる足音がした。

「あら、いつぞやの秀才君じゃない」

ドタドタとあらわれたのはカズマだった。

「何じゃ？　おまえ何しに来たんじゃ？」

「おう、間に合ってよかった。田舎からオフクロが来てて、今さっき帰った所なんだ。間に合ってよかったよ。もう雀荘に行ってしまったかと思った」

カズマが汗を拭いながら言った。

「カズマ君から今朝電話があったから、私が今日の麻雀の話をしたの」

マチコが言った。

——気安く電話なんてしやがって……。

カズマがリマを見てから、そばに立っているミッチーを見て、

「ギャッ」

と声を上げた。

「ユウト、この間マチコさんと一緒にいたお友だちでしょ？」

「友だちじゃないが、カズマって言うんじゃ。カズマ、この店のママのリマさんとミッチーだ」

カズマはユウトの話も聞かずに、ミッチーを怪物でも見るように目を見開いて見上げ

ていた。

「この子も麻雀やるの？」

「まあね」

ユウトは不機嫌そうに答えた。

雀荘のエレベーターにミッチーが乗り込んだ瞬間、エレベーターの床がドンと沈んだ。

「ギャッ！」

またカズマが声を出した。

「こわれたかな、ママ」

ミッチーがリマに言った。

リマは笑って首を横に振って雀荘の階のボタンを押したが、エレベーターはすぐに動かなかった。

「やっぱり無理みたい」

ミッチーが言うと、リマが思い切りボタンを叩いた。

するとエレベーターが上昇しはじめた。

「古い機械と意固地な奴は叩けば直るのよ」

「ハッハハハ」

ミッチーが笑った。

エレベーターの中はニンニクの匂いで一杯だった。

先刻、〝ビター〟を出た途端、ミッチーのお腹が凄い音を立てて鳴った。

それで今まで五人は焼き肉屋にいた。

ユウトもカズマもマチコも、ミッチーが食べる姿に驚愕していた。

十人前、二十人前……と肉がミッチーの腹に入って行く。

リマは楽しそうにそれを見ている。

「どうして人が美味しそうに、しかも量を食べる姿って、見ていてこんなに気持ちいいのかしら」

「私も今日、初めてその感動を知りました。本当に気持ちがいいですね」

マチコが言った。

——こいつ本当に人間かよ。

ユウトは呆れて眺めていた。

エレベーターが開き、雀荘のドアが見えると、

「懐かしいわ。この風景……」

リマが嬉しそうに言った。

「最初は俺が抜けるよ」

ユウトが言うと、リマが、牌をつかんで決めましょう、と言った。

卓の上に東南西北に□を加えて、それをリマが混ぜる。

「さあどうぞ取って。□が抜け番よ」

皆が牌を見た。

「ちょっと待っちょくれ。わしに最初に取らせてくれんかのう」

ユウトが五個の牌を上から睨んだ。

「何してるの？　透視でもしてんの」

リマが笑って言うと、そうなんです、とマチコが言った。

「ヨオーッシ、これだ」

ユウトが牌をめくると□が表に出た。

リマが驚いてユウトを見た。

「ほらな。わしが抜けると言うたろう」

場決めをして戦いがはじまった。

「よろしくお願いします」

マチコが笑ってリマを見た。

「こちらこそ。十年振りなんで迷惑かけないようにするわ」

ユウトはリマのうしろでお手並みを拝見しようと座った。

リマが出親である。
ヤマから牌をツモって来た。
最初が🀀🀅🀆🀛、
次が🀂🀃🀆🀅、
その次が🀀🀂🀃🀁、
そして最後が🀁🀋だった。
リマの配牌は、

🀀🀀🀁🀁🀂🀂🀃🀃🀆🀆🀅🀅🀋🀛　🀐《ドラ》

である。
――何、何じゃ、これは。
リマは平然と🀛を切り捨てた。
次に🀙をツモり、🀋を切った。

🀀🀀🀁🀁🀂🀂🀃🀃🀆🀆🀅🀅🀙

カズマがを切った。

リマはまったく動じない。

混一色《ホンイチ》、混老頭《ホンロウ》、七対子《チートイツ》でハネ満の手役である。

ユウトはリマの手を彼女の背後で見ながら、

——どうして和了しないんじゃ。

と思った。

——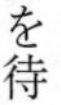

を待ってるってか？　そういう打ち方か……。

ユウトは対局者の表情を見た。

皆自分の手役に神経がいっている。

——そりゃそうじゃ。まだ四巡目だもんナ。

ところがその時、マチコが卓上の河を見て、

「う～ん？」

と声を出した。

カズマとミッチーがマチコの顔を見た。

マチコは一枚の牌を握ったまま河をじっと見ていた。切ろうかどうしようか迷ってる顔だ。

そうしてマチコは小首をかしげてから、その牌を手の中に入れ、を切った。

――マチコ、何かに気付いちょるんか？　まさかそんなことはあるわけないよな。

九巡目にリマが中を引いてきた。

字一色《ツーイーソー》、七対子の役満手である。

ユウトはこの役満手を見るのは初めてだった。さまざまな役満手があるが、この字一色、七対子は和了する確率は極端に低いはずだ。七種類のすべての字牌が必要になるわけだからほとんどが運である。

麻雀には不思議な運の傾向があって、その人にだけついて回る運がある。

たとえば和了役に七対子が多い打ち手がいる。だからと言って、その人がいつも七対子を狙って役作りをしているわけではない。しかし結果として、その人の和了役が他の打ち手と比べて七対子での和了回数が圧倒的に多い。そういう役手を人はツリ役手と言う。

昔はそういう人ヅキの手役に異名を付けて、〝七対子のリマ〟とか〝役満のリマ〟と称して、打ち手に華をつけて愉しんだ。

若い人たちを含めて、麻雀が確率を最重要視するものではなかった時代の話だ。

ユウトはリマの麻雀を初めて見る。

早い段階で和了できたハネ満の手よりも役満にこだわるというのは、リマが確率だけの麻雀を打たない証拠である。

役満をテンパイしてもリマは平然として打っている。

——ママって、こんな人だったんじゃのう……。

ユウトは嬉しくなった。

待ち牌の[中]は河に一枚も出ていない。

自摸和了するのか、それとも誰かが犠牲になるのか……。

カズマか、マチコか……。

——やはりマチコじゃろうナ……。

ユウトはマチコを見た。

こういう大きな手の犠牲者になるのはたいがい初心者である。

しかしこの局面、リマの手は配牌から大手役にほとんど達していた。それを予測することは百戦練磨の打ち手でも、そう易々とはできない。

「ウ〜ン？」

マチコがまた小首をかしげて牌を握りしめたまま河を見つめている。

マチコは牌を握りしめたまま唇を舐めた。

それは一瞬のことだった。かすかにピンク色の舌の先が見えた。

——艶っぽ〜い。いや、エロっぽ〜い。

ユウトにとって初めて見たマチコの艶っぽさだった。

——今のってスゲェーヤバイよな。

ユウトも知らぬうちに自分も唇を舐めていた。

ゴクンと生唾を飲み込もうとしたが唾が出ない。口の中が渇いているのだ。

——そうか、マチコは緊張しとるんじゃ。こいつ、もしかして何かに気付いちょるんじゃないか？

カズマがマチコに言った。

「どうしたの、マチコさん。さっきから牌を切るのに時間がかかり過ぎてるよ」

「あっ、ゴメンナサイ」

マチコは言って首をかしげたまま静かに牌を河に捨てた。

發であった。

——気が付いとんのか？

ユウトはマチコの顔をもう一度見返した。

マチコは西家でリマの対面に座っている。

対面同士は比較的にお互いの気配の動きを察知しやすい。次が自分の上家《カミチャ》にいる者の気配、そして下家《シモチャ》の気配となるのが普通だ。

十巡目に入った場は、河を見ればリマの捨牌だけがおかしいのは少し長く麻雀を打った者なら気付く。

二巡目までが手の内から切り出したもので、三巡目から八巡目まではツモ切りをしている。それにマチコが気付くほどの腕はないはずだ。

そうして九巡目に中を引き、が打ち出された。

リマの捨て牌からは彼女の手の内が老頭牌《チュウチャンパイ》、字牌を寄せていることと、七対子の典型的な手役の進め方の切り牌だということはわかる。

場の様子が少しおかしいことにミッチーが気付いていてそうだというのは、彼の切り出し牌でわかる。

ミッチーはリマに通る牌を切り出している。

カズマは自分の手役をどんどん進めている。

カズマがリマの手役の気配に気付かない最大の原因は、打ち手としての経験の少なさもあるが、彼の確率麻雀が局面、場面に神経をむけさせないからだろう。

それにしても、一番の初心者のマチコがリマの手役をかなり早い段階から警戒しはじめているのが、ユウトには信じられなかった。

——こいつって、人の気配や物事の気配に敏感な体質をしとるってことか？　そうだとしたらマチコは、このまま麻雀を打って行けば予想以上の麻雀を打つようになるかもしれん。

〝いち早く危険を察知すれば、生き物は驚くほどの力量を発揮する〟

ユウトはいつか読んだ麻雀好きの作家が書いていた逸話を思い出した。

それはプロボクシング史上で、一時、世界最強と言われたマイク・タイソンの若い日の逸話だった。


一人の老人が若いタイソンに言った。

「森の中で一頭の鹿が他のどの動物より先にライオンがいることに気付けば、普段は五メートル飛ぶくらいがせいぜいだが、その瞬間に十五メートル、二十メートルは飛躍できるんだ。いち早く危険に気付き、その備えができてさえいれば、動物は信じられないほどの能力を出すことができるんだ」

老人の言葉をタイソンは少年院のトレーニング場で黙って聞いていた。

タイソンは目の前の老人が、これまで逢った誰とも違うのを感じていた。

老人の名前は、カス・ダマト。

一週間前にタイソンはこの老人に逢っていた。少年院のスポーツコーチであるボビー・スチュアートがタイソンの身体能力を見て、彼の先輩であるこの老人の下に連れて行き、二ラウンドの軽いシャドーボクシングをさせた。

カス・ダマトは黙ってこの若い黒人を見つめていた。

「どうですか？　ミスター・カス・ダマト」

ボビーが訊いた。

カス・ダマトはボビーの前を素通りして少年の前に立った。

「ボクシングをやる気はあるのか」

「……」

少年は黙っていた。

「チャンピオンになってみたいか」

その質問に少年はコクリとうなずいた。

そうして初めて口から言葉を発した。

「チャンピオンになればシルヴェスター・スタローンに逢えるかな？」

少年の言葉に老人は笑った。

シルヴェスター・スタローンは、大ヒットした映画『ロッキー』で、フィラデルフィアの貧しい青年がプロボクシングのヘビー級チャンピオンにまで登りつめるヒーロームービーの主役を演じていた俳優だった。

映画を見た子供たちは、誰もが『ロッキー』の主人公のように世界チャンピオンになることを夢見ていた。

シルヴェスター・スタローンはその象徴であり、憧れの存在だった。

「チャンピオンになればシルヴェスター・スタローンに逢えるかな？」

少年の口からその言葉が出たのを聞いて、カス・ダマトは白い歯を見せて笑い、背後のボビーを振りむき、面白くて仕方ないという目をした。

そうして少年の方をむき直って言った。

「チャンピオンになればスタローンの方からおまえに逢いに来るだろう」

その言葉を聞いて少年は目をかがやかせた。老人はすぐに言葉を続けた。

「ただしチャンピオンになるためには私が言うとおりのトレーニングをして、私が言うとおりに一日の生活をしなくてはダメだ。それに耐えられるなら、おまえは何年か後にチャンピオンベルトをしているかもしれない」

少年は老人の背後に立っていたコーチの顔を見た。

コーチはちいさくうなずいた。

「やります」

少年ははっきりと言った。

そうして一週間後、今度はカス・ダマトが少年院を訪ねてきて、鹿とライオンの話をしたのだった。

老人の言葉は他の人間と違っていた。

わかり易いようでわかりにくいところがあった。たとえばついさっきはこう話した。

「どんな子供にでもパンチの打ち方、パンチの避け方は簡単に教えられ、それができる。それは誰にだってできることなんだ。しかしボクシングの勝ち負けは、パンチでは決まらない。勝ち負けは頭で決まるんだ。力でも、スピードでも、体力でもないんだ」

少年は老人の言葉を理解しようとつとめることにした。

――鹿が二十メートルも飛ぶことができるんだろうか？

危険を察知する。危険な気配を誰より早く感じる。それが大事だと言っている。

タイソンは老人に逢ってから、ボビーに老人のことを訊いた。

「あの人はどんな人なんだい？」

「これまで世界チャンピオンを二人育てた人だ。フロイド・パターソン、ホセ・トーレスがそうだ。そうしてもうひとつ、あの人はおまえと似ているところがある」

コーチの言葉にタイソンは顔を上げた。

「あの人はブロンクスの生まれで、あの街で無敵の少年だった。あらゆる少年と喧嘩をして勝ち続けた。あんなちいさな身体でだ。あの人の目が片方見えてないのはわかっただろう。あれは、自分の二倍はあった相手と喧嘩して目をやられたんだ。おまえと同じ不良少年だったんだよ。でも改心をしてボクシングの名コーチになった」

ボビーの言葉にタイソンはうなずいた。

ボビーの言うとおり、カス・ダマトは二人の世界チャンピオンを育てた名コーチであったが、ボクシング協会といつもトラブルを起こしていた。

二人のチャンピオンを育てたもののその待遇は恵まれず、タイソンと出逢った頃は隠居生活を送っていた。

同じような環境で生まれ育った二人が出逢ったのは運命的でさえあった。

少年は老人に、自分のすべてを預けてみようと思った。

生後間もなく父が失踪し、母親一人の手で育てられた少年タイソンは幼い頃、メガネをかけたおとなしい子供だった。母親以外に頼る人はなく、唯一、飼っているハトが友だちだった。

或る日、そのハトが歳上の不良少年たちに殺された。

少年は激怒し、相手に夢中でむかって行った。少年が出したパンチは歳上の少年に重傷を負わせた。少年自身もそれまで知らなかった自分の能力を知るきっかけになった。

それから喧嘩に明け暮れ、お決まりのように少年院に送られていた。

馬の足が速いのは、敵から自分の身を守るためにそうなっている。いったん敵に近づかれ、足の一本でも嚙みつかれたら馬はそこで命を落とす。

鹿の話も同じことを言っている。

危険を察知することが、まず防御の最大の力である。

そんな二人が出逢って四年後、タイソンの母親が亡くなった。

カス・ダマトはタイソンの法的保護者になることを申し出て、タイソンが少年院を出所後、自分の家に呼んで暮らしはじめる。

そこで厳しいボクシングの英才教育をはじめる。ともに寝起きし、ともに食べ、ともに音楽を聞いた。

カス・ダマトは厳しいだけではなかった。タイソンが好きだったハトを飼うことを許可し、ハドソン河の支流沿いにある家の庭に何十羽というハトが入れる大きなハト小屋もこしらえてやっている。

カス・ダマトはボクシングだけではなく、タイソンに人間、人格の教育もした。

『人は必要以上にモノを欲しがったりしてはいけない。堕落はそこからはじまるんだ。車が欲しいと思う。洒落た家にピアノも欲しいと思う。思ったが最後、したくないことまでやりはじめることになる。たかだかモノのためにだぞ』

『目的のない人間からは何もかもが遠ざかる。そして最後には生きる気力さえもがなくなるんだ』

タイソンはカス・ダマトの言葉をひとつひとつ聞いた。

勿論、カス・ダマトの教えの中には、ボクシングという闘いの肝心なものがいくつもあった。

『恐怖心というのは人生の一番の友人であると同時に敵でもある。ちょうど火のようなものだ。火は上手にあつかえば冬に身体を暖めてくれるし、腹が空いた時は料理の手助けもしてくれる。暗闇では明かりにもなるし、エネルギーにもなる。だが一旦コントロールを失うと、火傷をするし、命まで奪う。もしこの恐怖心をコントロールできれば、ほら、あの庭で四方の気配を察知しながら立っている鹿のように用心深さを修得できる』

『ボクシングには人間の創意が問われるんだ。勝者になるためには、常により多くの意志と決断力、野望、知力を持つボクサーになることだ』

タイソンがトレーニングでへこたれそうになると、こうも言った。

『〝NEVER SAY CAN'T〟（できないなんて言うんじゃない）』

この言葉は二人のトレーニングジムの壁に大きな文字で書いてあった。

危険を察知し、危険の中でも防御ができるかたちを作る。これがカス・ダマトのボクシングの考えだった。

その結果、両手のグローブをアゴの下で構える独特のスタイルが生まれた。

これは〝PEEKABOO《ピー・カ・ブー》〟（いないいないばあ）というスタイルで、この構えで相手の懐の中に入り込んで戦う。これはタイソンもそうだがフロイド・パターソン、ホセ・トーレスと小柄な選手が大きな相手を倒す戦い方であった。ただし人並み外れたスピードとパンチ力が必要だった。

一九八五年、十八歳でプロデビューしたタイソンはこの年、十一連勝をしてたちまち世界中から注目され、その戦い振りは〝恐怖〟とか〝驚異〟と形容された。

世界中のプロモーターが、新しいヒーローの強烈な戦い振りに世界チャンピオンの夢を語るようになる。

だがこの年、愛弟子の十一連勝を見届けてから、カス・ダマトは七十七歳の生涯を終える。

その後、タイソンは二十八連勝し、二十九戦目にトレバー・バービックを二ラウンドTKOでくだし、WBC世界ヘビー級王者に史上最年少でなる。

翌年にはジェームス・スミスと戦いWBA世界ヘビー級チャンピオンを獲得、同じ年、トニー・タッカーに判定勝ちしてIBF世界ヘビー級王者を手にし、世界三団体統一王者となった。

カス・ダマトとの運命的な出逢いから八年後のことだった。

その後、世界チャンピオンとしてあらん限りの名声と富を得るが、カス・ダマトという人生の師を失ったタイソンのボクサー人生に少しずつ影がさしはじめ、さまざまなトラブルをかかえるようになり、一九八八年をピークに、〝問題児の王者〟として凋落《ちょうらく》して行った。

十三巡目に入った。

場がかたまってしまっている。

ユウトはマチコがどんな手を打っているのかを見てみたかったが、麻雀を打ち手以外が見るというのはマナーとしてはよくないし、ましてや、ひとところで見物していた者がその局面中に移動して他の打ち手の手を見るのはマナー違反である。

今は、フリー雀荘などではマナーとしてそれぞれが捨てた牌を六枚単位で並列にしている。昔はそんなことはしなかったが、ひとつには相手の捨て牌と自分の捨て牌が河でぶつかったりしないことを防ぐ目的だが、これには別に利点があり、打ち手が局面を前半、中盤、後半と状況がわかり易い。

すでに局面は後半に入っていた。

[中]はどこにあるのか。

ユウトもそうだが、勿論、リマもそれを引き上げたくて感情をおさえて打牌を続けている。

十六巡目。

「リーチ」

マチコの声がした。

ミッチーとカズマがマチコに目をやる。

あと二巡しかツモ牌はない。

「えっ、こんなタイミングでリーチですか」

カズマが言った。

ユウトもそう思ったが、これまでマチコと打っていて、彼女は思わぬタイミングでリーチをする癖があった。

しかも自摸和了する確率がきわめて高い。

マチコのリーチにはもうひとつ特徴があって、残り枚数が少ない牌であったり、意外な牌で待っていることが多かった。

マチコは確率で麻雀を打たない。

いや打たないというより、確率さえまだ計算できないというほうが正しいのだろう。

――意外な牌？

ユウトは胸の中でつぶやいた。

リマが牌を引いて来た。

リマはその牌をすぐに切り捨てないで、マチコの河を見ていた。

ユウトがその牌をのぞくと、伍萬である。

リマが一巡目に切った牌で、しかも八巡目にも切っている。その上、四萬六萬はミッチーが三枚ずつ切って、伍萬は単騎《タンキ》待ちでしか使えない。

単騎で待つにしても伍萬でわざわざ待つことはほぼあり得ない。だが、相手はマチコだ。

——ママ、それ危ないよ。危ないって！

ユウトは胸の中で叫んだ。

リマは伍萬を切り出した。

マチコは伍萬を平然と見送った。

——ホッ、違うたか……。

ユウトは胸を撫で下ろした。

ミッチーが八萬を切り、マチコがヤマから牌をツモって来た。

マチコの目がかがやいた。

マチコがツモ牌を卓の上に軽く置いた。

中である。

ユウトとリマの目がその牌に集中した。

「ツモっちゃった」

マチコの嬉しそうな声がした。

手牌を倒した。

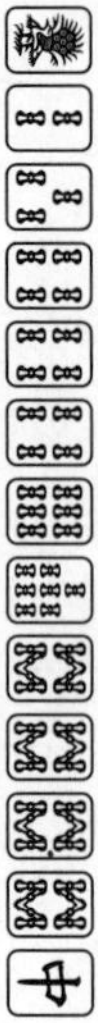

「えっ?」

ユウトが声を上げた。

カズマも、ミッチーも、リマまでがマチコの手牌を、リーチで切り出した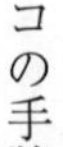を見ていた。

を残していればチンイツで待ち牌もの四面待ちになり、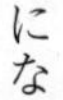で和了すれば倍満の和了になる。

「な、な、何で中の単騎なんだよ?」

ユウトが大声で言った。

「フッフフフ、変かな?」

マチコが笑った。

「変とか、そういう問題じゃないだろうよ。そこは絶対に中切りだろうよ」

ユウトの言葉にカズマもうなずいていた。

「麻雀に絶対なんかないのよ」

リマはにこやかに笑ってマチコに顔をむけた。

「お見事ね。マチコさん」

「ありがとうございます。あっ、裏ドラを見なきゃ」

マチコがドラの裏をめくった。

そこに中があった。

「あらここにも中がいたんだ。これっていくらになるの？」

「一発ツモだからハネ満だね。おめでとう」

ミッチーは冷静だった。

点棒を嬉しそうにマチコが仕舞っている。

「マチコ、いやマチコさん、だからどうして中単騎なんだよ？」

ユウトが立ち上がって訊いた。

「どうしてかな？　最初からあって、気になってしかたなかったから」

「ほう、それで和了するなら、お嬢さんはいい打ち手ですよ」

ミッチーが言った。

「そうなの？」

「そうよ。和了した者が一番だもの。さあ次に行きましょう」

リマが促すように手を叩いた。

ユウトはドスンと椅子に尻をつけた。

フゥッーとカズマのタメ息が聞こえた。

ユウトはマチコの顔をあらためて見た。

マチコの顔がかがやいていた。嬉しくて仕方がないという表情をしている。

ユウトの耳の奥で声がした。

『森の中の鹿はいち早く危険を察知すれば、ライオンが襲って来た瞬間に、普段は五メートル程度しか飛躍できないのに、十五メートル、二十メートルと平然と飛躍する』

――こいつって鹿かよ？

磨くぜ、この石

『和了した者が一番だもの。さあ次に行きましょう』

リマが平然と言った言葉に、リマの背後で彼女の打ち筋を見ていたユウトはニヤリと笑った。

たしかに中を勘だけでおさえていたマチコには呆れたが、ユウトはマチコの麻雀を理屈で考えないことにしていたから、リマの麻雀が自分の好きなタイプの麻雀だとわかって嬉しくなったのだ。

それはたぶんミッチーも同じだろう。

——こんなデカイ図体して、よくまあ緻密な麻雀が打てるもんじゃ……。

ユウトはミッチーを見た。

ショベルカーのように大きな手の中で、麻雀牌が豆粒のように見える。

なのに手の動きを見ると、とてもやわらかくてしなやかだ。

——プロレスラーとは思えない牌さばきじゃな……。

ユウトはプロレスラーという職業が、いかに繊細さを必要とするかわかっていない。目の肥えた観客に、あらかじめ作っていたファイティング・ストーリーをいかに価値あるものにさせるかが、プロレスの肝である。

派手な技を次から次に出して〝ウケ〟を狙うようなファイティングではすぐに観客に見透かされてしまう。プロレスラー同士が自分の力を最大限に発揮し、それでなおかつ観客を興奮させる戦いでなくてはならない。

力の限界ギリギリのところで戦い続けている時、思わぬ展開が待ち受けることは長く戦ってきた者ならわかる。それは戦う当人だけではなく、相手も同じ感覚になる。

その時初めてプロレスの真の姿が顔を出す。

――こんなことが俺にできるのか？

そう感じた瞬間、予期せぬ技が出てくる。それに対して相手も予測だにしなかった対応をしてくる。

勝敗は二の次になる。

〝ファイティングハイ〟というものだ。

それを可能にするのは、腕力だけではない。

普段のトレーニングと、柔軟な頭脳が必要となる。

やわらかな頭脳とは繊細なものの見方である。

ミッチーのように一度でも頂点に登ったことのあるプロレスラーは、誰でも繊細すぎるほどの神経を持ち合わせているのだ。

ミッチーが發を切り捨てた。

「ポン」

カズマが声を出した。

——ありゃ？

ユウトはカズマを見た。

いつもより声がうわずっている。

マチコが中を切った。

「ポン」

カズマの声が続いた。

——それで興奮してんのか？

「ねえ、これって私が□を切ったら責任払いになるんだよね」

マチコが訊いた。

「そうね。それでもしこの人が和了すればね」

リマが言った。

「そうなんだ。じゃ、カズマが和了しなければ私が責任取って払わなくてもいいってことなのね」

「たしかにそうだけど。□をポンした時点で、私たち三人は普通じゃないリスクを負って打つことになるわね」

　リマが続けた。

「どういうことですか？　どの局面でもそのリスクはあるわけでしょう？」

　マチコは首をかしげた。

「理屈はそうだけど、リスクの大きさが違っているでしょう」

　ミッチーが言った。

「どう違うの」

「カズマ君は□をポンした時点で手役は役満《やくまん》で確定している。十二種類ある役満の中で、役満が確定したものが他の打ち手に見えるのは大三元《ダイサンゲン》です。だから大三元は特殊な役満と言えます。他の役満で役満が確定するのは大四喜《ダイスーシー》だけど、こちらはまず責任払いになる可能性はない。他の役満は和了するまで確定するものはないんです。もし責任払いのシステムがなかったら、和了した方は勿論ですが、放銃した方も、その局で決着がついてしまう。勝敗が確定する原因を作ったということが責任払いをして貰う理由です」

「でも私が□を切っても、和了すればいいんでしょう」

「それはそうだけど、マチコさんの手が和了できる確約はないからね。和了する確率はいつもオール・オア・ナッシング。0か100だね」

マチコはまだ首をかしげている。ミッチーの言葉の意味がよくわからないのだ。

「マチコさん、振ってみればいいんじゃない。それであなたが和了すれば、その後もそういう麻雀で打って行けばいいし、たとえ責任払いになっても、それで良ければいいんじゃない」

リマが言った。

マチコはリマの顔をじっと見ていた。

「だってそうでしょう。負ければ自分が払うんだし、自分が勝てばそれでいいのがギャンブルの基本なんだから。これは所詮遊びなんだから」

「そうは思っていません」

マチコがリマを見返した。

「あら、じゃ何なの？」

「上手くは言えませんが、単なる遊びと麻雀は違うような気がします」

マチコが自信なさそうに言った。

「面白いことを言うわね。麻雀が単なる遊びじゃないって、麻雀を覚え立てのあなたがどうしてそう感じたの？」

「それは……」

マチコは黙った。

「すみません。局を進行してくれませんか」

カズマが焦《じ》れたように声を上げた。

「あっ、そうね。あなたが今一番盛り上がってるんだものね」

「あっ、いいえ、ボクはそんなことはありませんが、場代もあることですし」

カズマがペコリと頭を下げた。

——何が場代もあることじゃ。下手な芝居を打ちよって……、チェッ！

ユウトはカズマの顔を見て舌打ちした。

一巡してマチコがを切り出した。

「ポ、ポ、ポ〜ン」

カズマがあわててポンした。

リマとミッチーは、それを予期していたように打ちはじめた。

そこからリマとミッチーの打ち筋がかわった。リマは手を崩して行く。

「リーチ」

マチコがリーチをかけた。

カズマもテンパイをしているからどんどん無筋の牌を切り出して行く。

「マチコさん、こういうのを〝斬り合い〟〝ど突き合い〟って言うのよ」

リマが言った。

「怖い言い方ですね」

「そう、怖い打ち方を二人ともしてるもの」

「そうなんですか？」

マチコがいつになく顔を赤くしている。

――珍しいのう、マチコが顔色を変えちょるぞ……。

カズマの方は顔が赤くふくらんでいる。

――まったく、たかが役満くらいで何を顔中でテンパってるんじゃ。

それでもカズマの手元を見ると、

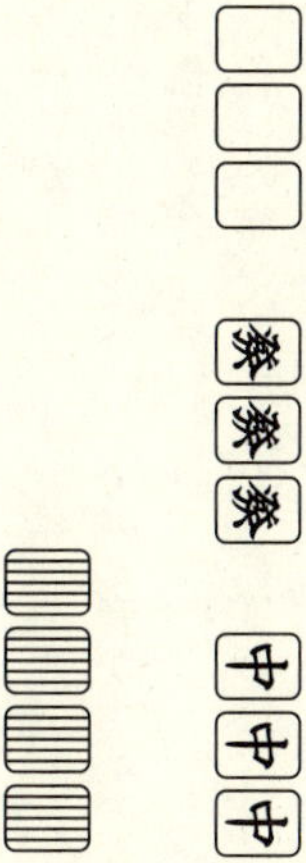

となっていて、やはりそれなりにまぶしい牌の並びである。

——さてどうなるんじゃ？　この局面は……。

ユウトがマチコを見た。

マチコが下唇をかすかに舐めた。

ユウトは胸の奥からトンと音がするのを聞いた。

——何じゃ？　今の音は……。

マチコの赤い舌先が上唇を舐めた。

また胸の奥で音がした。

麻雀に夢中になってはいるが、自分の身体の中の欲情が勝手に騒いでいるのにユウトは気付かない。

カズマがツモの牌を握った手を大きく上げて、

「ツモ～」

と声を上げた。

子の役満である。

三万二千点はマチコの一人払いである。

東一局でハネ満を和了《あが》っているから支払いはできる。

カズマは興奮している。

マチコは複雑な表情をしていた。

その回は、カズマがトップでマチコは責任払いが響いて珍しくラスになった。

二回戦に入った。

東の三局でミッチーが親の時に、マチコはミッチーに立て続けに満貫の手を放銃してハコテンになり、飛んでしまった。またラスである。

ユウトはマチコがこんなに叩かれるのを初めて見た。

三回戦からカズマに替わってユウトが入ろうとすると、ミッチーが抜けると言い出した。

「いや、それは悪いですよ。もっとあとにします」

ユウトが言うと、リマが続けた。

「いいの。ミッチーは麻雀だと体力を使い過ぎるの」

「えっ、こんなにデカイ、いや失礼、こんな見事な身体をなすっていて麻雀の二回戦くらいで疲れるんですか」

「麻雀には別の体力がいるの」

とリマは頭を指さした。

──別の体力？　何のことじゃ。

ミッチーは雀荘の奥にあるソファーに横になった。

そのミッチーに雀荘のアルバイトが色紙を手にサインを頼んでいた。

——へぇ〜、やっぱりマチコも言うたように有名なプロレスラーなんじゃのう。

三回戦をはじめることになった。

ユウトはマチコに目を遣った。

いつもと違う。

——マチコも落ち込む時があるのか。やはり十九歳の女の子よ。ヨォーシ、今日は麻雀の怖さを思い知らしてやろうじゃないか。覚悟しちょけよ、マチコ。

「あなたが麻雀をやるとは思わなかったわ」

リマがユウトに言った。

「わしこそママが麻雀を、しかも、たいした打ち手とは思いもしませんでした」

「私はもう学生が麻雀する時代は終わったんだろうと思ってたから」

「そんなことはありませんて。神楽坂は別ですが、高田馬場やら池袋なんかの学生の多い街の雀荘はアホな学生がずっと卓に座っとりますけえ」

「そうなの。あなたもそう?」

リマがカズマに訊いた。

「いや、ボクの通う大学ではほとんど麻雀を打つ学生はいません」

「こいつは一流大学のエリートじゃから」

ユウトが説明した。

「エリート学生は麻雀を打たないの？」

「そうですね」

カズマがすました顔で言った。

「どうして？」

「馬鹿らしいからでしょう」

「何が馬鹿らしいの」

「長い時間をかけて遊んでも、それに見合うものが得られないからです。仮に勝って金を得られたとしても学生同士ではたいした金にはならないし、システムとして儲かるのは雀荘ですからね。金を得たいならもっと他の方法があります。株、相場、ＦＸ……。少し頭を働かせれば勝者になります。そういうマネーゲームの方がはるかに多くの金を得ることができます。それに何より麻雀は時間を費やします。麻雀で徹夜をするくらいなら寝てた方がましと考えてる奴は大勢いますよ」

「あなたもそう思うの？」

「思わなくない時もあります」

「ならどうして今ここで打ってるの」

「それは……」

カズマが口ごもった。

「麻雀以外に目的があるからじゃろう」

ユウトが牌を並べては考え込んでいるマチコの方をチラリと見た。

「ああ、そういうこと……」

「違、違います。こいつとマチコさんが」

「ちょっと待て、こいつとは誰のことじゃ。わしにゃ、ちゃんと石丸悠斗ちゅう田舎の坊さんからつけてもろうた名前があるんじゃ」

ユウトが目を剝いてカズマを睨んだ。

「あっ、悪い、悪い。このユウトとマチコさんが麻雀に入れ込んでるのを見ていて、悪くないナ、と思うようになったからです」

「悪くないって何が？」

「麻雀に夢中になるってのも」

「こいつは頭がええ分だけ、理屈で物を考えよる。わしの田舎の坊さんに言わせると、頭で考えたものは所詮一人よがりのちいさなもんじゃ」

「名言に聞こえるけど、ユウトがそれをすべてわかってるとは思えないけど」

「すみません」

マチコが突然声を出した。

「何？」

リマがマチコを見た。

「これってペンチャンを先に切るんでしょうか？」

三人はマチコが並べた牌を見た。

「おう、それか。か八萬、九萬だな」

ユウトが答えた。

「確率としては、九萬、八萬かな」

カズマも言った。

「マチコさん、そういうのはあまり役に立たないわね。麻雀は局面、局面ですべて切り出す牌は違ってるから。でもそれだけを見れば九萬かでしょう」

リマも頷いて言った。

「九萬を切るなら先に八萬じゃろう」

「どうして？」

カズマが訊いた。

「ペンチャンを落す時は、先にタンヤオ牌から切り出せと言うじゃないか」

「何のために？」

「相手がリーチがかかったり、テンパイした時のために当たる確率の多い方から切り出すのはセオリーじゃろう」

「でもテンパイを優先するなら八萬を残すべきだよ」

「私もペンチャンは九萬から切る方を取るけど、それも局面ね。でもこれは一筒ね。ユウトが言った放銃を避ける考えは大切だけど、麻雀はやはり和了が一番だから、それにむかう最善手にすべきだわね。〝攻撃が最大の防御〟にはなると思うわ」

　リマが言った。

「すみません。どうしてタンヤオ牌を残した方がいいんでしょうか」

「それはこの手の場合、九萬には何かがくっついてもダマテンでテンパルことができないからよ。八萬に六萬でも、八萬で対子《トイツ》になってもくっつけばそこで牌に生きる方向性が出るでしょう。麻雀は基本としてダマテンで和了できる手役を目指す方がいいの」

「ダマテンでですか。リーチがあるじゃありませんか」

「たしかにリーチをかけても和了できるわね。しかし和了の確率は低くなるでしょう。相手があなたのリーチにみすみす放銃はしないもの。よほどの仕掛けや局面がないと当たり牌は出てこない。でもダマテンなら当たり牌が出る確率は高くなる。さっきのように

〝斬り合い〟〝ど突き合い〟は麻雀のやり方としては良くはないわね。タンヤオ牌は一番多くあるからいかに上手く使いこなすかは実戦で肝心ね。でもそうやって自分で納得していくのが麻雀を覚えるには必要よ」

「わしは九萬から切る！」

ユウトがはっきりと言った。

「それとマチコさん。ユウトのようにそういうフォームを作ることね」

リマは続けて言った。

「フォームですか？」

「そうフォームは、その人の〝型〟みたいなものかな」

「〝型〟ですか？」

「そう〝型〟。ほら、相撲《すもう》なんかであるでしょう。この〝型〟になったらまず負けないってのが、あれと一緒よ」

「ママ、今どきの女子大生は相撲なんか見んでしょう」

ユウトが言った。

「あら、そんなことはないわ。日馬富士《はるまふじ》なんかは私好きよ」

「へぇ〜、そうなんだ。そりゃ意外じゃったの」

「何も知らないくせに」

マチコがユウトを睨んだ。

――こいつ今日は少し感情的になっとるな。

「さあ、はじめましょう。マチコさん、メンバーが変われば流れも変わるから」

リマがマチコに笑いかけた。

――オイオイ、ママ、変な暗示をマチコにかけんでくれよ。

リマが言ったように、マチコにリーチがかかりはじめた。

その最初の犠牲になったのはユウトだった。ユウトにもイーシャンテンの手役が入っており、いきなりつかんできた危険牌を、

――ほれ、どうせ落ち目の相手のリーチじゃ。どれを切っても当たりはせん。

とを河に捨てた。

「あら、一発だわ」

マチコの嬉しそうな声が返ってきた。

「えっ、本当かよ」

手牌を倒すとそれだけで満貫の手である。

裏ドラにマチコの指が伸びた。

――オイオイ、それでもういいから。

裏ドラには西がいて、マチコの手牌に北が暗刻《アンコ》っていた。

「タハーッ」

「ほらね、マチコさん。ギャンブルの、特に麻雀のツキの流れはちょっとしたことで変わるのよ」

「本当ですね」

「だから丁寧に打たなきゃダメなの」

「わかりました」

「もっとも今、あなたのリーチに打ち込んだ人はあなたにツキが行くように願って切ってくれたのかもわからないけど」

「ええ、わしは、こと麻雀に関してはそんな甘いことはせん」

「そうかな?」

リマが笑いながら首をかしげた。

「へぇ〜、そんな気持ちがユウト君にあったの?」

マチコがユウトを嬉しそうな目で見た。

また胸の奥で音がした。

「そんなことをするような奴じゃありませんよ、マチコさん」

カズマが言った。

そのカズマも次に、マチコがかけたリーチに振り込んだ。

マチコがせっせと溜め込んだ点棒を、リマが直に彼女から高得点の手役で二度も集金した。

三回戦を終えると、リマがトップ、マチコが二着、ユウトとカズマが並ぶように三、四着だった。

四回戦はマチコがトップ、ユウトが二着、リマが三着、カズマがラスだった。

「さあ、このくらいにしてどこかで一杯やりましょうか」

「えっ、ママ、今夜は店はいいの？」

「ミッチーがひさしぶりに来たんで、店仕舞いの頃に行くと言ってあるの。少し勝たせて貰ったので今夜は私がご馳走するわ」

「ごっつあんです」

「おまえ大学には行ってるのか？」

神楽坂通りを歩きながら、カズマがユウトに訊いた。

「もう夏休みじゃて」

「夏休みじゃなくてもぜんぜん学校に行ってるふうには見えないがな」

「エリート大学と違《ちご》うて、三流大学は何につけても自由の精神があるんじゃ。自主独立じゃけ、勉強のほうも自主じゃ」

「それを言うなら自習だろう」

「同じようなもんじゃろう。ママ、どこに行くんですか」

「荒木町に友だちがやってるいいジャズの店があるの」

「ジャズか。いいっすね」

五人は外堀通りを渡って、そこでタクシーを二台拾って荒木町にむかった。

ユウトはなぜかミッチーと二人で乗った。

「それにしてもデッカイ、いや大っきいっすね。何を食べたら、そんなに大きくなれるんですか」

「何でもだよ」

「何でもって、一応喰い物でしょう?」

「喰い物以外を食べるように見えますか?」

ミッチーがユウトを睨むように見た。

「あっ、い、いいえ。そういう意味じゃありません」

「あのマチコさんって女の人、綺麗ですね。もうずっと知ってるんですか」

「いや、この六月からです」

「同じ学校ですか?」

「いや、まったく違います」

「じゃ、合コンとかで？」

ユウトは少し驚いた。

「ミッチーさん、いろいろ知ってるんですね」

「雑誌で読んだだけだけどね」

「学生が全員、合コンやるんじゃないっすよ」

「そうなんだ」

「当たり前っすよ。合コンってあれで結構お金かかるんですよ。そんな金がない学生が東京には多いですから」

「そうか……だけど麻雀はやるんだ」

「麻雀は別ですよ」

言ったあと、ユウトは気になっていたことを訊いた。

「今はもうプロレスはやってないんですか？」

「ああ、もうやってない」

「どうしてですか？　結構皆、歳を取ってからもリングに上がってるじゃないですか」

「身体をこわしたからね」

「えっ、そうなんですか？」

「リングに上がると、それで死ぬとドクターに言われてね」

「それじゃ上がれないですね」

「いや、いつか上がろうと思ってね」

「でも死んじゃうじゃないですか」

「人は皆いつか死ぬでしょう」

「それは寿命が来たり、事故や病気でですよね」

「それだけで人が死ぬんじゃないでしょう」

——えっ？　それって死にに行くってことなのか？

「それ、よくわからんですよ」

「私にもよくわからない。けどもう一度リングに上がるために戻って来たんだ」

「マジでですか？」

「初対面の人に嘘は言いませんよ」

ユウトはミッチーを見た。

ミッチーもユウトを見返し、ニヤリと笑った。

そうして二人はしばらく黙った。

「あの……」

ユウトが声を出した。

「何だい？」

「さっき言うてたことですが、初対面の人にはどうして嘘をついちゃマズイんですか？」

「そりゃそうでしょう。その人ともう二度と逢わないかもしれないのに、そういう人に嘘ついちゃイケナイでしょう」

「ふう〜ん、そういうもんすか。でも……」

そこでまたユウトは黙った。

次の言葉が言い出せなかった。

「でも何ですか」

「あっ、でも、本当にリングに上がるんですか？」

「はい。そのために上京したんです。その報告をしにリマさんに逢いに来たんです」

「ママは、ミッチーさんの身体のこと知ってるんですか？」

「だいたいね」

「じゃ、悲しむんじゃないですか」

「少し嘘をつきます」

「いいんですか、嘘ついて。さっきと違うでしょう」

「リマさんは初対面じゃないですから」

——なるほど……。

ユウトはそれ以上は話さなかった。

ミッチーが話をしはじめた。

「あのマチコさんって、リマさんの若い頃にとてもよく似ていらっしゃいます」

「そうなんすか？」

「はい。リマさんには周囲の男たちが皆夢中になりました」

——そうなんだ。

「今でも綺麗ですが、その頃はかがやくようでした。まぶしかった……」

「それって、マチコもかがやいてるってことでしょうか」

「そうです」

ユウトはマチコの顔を思い浮かべた。

すると唇を舐めていた表情がよみがえった。

また胸の奥でトンと音がした。

「そんなことにも気付いてないの？」

「いや、そんなこともないですが、まぶしいまでは……」

「きちんと見た方がいいですよ」

「はい」

「それとさっきの私の身体のこと、リマさんには内緒にして下さいね」

そう言ってミッチーは小指を出した。

大きな小指だった。

――こんな指で〝指きりげんまん〟なんかしとったら骨折するんじゃないか？

大きな指が催促するようにユウトの目の前で踊っていた。

ユウトはその指に小指をあてた。

野太いミッチーの声がした。

♪指きりげんまん、嘘ついたら槍千本飲～ます♪

――槍かよ……。

前の車が一軒の店の前で停車した。

ユウトたちの車も停車した。

「あっ、俺が出します」

「お金は歳上の者が出すんです」

「あっ、そうですか。すみません」

ミッチーが五千円札を出すと、タクシーの運転手がいきなり振りむいて、

「ミッチーさん、その日が来たら俺、仕事を休んでも応援に行きます。昔から大ファンだったんです」

と目に涙をためて言った。

「そうか、ありがとう。釣りはいいよ」

タクシーを降りたミッチーを確認して、ユウトはタクシーのドアを叩いた。

助手席の窓ガラスが開いた。

ユウトはミッチーが店の方に歩いて行くのを確認して運転手に言った。

「おまえね。客の話を聞くなんて最悪じゃ。応援に行くだと？　リングに上がりゃどうなるかわからねぇあの人に、応援に行くはないじゃろうが。それでファンかよ。釣銭をよこせ」

「でもこれはミッチーさんに貰ったもんですから」

「やかましい、早くよこさんか」


「感じのイイ店ですね」

マチコが店を見回して言った。

店内には古いレコードでジャズが流れていた。

「でしょう。どうして皆をここに連れて来たのかわかる？」

ユウトとマチコとカズマは首を横に振った。

「ここは昔、〝麻雀の神さま〟がやって来て、あの隅の椅子でずっと眠ってたから」

三人が奥の椅子を見た。

そこにバラの花が一本、花瓶に挿してあった。

「あの、リマさん、麻雀の神さまなんているんですか」

「ええ、昔、いたのよ」

リマが笑って言った。

隣でミッチーも笑っていた。

「やあリマさん、ひさしぶりだね」

皆が席に着くと、一人の白髪の老人が声をかけてきた。

「あら、コウさんじゃない。おひさしぶりですね。嬉しいわ。コウさんに逢えるなんて」

「俺も、リマさんに逢えるなんて、なんて運がいいんだろうと、店に入ってきた瞬間から思ったよ」

「じゃ偶然なんですね」

「偶然も偶然、狐につままれたようだよ。でもリマさんの顔を見ることができて、俺はもう思い残すことなく、あの世に行けるよ」

「縁起でもないことを言わないでよ。コウさん」

「いや俺はもう十分生きた。早いとこあの世に行って〝神さま〟と麻雀をするんだ」

老人から麻雀という言葉が出て、ユウトは老人を見返した。

それはマチコも同じだった。

「皆さん、紹介しておくわ。私の昔の友人でコウさん。コウさん、私の雀友を紹介するわ」

「おや、まだ打ってるのかね？」

「今日、ひさしぶりに打ったの。まずはミッチー」

「その人は知ってるよ。現役時代の試合も見てるし。たしか、シルバーバックのミッチーだよな」

「はい。初めまして」

「こっちの三人は今、麻雀を修業中の学生さん。マチコさんに、ユウトに、カズマ君」

「ほう、若いのに麻雀修業かね。なかなか頼もしいね」

「初めまして」

三人が老人に頭を下げた。

「ああよろしくな。リマさんと打ったのかい？　そりゃ良かったね」

と言いながら老人はマチコの顔をまじまじと見て、リマに訊いた。

「リマさんこの子、もしかして……」

「もしかして何？」

「リマさんのお嬢さんかい？」

「やめてよ、何を言い出すのコウさん」

「で、でも……」

老人が目を丸くしている。

「そうなんです。似てるんですよ。マチコさんは若い時のリマさんに」

ミッチーが笑って言った。

「じゃ、違うのかい？」

「はい、違います」

ミッチーが答えると、リマが言った。

「私にこんな可愛い娘がいたら、そりゃ嬉しいけど、生憎《あいにく》、子供には縁がなかったわ」

「へえ〜、そうなのか。こりゃ驚いた。世間には似てる人が三人いると言うが、本当によく似てるよ」

——私がリマさんの若い時に似てるの？

マチコはリマの顔を見た。

リマもマチコの顔を見ている。

二人は顔を寄せ合うようにして三人の方を見た。

「あれ、本当だ」

カズマが素っ頓狂な声を出した。

──そう言えば似ちょるな。

ユウトも胸の中でつぶやいた。

「やあ、リマさん、ひさしぶり」

店の奥から、サンタクロースみたいに白い髯を生やした恰幅《かっぷく》のいい男があらわれた。

「マスター、ご無沙汰して」

「ここ数年、顔を見せてくれないので淋しかったよ」

「ゴメンナサイ」

「謝ることはないよ。元気な顔を見られたらそんなことは吹っ飛んじまったよ。コルトレーンでもかけようか」

「ええ」

マスターが棚から一枚のレコードを引っ張り出し、蓄音機にかけた。

店に激しいサキソホンの音が響いた。

「〝グリーンスリーヴス〟ね」

リマが嬉しそうに言った。

「おお、ええな。ソプラノサックス」

ユウトが目を閉じ身体を揺らしていると、カズマが小声で訊いた。

「何だよ、そのグリーンスリーとか、ソプラノってのは?」

「コルトレーンじゃ。これは」

「コルトレーン？　何だよ、それ？」

「ジャズの世界で神さまと呼ばれているサキソホン奏者よ。たしかマイルス・デイヴィスと二人で、二十世紀の奇跡と呼ばれている人よ」

リマがカズマに顔を寄せた。

「そうなんだ……」

「そうなんだじゃないだろう。コルトレーンも知らんで、よく生きとるな」

ユウトの言葉にカズマがムッとした顔をした。

「今から覚えればいいんじゃないの」

マチコが言った。

「覚えるって何を。その名前をか」

「名前は別にすぐわかるでしょう。覚えるのはこのサキソホンのすごさ。身体の中に覚えさせるのよ」

「身体の中に……」

「そう、ジャズを理屈で受けとめるなんてできないから」

「そういうもんなんだ」

「たぶんね」

マチコが笑った。

しかしカズマの耳には、このサキソホンの音が耳ざわりにしか聞こえなかった。

カズマは首をかしげていた。

――どこがいいのか、さっぱりわからないな。どの辺りが奇跡で、どんな神さまなんだよ。

皆を見ると、それぞれがコルトレーンの演奏に陶酔しているように映った。

カズマは立ち上がってトイレにむかった。洗面所で顔を洗った。そうして鏡の中の顔を睨みつけた。

「わからん」

すると、背後にある古いポスターが鏡の中に見えた。

そこにJOHN　COLTRANE　ASCENSIONと記され、一人の黒人がサキソホンを吹いている写真があった。

「こいつがコルトレーンか。黒人なんだ」

カズマはその黒人男性の顔をまじまじと見た。

「いい顔してるな……」

演奏の方はさっぱりわからないが、ポスターの男の顔には何かがあるように思えた。

席に戻ると、マチコが耳打ちしてきた。

「無理に理解しようとしない方がいいと思うわ。私だってコルトレーンの良さなんてわからないんだから」

「本当に？」

マチコはちいさくうなずいた。

——じゃあ、この中でボクとマチコさんだけが共通点を持ってるってことだ。うん、これはイイ感じだ……。

カズマはニヤリと笑った。

それをちらりと見たユウトが首をかしげた。

コルトレーンのアルバムが終ると、リマがマスターに立てた右手の親指を突き出した。

マスターも同じようにした。

「マチコさんはどんなジャズが好きなの？」

リマが訊いた。

「私はスタンダードなナンバーが好きです。それも皆が知ってるような。〝A列車で行こう〟とか〝サマータイム〟とか」

「じゃフィッツジェラルドとパスの〝スピーク・ロウ〟はどうだい？」

マスターが言った。

「あっ、それ好き」

マスターは、さきほどと同じように親指を立てた。

——何だ。知ってるんじゃないか、マチコさんは……。

店内にゆったりとしたギターの音色と、女性の甘い声が流れ出した。

——ああ、これなら聞けるな。

カズマは身体を揺らしはじめた。

レコードを聞きながら、皆はそれぞれ話をはじめた。

「ユウト君はどこでジャズと出逢ったの？」

マチコが訊いた。

「わしは田舎の音楽の先公。そいつがピアノにエルボーなんかくらわしてジャズを演奏してのう。それが妙に気持ち良くて、その先公の下宿でジャズのレコードを聞いてから。そいつに言わせると、音楽はすべてジャズとロックだとよ」

「あら、いかした先生がいたのね」

リマが明るい声で言った。

「田舎ってとこにも人物はおるもんです」

「本当ね」

「すみません、さっきの〝麻雀の神さま〟のことを聞かせてくれませんか」

マチコが言った。

「そう、それわしも聞きたかったんじゃ」

ユウトが身を乗り出した。

カズマもリマの顔を見た。

「いいわ。ほらあそこの隅にちいさな椅子があるでしょう」

リマが指さした方角の壁際に、ひとつだけちいさな木製の椅子が置いてあった。

「あそこが神さまの特等席だったの。神さまはいつもあの椅子に座って寝ていたの」

「寝ていたんですか？」

マチコは驚いて訊いた。

「そう、寝ていたの」

「その人がどうして〝麻雀の神さま〟なんですか？」

「それはその人が一年中麻雀をしていて、どんな人から麻雀を誘われても決して断わらなかったし、どんなに強い人と打っても、初心者と打っても、いつも二着でニコニコして打っていたからなの」

「……それがどうして〝神さま〟なんですか？」

「じゃあマチコさんは一年中麻雀が打てる？」

「時間があればそうしたいけど、やっぱりそれはできないわ。麻雀だけをしていたら、恋もできないし、旅にだって行けないもの」

「そうでしょう」

「わしはできるぜ」

ユウトが平然と言った。

「そうかしら……」

「できる。三度の飯より麻雀が好きじゃからのう」

「お正月も、クリスマスもずっと打つ自信はある？　大切な友だちが病気になっても？

あなたの両親がやってきて、何をしてるんだ、と聞かれても？」

「そ、そりゃ話が別じゃ」

「でもその人は一年中打っていたの」

「その人って麻雀で稼いで暮らしていたんですか？」

マチコは興味津々の様子だ。

「誰もそんなふうには思わなかった。麻雀で勝って大金を手にしたなんて話は、一度も
聞かなかったもの。いつもニコニコとおだやかな顔をして打っていたのよ」

「じゃ、そいつはどこかの金持ちの道楽爺さんだったんじゃろう」

「それも違う。浅草の方に住んでいるという噂があって、一度、暮らし振りを見てやろ
うと後を追った人がいたらしいけど、公園の中に入って行くと、スーッと姿が見えなく
なったんだって」

「なんじゃと」

ユウトは少しからかわれているような気がした。

「じゃ幽霊じゃないか」

「そうだったのかもしれないわ」

「ちょっと待ってよ。そんな怖い話とは違うんでしょう」

マチコが言った。

「そうちっとも怖くなんかなかった」

「リマさん、その人と麻雀を打ったんですか？」

「勿論。他に、たくさんの人がその人と麻雀を打ったわ」

「麻雀は強かったんでしょう」

「強いというのは少し違うわね。あえて言うなら負けない麻雀かな」

「じゃあ、強いということじゃないか」

ユウトが言う。

「強いと言えば強いんだろうけど、打っていて対戦相手を威圧するようなところは少しもなかったわ。それに……」

そう言ってリマは言葉を止めた。

「それに、何ですか？」

マチコが先を促す。

「それに、その人と麻雀を打つと、皆が麻雀って楽しいもんだと感じたの」

「負けた者《もん》でもか？」

「そう負けた人でも」

「そりゃ上手いこと嵌められてたんじゃないんか」

「そうかもしれないわね。それでもかまわないと私は思ったわ」

「ほらほら、嵌められてたんじゃ」

「それは違うだろう」

黙って話を聞いていたカズマが口をひらいた。

「何が違うんじゃ」

ユウトが訊く。

「そんなふうに麻雀は打てるもんじゃないだろう」

「私も、そう思う」

マチコはカズマに同意した。

「じゃママ、聞きますが、どんな時もどん尻で終るってことはなかったのかのう」

「それは途中でラスになることはあったわ。でも最後にトータルすると二着でいるの」

「そりゃ、やっぱり嵌められとったんじゃ」

ユウトがしつこく言った。

「いや、違う」

カズマははっきりとした声で言った。

「あらカズマ君は信じてくれるんだ」

「ボクは〝神さま〟というのはよくわからないし、信じてるわけじゃないけど、どんな時でも麻雀をしてるってのは凄いと思う」

「私もそう思う」

マチコがうなずく。

「それで、どんな時でも本当に麻雀を打っていたんですか？」

「ええ、必ず打っていたわ。あとはあの椅子に座って寝ているの」

「あとはどんなことがあったんですか？」

「それだけよ」

「…………」

あっさりとリマが言ったのでマチコは黙ってしまった。

「今はそいつはどこにおるんじゃ」

「消えてしまったわ」

「消えた？」

マチコが甲高い声で言った。

「ほらみろ、やっぱり幽霊だったんじゃ」

ユウトが言う。

「でも皆信じてるの」

「何をじゃ」

「あの人はきっと今もどこかで麻雀を打っていると」

「ふうーん」

初めてユウトが神妙な顔をした。

「どうしたのユウト？」

リマがユウトの顔を見た。

「その人って、でっぷり太ってて頭の毛が少し薄くて、吊りバンドをしている人か」

「ユウトは逢ったの？」

マチコとカズマがユウトを見た。

「いや逢《お》うたことはない。ないが……」

「ないが何よ？」

「夢で見たことはある」

「夢で？」

「そうじゃ。初めて麻雀を覚えた頃、そいつが夢の中に出てきて、うしろでじっとわしの麻雀を見とった」

「それで？」

カズマが訊いた。

「それだけじゃ」

「逢ってみたい」

マチコが言った。

「ボクも逢ってみたいな」

カズマもうなずいた。

「逢えると思うわ」

リマが笑った。

「どこでじゃ？」

「それはわからないけど。あなたたちがずっと麻雀をしていれば、いつかその人が逢いにくるわ」

「本当ですか？　リマさん」

「本当よ。だって〝神さま〟ですもの」

「そうか……」

カズマがつぶやくと、ユウトは腕組みをして言った。

「やっぱりそいつは幽霊じゃ。〝麻雀の幽霊〟じゃて」

「〝麻雀の幽霊〟？　それって面白いわ。そんな幽霊なら出てきて欲しい」

マチコも嬉しそうに笑った。

「きっと出てくるわ。だからほら、この店のマスターもあの椅子をずっとあそこに置いて、他のお客さんにはいっさい座らせないの」

三人は揃って壁際の椅子を見た。

甘いジャズのリズムの中でポツンと照明が当たっていた。

マチコはその夜、マンションに戻ってからシャワーを浴びてベッドに入ったが、なかなか寝つけなかった。

闇の中にかすかに見える天井に、荒木町のジャズの店で見た、あのちいさな椅子が浮かんでいた。

――〝麻雀の神さま〟か……。どんな人なんだろう。

その人に逢ってみたい。

その人と麻雀を打ってみたい。

その人と話をしてみたい。

そう考えはじめたら眠れなくなった。

それでもいつしかマチコは寝息を立てはじめていた。


マチコは昼下りの草原を歩いていた。

いろんな花が咲いていた。さわやかな風が吹いている。春なのだろう。

ヒバリのさえずりが頭の上から聞こえた。

見上げると空は抜けるように青い。

やがて前方に一軒のちいさな家が見えた。

マチコはその家にむかって歩いている。少女の頃に絵本で見た、お菓子の家に似ていた。

やがてマチコは家の前についてドアをノックした。

トントン、トントン。

返事がない。

——誰もいないのかしら？

もう一度ドアを叩いた。

トントン、トントン。

ドアがゆっくりと開いて、中からパジャマ姿の太った老人があらわれた。

眠そうな目をしているのは、きっと寝ていたからに違いない。

「あっ、すみません。起こしてしまいましたか？」

「いや、そろそろ起きようと思っていたんだ。今日は誰かお客さんが来そうな気がしていたからね。まあ入りなさい」

「はい」

「紅茶でも入れよう。ミルクティーでいいかな」

「はい」

「ミルクはあたためた方がいいかね」

「できれば」

「私もそうなんだ」

大きな水玉模様のパジャマだった。水玉ひとつがリンゴくらいの大きさがあった。よく似合っていた。

台所の方から紅茶の香りがしてきた。

「クッキーはどうだね。自家製だが割と評判がいいんだ」

「いただきます」

二人分のミルクティーとクッキーが載った皿を、大きなトレイに載せて水玉のパジャマがあらわれた。

「いいクッキーの匂いですね。美味しそう」

「これしか作れないんだけどね」

マチコはミルクティーをひと口飲んでからクッキーを半分食べた。

「美味しい。こんな美味しいクッキーを食べたのは初めてです」

「それは誉めてくれてありがとう。あなた名前は?」

「マチコです」

「マチコさんか。いい名前だね」

「ありがとうございます」

二人はしばらくアフタヌーンティーを愉しんだ。

台所の方で電話が鳴った。その人は電話を取って、フムフム、それはそれは、と受け答えをした後、

「五時には行けます」

と言った。

「君、すまないがつき合ってくれないかね」

「何をでしょうか」

「今、友だちから電話が入って、麻雀をはじめるんだがメンバーが二人足りないと言うんだ。つき合ってくれるかね」

「勿論です」

「それは助かった。じゃ着換えてくるから少し待っていて下さい」

その人が奥に消えると、窓辺に小鳥が二羽、仲睦まじくしているのが目に入った。

「あら可愛い」

マチコが近づいても二羽の小鳥は逃げようとしない。それどころか、マチコの肩先あたりを飛びながら何やら話しかけるかのようにさえずっていた。

「いやお待たせ」

水玉のパジャマが大きな千鳥格子のジャケットとグレーの渋いズボンにかわっていた。そして、肩から降りている吊りバンド。

——あれっ？　どこかで見たわ。いや聞いたのかしら、この吊りバンド……。

「こらこら、お客さんの前で行儀が悪いぞ」

そう言うと、二羽の小鳥がその人の肩先に飛んで行き、耳先にむかって何かを言っている。

「いや、それはできないナ。これから麻雀にマチコさんと出かけるんだよ。留守をしっかり守っておくれ」

マチコは二人で家を出て草原を歩いた。

「麻雀は好きなの？」

「はい。でも覚え立てですから」

「麻雀に限らず、何でも物事は覚え立てが面白いものです」

「そうですね。今はもう夢中です」

「そりゃいい」

「でも私のような初心者で大丈夫でしょうか?」

「何がだね」

「今からお相手する人たちとの麻雀です」

「大丈夫だよ。私、君の麻雀を一度うしろから拝見しましたから」

「あっ、そうなんですか」

「うん、とてもいい麻雀だった……」

「ありがとうございます」

「皆、気のいい連中だから思う存分打てばいいからね」

「はい」

マチコは麻雀が打てると思うと少し興奮した。

「リマさんの友だちだよね」

「そうです」

「リマさんは素敵な人だ」

「私もそう思います」

「リマさんは配牌がよくてね。断トツの配牌だ。うらやましいねえ。きっとそういう星の下に生まれているんだろうね。あの配牌を見ていると、そう思う」

マチコは歩きながらリマさんの顔を思い浮かべた。

「君少し、若い頃のリマさんに似てますね」

「光栄です」

やがて前方に街が見えてきた。

玩具のような街だった。

「あっ、私」

マチコが立ち止まった。

「どうしましたか？」

「私、ハンドバッグを持ってきてません。お財布も忘れてしまってます。すぐに取ってきますから」

「ああ、お金は必要ありません。麻雀を打つだけでいいんです」

「でも……」

「本当にいいんだよ。そういう麻雀じゃないんだよ」

「はあ……」

街の入口に立ってみると、どこかで見たような風景だった。

「素敵な街ですね」

マチコが振りむくと、その人がじっと前方を睨んでいた。

「どうかしましたか？」

「むこうから電車がやってくる。かなり手強い相手だ。ここにいては危険だ。すぐに逃げましょう」

「えっ、どこに電車がいるんですか。電車ってレールがないと……」

「ほら、あの交差点からこっちを見てます」

「こっちを見てるって、電車がですか」

「こうしてちゃダメです。さあ早く」

その人はマチコの手を握りしめると、来た道と反対方向に走り出した。

マチコも懸命に走った。

想像以上にその人の足は速かった。

振りむくと一台の電車が猛スピードでこちらに迫っていた。

——何なの、これって？

背後でどんどん車輪の音が近づいてくる。

——もうダメ。私、ダメです。

「ガンバるんだ」

「ダメです」

電車の音が頭の上を通過した。

――助けて！

声を上げた途端、マチコは目を覚ました。

「あっ、電車が……」

そう口にしてからマチコは右手が袂《たもと》をつかんでるのに気付いて、

「夢だったのか」

とつぶやいた。

マチコは今しがた見た夢のことを思い返した。

「麻雀につき合ってくれるかね」

恰幅のいい人の顔がよみがえった。

「あの人ってもしかして〝麻雀の神さま〟なの？」

マチコは思わず声に出した。

秋の風が神楽坂の通りに吹きはじめて、毘沙門天の欅《けやき》の木が緑を少しずつ淡くしはじめた。

それでも昼を過ぎようとする時刻には相変わらず蟬の鳴き声は騒々しく、横寺町の安アパートで息も絶え絶えに、石丸悠斗は死んだように横たわっている。蒸し暑い部屋に空のペットボトルが転がり、吸いつくしたシケ煙草《モク》の山と麻雀雑誌とエロ漫画が散乱している。
その部屋の隅に隙間風で吹き寄せられた便箋が数枚揺れている。

前略　石丸悠斗様
元気でやっておいでか。東京の夏は寝苦しいと聞いたが、きちんとしておいでか。家を出て初めての夏を帰省せなんだのを祖父母さんたちは心配しとる。お父ちゃんが、男がいったん志を抱いて家を出たのだから半端じゃ戻るもんじゃない、と祖父母さんに言ってきかせていますが、祖父母さんはおまえは子供の時から半端者じゃから、それなら家にはもう二度と戻ってこんのじゃないかと嘆いとりました。けんどお父ちゃんは、わしの息子じゃから心配はいらん、いずれ立派になって戻ってくると言う。私と祖母さんは、お父ちゃんの子供だから帰ってこられんのではと心配しとる。先月、へそくりから送った金で未納いうとった授業料は払うたかや。まさか遊びほうけてつまらんことに金を使うとることは、よもやないとは思うとるけど、それでもお父ちゃんの血がおまえの身体には半分流れとるゆえに心配じゃ。

さて本日、手紙を出したのは、おまえもよう知っとる榊原のゲンちゃんの祖母さんが夏の前に急に亡くなって、何をとち狂うたか、ゲンちゃんがひと旗上げると言い出して、東京にむかった。東京で頼る人もいないっていうので、おまえの住所と連絡先を教えておいた。おまえも知ってのとおり、ゲンちゃんは少しおかしいところがある。不慣れな東京で何をしでかすかわからぬから、幼なじみのよしみで訪ねて行ったらちゃんとしてやっておくれ。くれぐれも身体を大切にして、勉学に励んでおくれ。お願いしますぞ。

母より

ユウトが寝言なのか、暑さと空腹ですでに思考能力や記憶を失いかけているのか、声を発した。

「ちょっとその[七萬]待ってくれ」

ユウトは幻の手役を見ている。

[一萬][一萬][一萬][二萬][三萬][四萬][伍萬][六萬][八萬][八萬][九萬][九萬][九萬]

——当たれるよナ……。

ロンと言いかけて、ユウトは言葉を止めた。

自分の河《ホー》に[四萬]があった。

──お、フリテンか……。フリテンじゃ。

「どうすんだよ、その[七萬]?」

イライラした声がした。

「あっ、いいっす。どうぞ」

「チェッ、何だよ。これだから素人と打ちたくないんだよ」

相手の声がする。

──素人じゃと? この野郎。わしがどんな手をテンパッてるか見て驚くな。このチンピラ。

上家《カミチャ》が[　]を切り捨てた。

「ちょ、ちょっと待ってくれ。その[　]」

チンピラが言った。

その時、ユウトは一瞬、先ヅモをしていた。盲牌《もうぱい》で指先に触れたのは[七萬]のようだった。

──何、何じゃ。どうするんじゃ。ポンかよ。やめろって。頼む、やめてくれ。

こっちは九蓮宝燈《チュウレンポウトウ》だっちゅうの。

「オイ、よせよせ。安あがりしてもしょうがないだろう」

下家《シモチャ》の男が言った。

——そ、そうじゃ。安あがりにロクなことはねえぞ。やめとけって。

「そうだな。やめとくか」

ユウトはその声に、山に戻した牌に手をかけた。

「いや、まっ、待ってくれ。やっぱりなこう」

——えっ、どういうことじゃ。優柔不断な野郎だな。このチンピラ。

「安あがりはやめろって」

「そ、そうか。でもやっぱり」

ユウトは声を上げた。

「いい加減にしろ。わしゃ、もうツモっとるんじゃ」

「うるせえ、ならカンだ」

「カンじゃねぇよ。わしはもうツモっとる。ほらこれを見ろや」

「待て、倒すな。カンの方が優先だ」

「うるさい。ごちゃごちゃ言うんじゃねぇ」

「そりゃ、和了《あが》らせるわけにゃいかねぇ」

下家の男がユウトの腕を取った。

「何をしやがる。これはわしの和了りじゃ」

「和了らせるわけにゃいかんのだよ」

対面の男までがユウトの背後にやってきて、羽交締めにした。

「何、何をしやがる。手を離せ。わしが生まれて初めて九蓮宝燈を和了ろうって時に邪魔をするんじゃ……」

ユウトが必死で抗っていると、

「石丸さん、石丸さん」

どこからか自分の名前を呼ぶ声がする。ユウトはその声にうつろに目を開いた。

「石丸さん、石丸さん、お客さんですよ」

大店《おおや》のバアさんの声だ。

――お客さん？

バアさんの声にユウトはマチコの顔を思い浮かべた。

――いや、マチコは先週から軽井沢に行ってるはずじゃ。誰じゃ、客って？

「石丸さ〜ん」

「ハァーイ。今、下りますから」

ユウトは階段を下りようとして足元にあった空のペットボトルを踏みつけ、一気に逆さまに階下まで転がった。

「痛ぇ、痛テテッ」

「あらまあ派手な下り方すんのね」

バアさんが言った。

――バカヤロウ。誰がわざわざこんな下り方をするかよ！

「あれっ、これが東京の階段の下り方なんかのう」

声に顔を上げると、シルクハットを被った男が一人立っていた。

「ゲンさん」

――まだそんな帽子を被っちょるのかよ。そう言えばオフクロの手紙にゲンさんが上京するって書いてあったナ……。

「ユウト君、ひさしぶりじゃのう。俺、東京にひと旗上げに来た」

――ひと旗？　何のこっちゃ？

「石丸さん、お客さんからお土産品を頂きましたよ」

バアさんがユウトの目の前に、歯を剝き出した何かをぶらさげた。

「何、何じゃ？」

見るとそれは大きな鯛だった。

「こんな見事な鯛を見たのは何年振りかしらね。あなた、素晴らしい人と知り合いなんですね」

「ゲンさん、こ、これを田舎から持ってきたのかい」

「そうだ。俺の新しい出発の門出を祝う鯛じゃ」

「門出って……。何のことじゃ」

「ユウト君、上がらしてもろうてええかのう」

「ああ、ええけんど。わしのところはゲンさんの所のような屋敷じゃねぇぞ」

「あん、わかってる。一から俺、出発じゃから耐える」

――耐えるって……。わかっとんのか？

「俺たち幼なじみやからやっていける」

――そ、その幼なじみ言うのやめてくれるか……。

「ちょっとすみません。今、石丸さんと幼なじみとおっしゃいましたが、見る所、あなたさまの方がずいぶんお歳を召していらっしゃるように思えますが」

「は、はい。俺は去年、還暦を迎えました」

「還暦？」

「はい。そうです」

「その人がまたこのバカ学生と、あっ失礼、石丸さんと幼なじみなんですか」

「俺、学校に通ったのが遅かったもんじゃから……」

「はあ？」

「ゲンさん、このバアさんに話してもわからんから。さあ上がってくれ」

「ほんじゃ失礼します。しばらくお世話になりますけえ」

「はあ……」

ユウトはゲンさんの足先の大きな古い革靴を見た。

「それはまたえらい古い鞄じゃのう」

「ああ俺の曾祖父《ひいじい》さんがロンドンに行った時に使うとったらしい。屋敷を出るのは百年振りじゃと」

——百年？　本当かよ。でも、ゲンさんは嘘をつく奴じゃない。

ゲンさんはユウトが生まれ育った瀬戸内海沿いの港町の中で、一番大きな屋敷の一人息子だった。街の古い人たちはゲンさんの家のことを〝殿さまの家〟と呼んでいた。

その昔、ゲンさんの祖父は立派な殿さまだったらしい。昔は山も畑も、街のほとんどの土地を所有し、ゲンさんは子供の時、自分の土地でない所を歩かないで遊んでいたらしい。だが災害や大きな事故があると、ゲンさんの家は山や畑を売って大金を寄付し、街の人を救済したという。だから街の人は皆、ゲンさんの家の人を大切にしてきた。ユウトの祖父母などはゲンさんが街を歩いているのを見ただけで手を合わせていたほどだ。

ゲンさんは子供の時に海の岩の上で遊んでいて落ち、その事故で四十年も眠り続けていた。そうして目覚めた時からまた学校に通いはじめた。その時、学校は特別にゲンさんに教室をこしらえた。その折の同級生に選ばれたのがユウトだった。

「おめえは〝殿さまの家〟の若さまと一緒に勉強するんだからくれぐれも失礼があっちゃなんないぞ。わかったか」

祖父母から言われたが、ユウトはそんなことはいっこうにおかまいなしにゲンさんと遊んだ。

中学に進学すると、さすがにゲンさんは授業についていけずユウトと別の学校に行くようになったが、それでも何かあると、ユウトはゲンさんと海に行ったり山に入ったりした。

ゲンさんに最後に逢ったのは上京する前で、屋敷に別れの挨拶に行くとゲンさんは大粒の涙を流して、

「男になるためじゃからな」

と笑った。

部屋の中にゲンさんを案内してユウトは頭を掻きながら、

「ちょっと汚いが。すぐに掃除するから」

「いやそんなに汚くはないよ。〝住めば都〟と言うじゃない」

「それって違うだろう」

ユウトが窓を開けようとした時、

「キューン」

と奇妙な声がした。

「猫を飼《こ》うとるのか?」

「違う。今のはわしの腹の虫じゃが。朝から、いや昨日の夜から何も食べとらん」

ユウトは腹をさすりながら言った。

「それはイカン。じゃ、さっそくどこかにランチに行こう」

「いや、来た早々ゲンさんに厄介になるのは……」

「何を言っとるんですか。人間食べることは基本じゃから。さあ行きましょう」

ユウトはゲンさんと神楽坂に出た。九月の陽射しがまぶしかった。

「この街はええところですのう」

ゲンさんは大通りの並木を見上げている。毘沙門天の前を通りかかると境内に入って手を合わせた。

――そういやあ、ゲンさんは信心深かったよな。

ゲンさんは、四十年間眠っている間にたくさんの神さまと逢った話をよくユウトにしてくれた。

「俺がこの世に戻れたのは神さまのお蔭じゃからのう。感謝してもしきれん」

これがゲンさんの口癖だった。

「東京というとやはり鮨か天婦羅でしょう」

ゲンさんが言った。

——詳しいのう……。

「ユウト君、鮨にするかね。天婦羅にするかね」

——えっ、そんなもん喰わせてくれるんかい。

「わしはどっちでもええが、その辺りのコンビニの弁当でもかまわんよ」

「いやいや東京に着いた日です。もっと美味しいもんをご馳走したいがのう。どこか店を知っとるでしょう」

——えっ、わしが鮨屋、天婦羅屋をか……。

ユウトは夏前にマチコに連れて行ってもらった店を思い出した。

——たしか本多横丁の裏手じゃったな。

「知っとるというほどの店じゃないけど、一度友だちと行った鮨屋がある」

「じゃ、そこに行きましょう」

石畳の路地に入るとゲンさんが、

「ここは元は花柳界のある花街じゃったな」

と言った。

——なぜ、そんなことを知っとるんじゃ？

〝寿司K〟に入ると主人が驚いたような目で見た。

「ほう、これは珍しいもんをお被りですね」

主人がゲンさんのシルクハットを見て言った。

ゲンさんが嬉しそうに笑った。

「ご家族ですか？」

主人がユウトを覚えていて訊いた。

「いや、幼なじみじゃ」

「えっ、ご冗談を」

主人が目を剝いた。

「いや幼なじみです。ユウト君は子供の時からのお友だちです」

「本当にそうなんですか。そりゃなかなか〝粋〟ですな」

「〝粋〟とは、江戸の、あの〝粋〟のことじゃろうか」

「そうです。その〝粋〟です」

「それは嬉しい。じゃ美味しいところを握って下さい」

ユウトはゲンさんに耳打ちした。

「一人前の並でええよ」

「ハッハハハ」

ゲンさんは笑って、出された鮨を美味しそうに食べはじめた。

「これは美味い。絶品じゃ」

ユウトもそれならと食べることにした。

喰い切れぬほど喰ってお茶を飲むと、ゲンさんが立ち上がり、ご馳走さまと頭を下げ、引き揚げようとした。

ブウアッー、とユウトはお茶を吹き出しそうになった。

「す、すみません。わしが次に来た時に払いますから」

ユウトが言うと、ゲンさんは怪訝そうな顔をしてから、ハッハハハと笑い出した。

「そうじゃ。ここは田舎と違う。ご主人、計算をして下さい」

ゲンさんは分厚い財布を出して帳場に行き、計算をして下さい」

「あの、ちょっとこれは多うございます」

「どうぞ取っておいて下さい」

「いや、そういうわけには」

「どうぞ、取って下さい」

「では……」

主人が頭を下げた。

店を出てユウトは訊いた。

「いくらチップを渡したんじゃ」

「さあ知りません」

——知りませんって、ゲンさん、おまえさんさあ。

二人は軽子坂から赤城神社の方にむかって歩いた。

「その赤城神社に寄りましょう」

二人で新しくなった赤城神社に入った。

本殿に参拝し、脇にある高台にゲンさんは立つと、東京の街を見下ろしながら言った。

「ユウト君、俺、夢でお告げを受けたんじゃ」

「夢でお告げ?」

「うん。東京に行って困っとる人を救ってやりなさいと言われた」

——えっ、そんなお告げかよ?

「それで山も土地も売って上京しました」

——そうなんだ……。わしもかなり困っとるんだけど、そんなことは口に出せんものなあ……。

「さすがはゲンさんだ。いいじゃないか、やれやれ」

「ユウト君ならきっとそう言うてくれると思うとった」

ゲンさんが満面の笑みを浮かべた。

ユウトは子供の時からゲンさんの笑顔が好きだった。

――そうか。ゲンさんは人を助けようと上京したのか。やっぱり違うのう。


ゲンさんとの生活がはじまった。

ゲンさんは朝が早い。

夜が明けるともう起き出して散歩に出かける。

ユウトはゲンさんを一人にしておけないので一緒に早朝の東京を歩く。

ともかくよく歩く。

「今日はあの山に行ってみましょうか」

「あの山ってどれじゃ？」

「ほら、あの山です」

「そりゃ高尾山じゃろう。まだ電車も走っちゃいないぜ」

「大丈夫です。山は見えていれば麓《ふもと》まで辿り着けます」

――嘘じゃろう。八王子より先だぜ。

結局、途中で電車に乗ったが、それでも高尾山の頂上まで登って見渡した関東平野はなかなかのものだった。

「何だか東京っつうか、関東もたいしたことはないのう」

「そうでしょうか。やはり日本の首都だけあってたいしたもんじゃ。〝都〟というものは何かあります」

「何があるんだ？　ゲンさん」

「大勢の人を引きつけて離さない何かじゃ。地霊というか……」

――地霊って、今、言った？　もしかしてゲンさん、本当はスゴイ賢い人なんじゃないの。

そんな日々をくり返しているうちにマチコが訪ねてきた。

マチコはゲンさんを見て、しばらく目を丸くしていた。それからクスッと笑って、面白い人、と言った。

「本当に幼なじみなの？　それって素敵な関係じゃない」

――そ、そうか？　素敵か？

夏休みで静岡に帰省していたカズマは、ゲンさんを見て首をひねってばかりいた。

マチコもそうだが、〝ビター〟のリマもゲンさんを一目見て手を叩いて喜んだ。

その反応は少し異様に思えた。

マチコはゲンさんと早朝の散歩に出かけるのが日課になった。

――オイオイ麻雀はどうするんじゃ？　まあええか、マチコにまかせれば。

ユウトはマチコにゲンさんの相手をしてもらうようになって、またフリー雀荘に通うようになった。

その夜も遅くにユウトは部屋に戻ってきた。

ゲンさんを起こさないように静かに部屋に入り、蒲団の上にあおむけになった。

今夜は調子が悪かった。

宵の口は調子が良かったのだが、後半になって何度かイージーなミスを続けてしまい、それでツキが離れた。ユウトの麻雀の一番の欠点は、好調な時に平凡なミスをすることだった。

――どうしてわしはこれが多いんじゃろうか……。

ユウトはタメ息をこぼした。

「ユウト君、何か心配ごとか？」

闇の中からゲンさんの声がした。

「起きてたの、ゲンさん。いや何も心配ごとなんかありゃしないよ。どうして？」

「何だか切なそうなタメ息をこぼしていたから」

「ああ、今夜の麻雀の反省をしていたんじゃ」

「麻雀って面白いのか？」

「ああ、わしは面白い。けどゲンさんはやめといた方がええよ」

「どうして？　ユウト君がそんなに好きなのに？」

「ああゲンさんはやめといた方がええ」

「頭が悪いから？」

「ゲンさんは頭は悪くないよ。そりゃ学校の勉強はついて行けなかったかもしれんが、あんなものは大人になったらそんなに必要がないものじゃ。麻雀はさ、少し……」

「少し何？」

「少しズルくなきゃいけないんじゃ」

「ズルい？」

「そう。人を騙さなきゃならないところがあるんじゃ」

「えっ、本当に騙すんか？」

「いやゲームの時だけだよ」

「そりゃ少し切ない遊びだね」

「えっ、何って言ったの？」

「切ないって言うたんじゃ」

「ああ、そうかもしれん」

「じゃ、そんなことどうしてやってるんじゃ？」

「うーん、たしかにそうじゃのう……」

ユウトはそのまま何も言えなかった。

「お金は賭けてるんか？」

「金を賭けんと面白くも何ともないよ」

「金が目的なのかのう」

「それもあるけど、金がすべてじゃないように思う」

「そうか、それなら少し安心した」

「どうして安心したんじゃ」

「金のやりとりだけじゃ、何のために遊んどうのかわからんようになる」

「えっ、どういうことじゃ？」

「金というのは人間がこしらえたもんじゃ。人間がこしらえたもんに人間があくせくしてもうたら、そりゃ悲しいことじゃ」

――なるほど……。

「ゲンさんはお金が欲しくはないのか」

「欲しくない」

「そりゃゲンさんが金持ちの家に生まれたからじゃ。だからそう言えると違うか」

「そうかもしれんが、やっぱり金にがんじがらめになったらみじめじゃ」

――みじめか……。

ユウトはまた大きくタメ息をついた。

「そんなにタメ息ばかりついとったらしあわせが逃げて行くぞ」

「そうかもしれん」

ユウトは自分に少し腹が立ってきた。

「投げやりはイカンぞ」

「わかった。ゲンさんも朝が早いから寝よう」

「ああ……」


ユウトが昼前に起きると、卓袱台《ちゃぶだい》の上に置き手紙があった。

イシマルユウト君へ
オレ、北ノホウへ行キマス。アエテ、ウレシカッタ。ユウト君ノ友情ハ　ズットワスレマセン　マージャン　ガンバッテ　ユウト君ハミジメジャナカッタ。カッコヨカッタ
ゲンジロウ

ユウトはその手紙を読んで、自分がゲンさんに何もしてやれなかったのを悔んだ。

その日の午後、マチコがアパートを訪ねてきた。二階の窓からのぞくとマチコが笑顔で立っていた。

「ゲンさんは？」

「出て行った」

「えっ、どこに行ったの？」

「知らん。知らんがここよりはええところだと思う」

「そうなんだ……。今朝散歩に来なかったからどうしたのかなと思ってたんだけど。残念ね」

マチコは言って黙りこんだ。

「で、何のようじゃ」

「ねえ、麻雀打ちに行こうよ」

ユウトは昨晩のゲンさんとの会話を思い出した。

「そうか、わかった。今、下りて行く」

表に出ると、大店のバアさんが競馬新聞を読んでいた。

——しょうもないバアさんじゃのう。

「あらバカ学生さん。ゲンさんはまだ戻ってこないの」

「出て行ったよ」

「本当に？」

「ああ本当だ」

「いつ帰ってくるの？」

「もう帰ってきやせんよ」

「何だ。そりゃあんたも淋しいね」

「淋しくなんかあるか」

「そうかい。あんたみたいなバカ学生にゃ、あの人の良さがわからないだろうね」

「ああ、わからん。ゲンさんは少しここが鈍いからね」

ユウトはこめかみを叩きながら言った。

「鈍いのはあんただろうね」

「そりゃバアさんと同じじゃ」

「ふん、このバカ学生が……」

店の奥から畳屋の主人の声がした。

「オフクロ、石丸さんにバカバカって言うのはやめろよ。人をバカ呼ばわりしてると自分がバカになるぜ」

「もうとっくになっちまってるよ。いいや、あたしは生まれついてバカなのよ。そのバカの子があんたってことも忘れないようにしな」

「ああ、俺はとっくにわかってるよ」

二人のやりとりを見ながらマチコが言った。

「ねぇ、ユウト君、早く行きましょう。今日はオバアさんもご主人も機嫌が悪いわね」

「そうか？　あんなもんじゃろう。それよりカズマを呼ぶか」

「そうね。放っておくとカズマ君って勉強ばっかりしてしまうから」

「じゃ放っとくか」

「どうして？」

「勉強ばかりしとったら、どうしようもない男になるじゃろう。それがあいつには似合っとるかもしれんからな」

「あら、それじゃカズマ君が可哀相じゃないの」

「ほう、マチコはカズマに気があるのか？」

「何を言ってるの。私が電話するわ」

マチコが携帯電話を出した。

「あっカズマ君、これから麻雀するんだけど来ない？　あっそう。じゃ毘沙門さまの前で待ってるわ」

二人が毘沙門天の境内にあるベンチに座っていると、紙袋をかかえたリマがやってきた。

「やあママ」

「ゲンさんは?」

「出て行ったよ」

「えっ、いつ?」

「今朝だよ」

「何だ。せっかく鯛焼きを買ってきたのに。ゲンさん、食べたことがないって言うから、わざわざ麻布十番まで行って買ってきた美味しい鯛焼きなのに……」

「じゃボクたちがもらうよ」

「そう。じゃみんなで」

三人で鯛焼きを口にくわえた。

「本当!　美味しい」

マチコが言った。

しばらくすると、カズマがやってきた。

「悪い、悪い。待った?　どうしたの?　その鯛焼き」

ユウトは鯛焼きをひとつ取ると、カズマに差し出した。カズマがそれを口にすると、ユウトが手を出して言った。

「ひとつ百五十円じゃ」

「何を言ってるの、ユウト」

リマがその手を叩いて、

「そうか、ゲンさん出て行っちゃったの。もう少し話がしたかったわ」

残念そうに言った。

「えっ、あの人出て行ったの？」

カズマが言った。

「おまえは関係ない」

ユウトがぶっきら棒に言った。


ゲンさんが神楽坂から姿を消して、マチコはまたあの人の夢を見るようになった。

〝麻雀の神さま〟と呼ばれた神楽坂の大人《たいじん》の夢である。

大きな水玉のパジャマを着て、マチコが麻雀を打つのをじっとうしろから見てくれている。その人が見てくれているだけで邪念が消えて行く。

牌の流れにそって自然にツモり、自然に打牌ができる。

勝負処というものを感じないし、危険牌という感じもない。

勝つとか負けるとか、勝負にこだわりやっきになることがいっさいない。

——麻雀って本当に面白い。

マチコは麻雀の面白さを素直に喜んだ。

そうして時折、マチコが切り牌、選択牌に迷うと、マチコの指のそばに背後から母指が伸びてきて、迷っている牌がどう成長して行くかをバーチャル画像であらわす。

昨夜の夢の中で言われた。

「大切なのはイマジネーションだね」

「イマジネーション?」

「そう。イマジネーションをいかにひろげられるかだね。牌は百三十六牌だ。最初に自分の手元に親なら十四牌、子なら十三牌、それにドラの表示牌。それぞれが配牌で和了のイメージを描く。それから親が最初の牌を切り出す。その一牌がイマジネーションのはじまりだ。親は当然、自分が描いたイマジネーションの和了形を目指して打牌をしていくのだから、切り出した牌は不必要な牌と見ていい。だけど果してそうか、という別の想像もしなくてはいけない」

「別の想像?」

「そうだ。仮に親の配牌が好手ですでにイーシャンテンだとしよう。そうなると一枚目の切り出した牌は不必要な牌じゃなくて、早いうちの和了を目指して、河に仕掛けをしようと切り出した牌ということも考えられるわけだ」

——なるほど。

「でもそれは最初の一牌でどう見きわめるんですか」

「それは、その局面だけじゃ判断ができない。ヨーイドンでいきなりはじまった戦いではどうしようもない。しかも初めて打つ相手ならなおさらね。でもそれがその日の戦いの中盤にさしかかっていたら、その日の流れがある程度わかっているからね。その上いつも打ってる仲間なら、相手の癖もわかってるしね。それほどの好手が来ていたら感情も動くしね」

「感情ですか？」

「そう。感情の動きは気配とも言うね」

「気配――」

「そう。麻雀は競馬、競輪なんかと違って人間と相対して戦うギャンブルだからね。ポーカーと同じで、相手のささいな表情にその人の手の内のことが隠されているからね」

「そんなにあらわれるものなんですか」

「人間は感情の生きものだからね。感情の動きを隠そうとしても何らかは出るものだ。それが場数を踏むうちに、気配の消し方のようなものがわかってくる。それはそれで何か癖は出るものだ」

「癖ですか？」

「そう。〝なくて七癖〟というだろう。当人は癖がないと思っても他人から見ると、あきらかにその人だけがする動き、所作、表情があるもんだよ」

――へぇ〜、いろんなことがあるんだ。

「それでも肝心なのはイマジネーションだ。どのくらい広く、自由にイマジネーションを広げていけるかだ」

「広く、自由に……」

「そうだね。勝つことにこだわるとどんなギャンブルもかたよってしまうし、ちいさくなるものだ。大切なのは、やわらかくてのびやかなことだね」

――やわらかくてのびやかなんて、麻雀とは無縁の言葉に思えるけど……。

夢の終りに〝麻雀の神さま〟とマチコはベンチに座って空を見上げた。

そうすると神さまは必ずいねむりをはじめた。

その寝顔はとてもしあわせそうだった。

「夢の中でまで眠っているなんて……」

マチコはクスッと笑った。


目が覚めてからもマチコはしばらくぼんやりとしていた。

大きな水玉模様のパジャマを着た〝麻雀の神さま〟のうしろ姿が部屋の壁に浮かんでいる。

――本当に夢の中での麻雀が私の麻雀の力をつけてくれるのかしら……。

マチコは、壁に浮かんでいる神さまのうしろ姿にむかって左手のひとさし指で狙いをつけ、ピストルを撃つ要領で、

「バーン」

と声を上げた。

すると壁に浮かんでいた神さまがバッタリと倒れた。

「えっ？　嘘」

マチコは目を剝いた。

たしかに神さまが倒れていた。

「ゴ、ゴメンナサイ。それに弾は入ってなかったわよ」

マチコが言うと、壁の中で倒れていた神さまが、ムクッと立ち上がり、振りむいてマチコを見つめニヤリと笑った。

「あっ、イケナインダ。女の子を騙すなんて……」

マチコが言うと神さまは頭を搔き、急に直立不動になって頭を下げた。

クスッとマチコは思わず笑った。

そうして真面目な顔をして訊いた。

「ねぇ、本当に、私、麻雀が強くなれるかしら？」

神さまがゆっくりとうなずいた。

「本当にだったら嬉しい。あなた、甘いものが好きなんだって？　リマさんから聞いたよ。次に夢で逢う時、豆カン持ってってあげる」

神さまが嬉しそうに飛び跳ねた。

——おっ、喜んでる。

「イマジネーションが大切なのよね。広く、自由にね……」

神さまがコクリとうなずいた。

「ヨオーッシ。それなら復習だわ」

マチコは立ち上がり、大きく伸びをして天井を見た。

そうしてまた壁を見ると神さまの姿は消えていた。

「……」

マチコはぼんやりと壁を見つめ、もう一度伸びをしてバスルームに行った。

シャワーを浴びようと裸になると、何だか胸のふくらみがいつもより大きく思えた。

——あれっ、私、少し興奮してるって？

マチコは鏡の前で横むきになってみた。

やはり乳首がツンと尖っている。

——あら、珍しいこと。誰に興奮しているのかしら？

「もしかして、あの神様？」

マチコは素っ頓狂な声を上げた。

――まさか……。でもなかなかチャーミングな人だったわ。それにどこかセクシーだったかもね……。

マチコはシャワーを浴びると、着換えて表に出た。

まだ朝の六時である。

見上げると彩雲が流れている。

朝の陽射しが雲と雲の層に光を放ち、それがオレンジや黄色に染まっている。

雲のかたちが、積乱雲の盛り上がるような形状からイキの良さそうな魚のかたちに変わっているのは、夏が終わろうとしているからだ。

――夏が終るまでには少し成長しないとね。

マチコは雲にむかって、

「見てろよ。ライバルども」

とちいさくつぶやいた。

赤城神社の脇を抜けて公園を通り、一軒の家のそばの路地に入った。その家の真裏に出ると、そこにちいさな木戸があり、マチコはその木戸を開けて庭に入った。外からはさして大きく見えないが、中に入るとかなりの敷地である。

「おはようございます」

マチコは庭に面した濡れ縁でたたずんでいる老人に挨拶した。

「おうっ」

伊佐銀次郎である。

ここは銀次郎の屋敷だ。

マチコが庭の西手にある茶室にむかおうとすると、声がした。

「どうだい調子は？」

マチコは足を止めて銀次郎に振りむき、正面からVサインを送った。

「絶好調です」

「そうか。今朝は少し艶気《いろけ》があるが何かあったか？」

——えっ？

マチコは銀次郎を見た。

——どうしてこの人、こんなに勘がいいんだろう？

「何もありませんが、今朝は少し発情してたみたいです」

「ほう発情をね。いい言葉だね。サカリよりはよほど品がある。好きな人でもできたか？」

銀次郎の言葉にマチコは少し首をかしげて、

「好きってほどじゃありませんが、悪い感じじゃない人です」

「そうか、そりゃいい。いっそ麻雀を捨ててそっちに走ったらどうだ」

「それは無理です。その人も大の麻雀好きですから」

「おや博奕打ちかい？」

「ちょっと違いますね。むこうは雲の上にいますから」

「ほう、そりゃいい所にいるな」

「銀次郎さんもいずれ行くんでしょう」

「俺はこっちだ」

銀次郎が地面を指さした。

「そう言っている人が雲の上に行くって聞きました」

「そうなりゃいいが、まず無理だ」

「どうしてですか？」

「俺は悪党だもの」

「悪党は雲の上の方へは行けないんですか」

「ああ、そういう相場になってるようだ」

「じゃ銀次郎さんが悪党の雲の上一号になればいい」

「ハッハハハ。しっかり打ちな」

「はい」

マチコは返答して茶室に入った。

茶室には麻雀卓が一台置いてあり、そこに牌の入ったケースが置いてある。

マチコはまず手さげ袋からTシャツを出し、着ていたシャツを脱いで着換えた。

スポーツブラを少しゆるめると、そこで両足を八の字にしてストレッチをはじめた。

やわらかな身体だ。

少し汗が出て来た。

最後に両方の指を合わせて、指間をひろげ、指を鳴らした。

牌の入ったケースから麻雀牌を出し、不必要な牌をケースに仕舞い、百三十六牌の牌をひと所に寄せ、じっと眺めた。アトランダムに寄り合った牌を素早く目で数えて行く。

🀀、🀁、🀂……🀆、🀅、🀄…、🀇、🀈、🀉……🀙、🀚、🀛……🀐、🀑、🀒。

マチコの頭の中に百三十六の牌が入って行く。

次に牌を伏せて掻き混ぜると、一牌一牌をツモって、🀋《ウーワン》、🀖《チーソウ》、🀅《リュウハ》と声を出してどんどん表にしながら牌を分けて行く。

これが二ヶ月前に麻雀牌をはじめてさわった女の子かと思うほど、マチコの動きは素早く、盲牌は一牌も間違えない。

何よりも動作が早い。動作が早いということは牌が手になじみはじめたということだ。

それを二度くり返す。

ここまでは準備運動である。

マチコは牌を伏せると、十七牌ずつヤマをこしらえ、それを四列にして目の前に並べた。

そこでマチコは手さげ袋からヘッドフォンとＣＤプレーヤーを出し、何枚かのＣＤから一枚を選んでプレーヤーにセットした。

「さあ行ってみよう」

マチコはヤマから牌をまず十三枚引いて手元に伏せた。

そうしてちいさく息を吐くと、ヘッドフォンを耳に当てた。プレーヤーのスイッチを入れ、聞こえてきた音楽に合わせて身体を少し動かしながら、伏せた牌を表にした。

そこからマチコは素早く牌をツモり、牌の中から牌を切り出す。

切り出す度、捨て牌を声に出す。

「西《シャー》」

「《キューソウ》」

「七萬《チーワン》」

「《リャンピン》」

「中《チュン》」

「九萬《キューワン》」

「南《ナン》」


マチコの声が茶室に響く。

驚くほど早い手付きでどんどん牌がツモられ切られて行く。

先刻の盲牌での動きより、さらにスピードがある。

たちまちマチコの額から、首筋と背中からも汗が噴き出す。

それは当たり前である。茶室には冷房などはない。すでに外は夏の陽射しで気温はどんどん上昇している。

滴り落ちる汗を拭いもせず、マチコはヤマから牌をツモり、切り捨てる。

まっしぐらにテンパイにむかう。

マチコの手の動きがどんどんスピードを増していく。

やがてマチコはテンパイし、その直後に和了した。

「ツモ！」

マチコの声が一段と大きくなる。

自摸和了した途端、マチコは牌を崩し、伏せた牌を掻き混ぜ、四つのヤマを目の前に積んだ。積み上げると、またすぐにヤマから牌を取り手元に並べる。そうしてまた声が響く。

「《トン》」

「《チーピン》」

「《サンワン》」


「《イーソウ》」

「《ウーピン》」

テンパった。どんどんツモっていく。

「ツモ！」

声が響く。

すぐに牌を崩して掻き混ぜ、ヤマを作り、一からはじめる。

二時間が経過したが、マチコの手の動きは変わらない。

また声が響く。

「《イーピン》」

「《パーワン》」

そこでマチコの声がとまった。

マチコの大きな瞳がクルクルと右へ左へ移る。

の手でツモってきたのはである。

——どれだ、どれだ?

マチコの頭の中で声がする。

するとヘッドフォンから聞こえていたジャズのセッションが消えた。

「あれっ」

マチコはヘッドフォンに手をかけた。すると背後から声がした。

「考えるな。考えるから迷うんだ。考えずに切り捨てていくんだ。何度言ったらわかるんだ」

銀次郎の声だった。

いつの間にか銀次郎が茶室に入ってきて、背後に座っていたのだ。

「は、はい」

「返事はいい。早く切り捨てろ」

「は、はい」

マチコはまだ迷ってる。

「考えるな。反応だけしていけばいいんだ」

マチコはを切り出した。

すぐにを引いてきた。

「考えるな。手役にこだわるな」

マチコはをそのまま切った。

マチコの眉間にシワが寄った。

「いちいち顔に出すな」

――どうしてうしろにいるのに私の顔のことまでわかるわけ？

「遅いぞ。どうした。ひと夏続けてまだそんなもんか」

「ツモ」

マチコの声が沈んでいる。

最終形は、

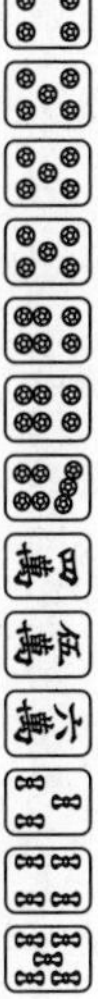

で、を引いてきた。

「こまかいことにこだわるな。早く切り出せ」

マチコはヤマを積み、また同じことをくり返していく。

だんだん腕の動きが鈍くなる。

かれこれ三時間になろうとしている。

腕が上がらなくなっているのだ。

それでもマチコは牌をツモって切り出していく。

肩で息をしはじめた。

頭が少し朦朧《もうろう》としてきた。

指先の感覚がなくなっている。

自分の動きが緩慢になっていくのがわかる。それでも指は自然と動いている。

その時、マチコは妙な気分になった。

——あれっ？　次の牌は萬子《ワンズ》だ。

ツモった時に、それが二萬だった。

――次も萬子だわ。

ツモると三萬だった。

――次もそうだわ。

やはり七萬だった。

――これって何なの？

マチコは手を止めた。

銀次郎の声がしない。

「あの、今、ツモ牌が何となくわかったんですけど……」

振りむくと銀次郎の姿はなかった。


昼前に部屋に戻ったマチコはバスタブに湯を張り、汗だらけのシャツを脱ぎ捨て、その中に身体を沈めた。

顔半分までつかり、目を閉じた。

湯をすくって顔を洗いたいが右手が思うように動かない。それでも湯の中だからまだ腕は緩慢だが反応する。

身体は疲れ切っているのだが、昂揚《こうよう》した気分はなかなか冷めてくれない。

目を閉じると、今日の茶室での特訓の終盤に、ツモってくる牌が何となくわかるような気がしたことがよみがえってきた。

——あれって何だったの？　まさかヤマの牌が見えるってことはあるわけないものね。

マチコはぼんやりと、あの時の状況を思い返してみた。

三巡目の手牌で迷っていた時、銀次郎が背後に来ていて、切り出しを躊躇《ためら》っている自分を叱った。

『考えるな』

『手役にこだわるな』

『ひと夏続けてまだそんなもんか』

『早く切り出せ』

叱られているうちに頭がボーッとしてきて、腕も上がらなくなり、指先の感覚もおかしくなった……。

それでも手は勝手に動いて牌をツモり切り出していく。

マチコはもう自分がどこかに行ってしまい、誰か別の人間が自分の身体を借りて打牌を続けているような気分だった。

——もしかして、あの時、打ってたのは私じゃないって？

「じゃ誰なのよ？」

マチコは声に出して、言ってみた。

その時、この夏、特訓をはじめる前に銀次郎が言った言葉がよみがえった。

『いいか、この特訓のやり方は、おまえさんの麻雀の腕を上げるためにやらせるんじゃない。勝ちたいとか、恰好良く打ちたいとか、そういうツマラナイモノをどこかにやっちまうための特訓だ。一番はスピードだ。それも中途半端なスピードじゃダメだ。まず手を動かすんだ。ツモったら、すぐに切り捨てる。少々打ち方が違ってようがかまわない。ツモったら切り捨てる、切り捨てたらすぐにツモる。そのくり返しを今までの何倍ものスピードでやり続けるんだ。そのためには、考えるな。考えることをやめるんだ。ツモったら切り捨てる。おまえさんは反応だけをするようにすりゃいい。それを毎日、朝一番にここに来て続けろ。ひと夏続けりゃ、何とかかたちがついてくる』

銀次郎はそう言ってから、一度だけ手本を見せておくからと、自分でヤマを積み、ツモっては切り出す動きをやって見せてくれた。

それを見て、マチコは正直驚いた。

これほど人間の手が素早く動くものかと、ただただ驚いた。

まるで銀次郎の指に吸盤でもついているかのように牌をつかむと、もう手の内から牌を切り出している。

タン、タン、タン、タンと小刻みに牌が河に打ち捨てられる音が続くだけだが、銀次郎の目は一点を見つめたまま動かなかった。

何よりも感心したのは、テンパイが早いということだった。

まるで、ヤマに何の牌があるのかがわかっているような切り出しが続いた。

両面《リャンメン》で待てそうな時も平気で切り出し、カンチャン、ペンチャンの待ちを平然と造形していく。

しかもテンパイし、自摸《ツモ》和了する。

——もしかしてヤマの牌が見えていたとか？

「きっとそうだわ。銀次郎さんはヤマの牌が見えてるんだわ」

マチコはバスタブの中で立ち上がった。

——きっとそうよ。そうでなきゃ、あんなに早くテンパイして自摸和了するはずないもの。

バスルームの鏡の中に全裸のマチコの姿があった。

——あの時、萬子牌と思ったのは、あれは偶然じゃなくて、何か理由があったんだわ。

マチコは特訓の初日に、銀次郎が手本を見せた時に言った言葉を思い出した。

『いいか、今はまだわからないだろうが、疲れ果てて自分というものが、欲をかく自分がなくなりゃ、そこからおまえさんの麻雀がはじまるんだ』

――そうだわ、きっと、自分の欲がどこかに行ってしまえば何かが見えるんだわ。

「きっとそうだわ」

マチコは言って、シャワーを浴びると出かける支度をはじめた。

支度ができるとマンションを出て横寺町にむかった。

やがて前方に畳屋の看板が見えた。

表に長椅子が置いてあり、そこに団扇《うちわ》がひとつある。

軒下にかかった風鈴がかすかな風にかろやかな音色を立てている。

店の中を覗くと、オバアさんがうたた寝をしていた。

「すみません。ユウト君いますか？」

寝入っているのか聞こえないらしい。

マチコは道の中央に出て、二階の窓にむかって声を出した。

「ユウト君、ユウト君」

留守なのだろうか。返答がない。

「ユウト君」

ようやく窓が開いて、ユウトが目をこすりながら顔を出した。

「何じゃや、おまえか……」

「ねぇ、遊びに行かない？」

「どこへ？　金がないし、腹ぺこなんじゃ」

「じゃあ、お昼をご馳走するわよ」

「ほ、本当か」

「そのかわり麻雀つき合ってね」

「麻雀か。そりゃかまわんが、学生連中はおるかのう」

「いるって。いいから早く下りて来て」

「わかった」

ユウトが急ぎ足で下りて来た。

「本当に昼飯をご馳走してくれるんじゃの。それなら少し麻雀をもんでやろうか」

「そうこなくっちゃ」

「おまえとの麻雀ひさしぶりじゃのう」

「そうだね」

「何をおまえニタニタしとるんじゃ」

「そうかな。ニタニタしてるかな」

「気持ち悪いから……」

「ユウト君、外に出る時はズボンのファスナーくらいきちんとしめたら」

マチコは呆れたように言った。

「おう、すまんすまん。で、何をご馳走してくれるんじゃ」

「何でもいいわよ」

「どうしたんじゃ、おまえ。えらい景気がええのう」

「まあね」

「じゃ鮨をご馳走してくれんかの」

「いいわよ」

「やったあ。じゃ鮨をたらふく喰って、麻雀に突進するかのう」

「うん、突進しよう」

「金がない時のわしの麻雀は負けることを知らんって、おまえ知っとるのか」

「ちょっとさっきから、おまえ、おまえっていい加減にしなさいよ」

「あっ、悪い、悪い」

ユウトは頭を掻いた。

やがて前方に〝寿司K〟の看板が見えてきた。

カウンターに座るとユウトは信じられないスピードで、考えられない量の鮨をたいらげた。

「ずいぶん、お腹が空いておられたんですね」

〝寿司K〟の主人の言葉にユウトは返答できなかった。何言かを口にしようものなら、喉元まで詰まっている鮨が飛び出してきそうだった。

「どのくらい食事をなさっていなかったんですか?」

主人がユウトに訊くと、ユウトは指を三本突き立てた。

「三日ですか。そりゃたいしたものだ。今どきそこまで耐えられる若衆はいませんぜ」

「ご主人、それ誉めてるの?」

「いや感心しているんです」

「この人、ギャンブルとお酒のことになると見境なしに突っ込んで行くタイプだから」

「ほう、そんなふうには今まで見えませんでしたが……。でも若い時はそのくらいの方がいいんじゃないですかね」

「あら、今日はご主人、ずいぶんと理解があるんですね」

「はい。今日は女将が用足しで店を出てますんでね」

「なんだ。今まではそういうことだったんだ」

「へぇ、男というものは若い時は無茶をするものです。それをやって失敗するから一人前になるんですよ」

主人は言うと、照れたように笑った。

「ご主人、いつだったか昔は麻雀をなさったって話してらしたけど、やはり麻雀が一番面白かったんですか」

「そりゃ、そうです。あれは一万回打ったって同じ手は来ませんからね。それに……」

「それに、何？」

「人間を相手にしているから面白いんですよ。生きてる人間が相手だから〝まぎれ〟が出るんですよ」

「〝まぎれ〟って何ですか？」

「ほら気持ちが〝まぎれる〟って言うでしょう。あれですよ。迷っちまうことですよ」

「ああ、そう言う意味なの。でも〝まぎれ〟がどうしてそんなに面白いの？」

「人間が必要以上に欲をかいたり、必要以上に怖れるからですよ」

「そりゃ、わしにもよくわかるのう。ギャンブルは〝ブレ〟たらそこで終るからな」

「ブレるって何？」

「だから軸が揺れるってことじゃ」

「ああフォームが崩れるってことね」

マチコがさらりと言った。

「お嬢さん、ずいぶんとギャンブルに詳しくなられましたね。たいしたもんですね」

「あら、この間は〝女の子がギャンブルに夢中になるってのはいかがなものでしょうか〟って言ってたわよ」

「それは大人の男は皆そう言いますよ」

「どうして？」

「それは……」

主人が口ごもった。

「いいわよ。何を言っても私、怒ったりはしないから」

マチコは胸を張った。

「どうも、そんなふうに言われてしまうと余計に話し辛くなりますが、まあ、ここだけの話として聞いて下さいよ」

主人があらたまった顔をした。

「私の昔のダチに本所で博徒《ばくと》をやっている男がいまして」

「博徒って何？」

マチコがユウトに訊く。

「今で言うギャンブラーさ」

「へぇ〜、いい言葉の響きね」

「えっ？　博徒ってのがいい響きにお嬢さんは聞こえるんですか」

主人が驚いたようにマチコを見た。

「ええ、聞こえるわ。〝無頼の徒〟って、この間見た映画で言ってたわ」

「どんな映画をご覧になったんですか？」

「〝眠狂四郎〟。昔の映画だけど恰好良かったわ」

「ほう、ああいう映画を若い方もご覧になるんですか」

「ええ、ウチの大女将が好きだって言うから、どんなのかってレンタルショップでDVDを借りて見てみたの」

「そうですか。それでいかがでしたか」

「オヤジさん、それはええから話を続けてくれんかのう」

ユウトが手にした湯呑みをカウンターに置く。

「ああ、そうでした。その博徒をやっていた昔のダチは千公といいまして、ガキの頃はすばしっこいというか、なかなか頭の切れる奴で、そいつが、日本一の博徒になるって言うんで旅に出たんです」

「へぇ～、面白そう」

「それで兵庫の加古川って所に、当時、日本一の博徒って呼ばれる奴がいまして、こいつに一から教わろうって言うんで、教えを請いに行ったらしいんで……。ところがそいつは弟子を取らないってんで、それじゃ毎日くっついて、どうにか極意を盗もうとすぐ隣りに住みついたんです。ところが評判とはまるで違って、負けてばかりいたそうなんです」

「えっ、どういうこと？　日本一の博徒じゃなかったってこと？」

「いや誰に聞いても、そいつが日本一だと言うんです。それで三年隣りに住んだんですが、一度も勝ったところを見たことがないまま、東京に引き揚げたそうです」

「その話のどこが面白いの？」

「これだけじゃ、ただの失敗談でしょう。ところがこの話には後日談があるんです。それから十年して、関東の或る温泉場で大きな供養の開帳博奕があったそうです。千公も関東ではいっぱしの博奕打ちになっていて、名代で開帳場に出たそうです。千公も名代として好そこにその勝男も名代でやってきて、それはもういい博奕を打ったそうです。千公も名代として好勝負をしたと評判になったそうです。盆がすべて終了して宴会になった時、その男が千公の所にやって来て言ったそうです。『自分はあなたが関西に来た時、あなたの博奕を見たことがある。あなたはすぐに自分を抜くほどの技倆があるのがわかった。だからあなたに自分の技倆を指の先ほども教えるわけにはいかなかった。あの時のことはかんべんしてくれ』と頭を下げたそうだ」

「へぇ〜、そんなもんなんだ」

ユウトが感心したように言った。

「それで千公という人は納得したの？」

「さすが、お嬢さん、いいことを聞いてくれました」

「えっ、それからまだ何かあんのか」

「その千公さんって、それっきり博徒をやめちゃったんじゃないの？」

マチコが言うと、主人が目を丸くした。

「お嬢さん、この話を誰かに聞かれたんですか」

「いいえ、初めて聞く話よ」

「それじゃ、どうして？」

「えっ、本当にやめちまったのかよ。せっかく日本一のギャンブラーになったのによ。どうしてやめなくちゃならんのよ。マチコ、おまえ何言うとるんじゃ。訳わからねぇよ」

ユウトが呆れたように言った。

「だから千公さんって人は、ギャンブルがその程度のものかって嫌になったんじゃないの？」

「そんなことはなかろうよ。日本一やぞ」

「その日本一が、日本で一番つまんなく見えたんでしょ」

「わからんな……。腹も一杯になったし、そろそろ打ちに行こうぜ」

「そうね」

「お嬢さん……」

主人が声をかけた。

「ご主人の言いたいことはわかってるわ。でもね、私、別にギャンブルで何かをしようってことじゃないの。一生の内で、今しかできないことをしようとしているだけなの。いっときの子供の熱病かもわからないわ。でもその熱が、気持ち良かったりするの」

「いいえ、私は反対をしてるわけじゃありません。好きなようになさった方がいいと言ってるんです。人のやることで無駄なことは何ひとつないって、勝海舟先生も言ってらっしゃいますからね」

「そうなの。じゃあ、ご馳走さま」

二人は〝寿司K〟を出て、神楽坂通りにむかって歩き出した。

通りを吹き抜ける風に秋の気配がする。

「あの鮨屋のオヤジは、物事がわかっとるのかわかっとらんのか、まるっきり見えんのう」

ユウトは大きく伸びをした。

「ああいう人が一番わかってんのよ」

「そうか……」

「一流の客を若衆の時代から見てる人は、自然と目ができるのよ」

「ほおっ、言いますね」

「けど同時に、悪い奴も見てるんじゃない?」

「あの店は悪党も来るんか」

「一流の店には悪い奴が集まるでしょ」

「どうして？」

「悪い奴は一流が好きだからよ」

「ほう、そうなのか」

「ユウト君。君、もしかして私をからかってる？」

マチコが真剣な目をした。

「からかっちゃいないよ。飯をご馳走になって、そんな失礼なことをするわけがありません」

「そうよね。じゃ麻雀に行きましょう。ところでカズマ君は来るかしら？」

「ああ、それは大丈夫じゃ。あいつは俺が仲間との麻雀に誘っても来んくせに、マチコが一緒だと必ず来よる。おかしな奴じゃ」

ユウトは言いながら、カズマの顔を思い浮かべて笑った。

「そうかしら。わかり易くていいんじゃないの？」

「マチコ、この際だから言うとくが、おまえはたしかにええ女児《おなご》じゃが、ひとつだけ欠点がある」

ユウトは足を止める。

「私は欠点だらけよ」

「いや、欠点はそんなにはない」

「じゃ何よ？」

「マチコはもう少し〝男ごころ〟言うもんを考えにゃいかん」

「〝男ごころ〟？」

マチコは甲高い声で訊いた。

「そうじゃ。〝男ごころ〟を考えてやらんといかんと思うぜ」

「それってどういう意味よ？」

「そりゃ自分で考えることじゃ……」

マチコはユウトの言葉に首をかしげていた。

二人が大久保通りを渡ろうとすると、むこうから長身の男が一人、歩いてきた。

「あら涼太さん」

マチコが声を上げた。

「あっ、どうもお嬢さん。お元気ですか」

「何が、お元気よ。この間食事につき合ってって伝言を入れといたのに……」

「す、すみません。仕事が立て込んでたもんですから」

「仕事と言ったって夜中までやってるわけじゃないでしょう。少し顔を見せるぐらいの時間はあるでしょうに」

ユウトは二人の顔を交互に見て、

――おや珍しい。マチコが拗《す》ねちょるぞ。

と長身の男を見返した。

何やら渋い感じのイイ男だが、少しマチコと年が離れている気がした。

「お嬢さん、今なら少し時間がありますが、お詫びにそこらで甘い物でもご馳走させて下さい」

「本当に？」

マチコは急に嬉しそうな声を上げた。

そうして思い出したようにユウトの方を振りむいた。

「ダメ、ダメ、何を考えてんじゃ。こっちは寝てたのを起こされたんぞ。それにカズマも待っちょる。これでドタキャンなら、もうギャンブルをやる資格はないし、二度とつき合ってやらんぞ」

マチコがうらめしそうな顔をしてユウトを見た。

「お友だちですか？」

「ええ、これから麻雀の約束があるの」

「えっ、そうなんですか。この間、夢中になってるって仰ってましたけど、本当だったんですね」

マチコは白い歯を見せてうなずいた。

「しかしお嬢さんのような方が麻雀に入れ込まれるのは、ちょっと……」

「あら涼太さんまでがそんなことを言うの？」

マチコは頬をふくらませて可愛い唇を突き出した。


雀荘に行くと、カズマが手持ち無沙汰に座っていた。

「おいおい、いったい何時間待たせるんだい？」

「ごめんなさい。私が誘っておきながら遅れてしまって」

「ああ、マチコさんはいいんだよ」

――相変わらずだナ、この野郎……。

「ユウト、顔に御飯粒がついてるぞ。まだ寝呆けてんのか？」

「ああ、これか。これはさっきマチコに鮨を奢ってもろうたんじゃ。高級な鮨を喰って、つい嬉しゅうなって飯粒がついとるのも気にならんかった」

ユウトはわざと大きな声を出した。

「えっ、本当か？　今の話は」

「嘘と思うならマチコに聞いてみたらどうじゃ？」

「マ、マ、マチコさん、今のユウトの言ったことは嘘ですよね？」

「カズマ君、あなたはちゃんとした人だからお金が一銭もなくなるまでギャンブルはしないでしょう。今日、ユウト君を誘いに行ったら、彼、餓死寸前だったの。だからあんまり可哀相で、私、ユウト君にお昼をご馳走したの」

「ど、どうしてボクに一本電話を下さらなかったのですか？」

「だからあなたはいつも冷静で、ちゃんとした人だから」

「そ、そ、そんなことありません。ボ、ボクだって理性を失うことがあるんです。いやむしろ理性など本当は持ち合わせていないんです。ヒィーッ」

「おい、カズマ、鮨くらいで男が泣くんじゃない」

「鮨で泣いてるんじゃない。おまえにボクのこの気持ちがわかってたまるか」

カズマは自動卓の上の牌を握りしめている。凄まじい音を立てて牌がこすり合わさる。

ユウトはカズマの反応にあわてて言った。

「オイオイ、牌がこわれるって」

「こんな牌より、鮨をマチコさんと食べたかったのに……」

カズマはいきなり牌のひとつを口の中に放り込み、嚙みはじめた。

「何やってんじゃ、おまえ。気でも違うたのか。そりゃマグロじゃなくて、中だろうが。そんなもん喰ってどうすんじゃ！　こらっ！」

ユウトがカズマの腕を叩いた途端に、カズマは、

「アッアアーー」

と声を上げ、喉元を手で掻きむしり出した。

「アッアアーー、ク、ドゥシィーー」

カズマがその場にあおむけに倒れた。

「ああカズマ君、大丈夫？　ほら口を開けなさい。飲み込んではダメよ」

マチコは叫びながら、倒れているカズマの口に指を入れた。

「ああ、入ってしまう」

咄嗟《とっさ》にマチコはカズマの唇に自分の唇を重ねた。

それを見たユウトが、

「ワァーーッ、キスだ」

と叫んだ。

「ク、ク、ク、ドゥシィーー」

「ワァーーッ」

「ク、ク、ドゥシィーー」

「ワァーーッ、キスだ」

その奇声の間に、唇を吸い上げる音がしていた。

やがてマチコは、カズマの唇からその美しい唇を離した。

そうしてマチコは口の中から一枚の🀄を取り出し、静かに言った。

「なんて固いトロなの……」

いつもの雀荘で、メンバーを一人入れて東南戦がはじまった。

一回戦目の東場が開始され、対面に座った西家のマチコが牌をツモり、手の内から牌を切り出した時、ユウトは、

――あれっ？

と何か違和感を覚えた。

それが何なのかはすぐにはわからなかった。

二巡目、三巡目、それぞれが牌をツモって手の内から牌を出し、河《ホー》に放る。

四巡目でマチコが牌を河に切り出した。

――あれっ？

またユウトは妙な感じになり、マチコが切り出した🀛を見つめた。

牌が浮き上がったように見える。

🀛はユウトの手の内で欲しい牌である。

――そういう理由か……。

ユウトは自分が欲しい牌だったので、マチコの切った🀛が浮き上がったように映ったのだと思った。

「何してんだよ。ユウト、序盤から考えてんじゃないよ。早くツモれよ」

カズマは苛ついていた。

「何じゃ、その言い方は。わしはおまえほど長考はせんだろうが。おまえが考えはじめたら、わしはいつも文学全集か何かを持ってきときゃよかったと思ってるんだ」

「ボクはそんなに長考しやしないよ」

「そう思ってんのはおまえだけじゃ」

「ユウト君」

マチコの声にユウトが対面を見ると、自分を睨みつけている。

「わかっとるよ」

ユウトはメンバーが切り出していた🀛を、

「チィー」

と声を上げて🀚🀛🀜の面子《メンツ》を晒した。

「🀛がなくなるからな」

五巡、六巡でユウトはまたマチコの切り出した牌を見た。

――何かおかしくないか……。

七巡目の親ツモがきて、ユウトはをツモ切りした。

「ロン」

「えっ！」

見るとマチコが手牌を倒していた。

チャンタ、三色《サンショク》である。

「まだを持ってたのかよ。だったらそれはリーチじゃろう。助かったよ、満貫で」

ユウトが笑って言った。

——リーチをかけりゃ一発で出してやったのによ。まだまだ甘いな……。

南場になってカズマの親番である。

二巡、三巡、四巡目と進行していく。

五巡目でユウトはマチコの切り出し牌に目がいった。

またである。

今度ははユウトに必要な牌ではない。

——よくを切る女じゃな。

六巡目、またマチコの牌に目がいった。

同じくだ。

——は、はあ～ん、失敗したな。待てよ、今の牌はツモ切りだったよな。それとも手の内からだったか？

ユウトはマチコの今しがたのツモって切り出した残像を思い出そうとしたが、妙に素早かったのでツモ切りだと思った。

——よくある初心者の失敗だわな。まだまだじゃな。マチコ。

ユウトがマチコの顔を見ると、マチコは表情を変えずにじっと河に目をやっている。

——動揺を隠しちょる、フフッ。

「ユウト、何笑ってんだよ。早く切れよ」

カズマが突っかかるように言う。

「うるせえな」

ユウトが牌を切り出すと、マチコが声を上げた。

「リーチ」

「えっ？」

ユウトはマチコを見た。

さっきと同じように河を見つめている。

マチコの捨て牌は、

🀊🀏🀖🀠🀛🀛　🀀《リーチ》

である。

「おっ、相変わらずツイちょるな」

ユウトが言ってもマチコは反応しない。

メンバーが🀂を切り、ユウトはカンチャンの🀓が入ってきた。

——おう、戦えってか……。

ユウトの手の内は、

🀉🀊🀊🀋🀋🀙🀛🀜🀝🀒🀔🀖🀗

である。

ユウトはゲンブツ牌の🀖を切ろうと思ったが、🀖と🀗はアタマになる可能性があるので、タンヤオ三色の手作りにすべきだと思った。🀙は浮いてはいるが、自分が三枚目の🀛を持っているから、ワンチャンスである。

——さっきをツモ切って悔しがっていたしな。ほら当たれるもんなら当たってみろって。

ユウトはを河に切り捨てた。

「ロン」

マチコの声がした。

「えっ！」

ユウトは思わず声を上げた。

「シャボテンか、単騎《タンキ》待ちかよ」

マチコが牌を倒した。

　《ドラ》

一気通貫《イッキツウカン》のイーピン待ちである。
「なんじゃや、それ？」
ユウトは目を疑った。
「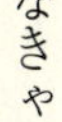を失敗しなきゃ、自摸和了してたんじゃねぇか。これだから初心者は困るんじゃや。やっとられんぜ。ほんまに、わしゃ怒るぜ。失敗が満貫かよ」

「いやハネ満でしょう」

メンバーが平然と言った。

「なぜじゃ。リーチ、イッツー、ドラ2だろう」

「一発がありますから」

「うむ……」

ユウトが歯ぎしりした。

――チキショウ。ゲンブツのを切れかよ……。

ユウトが点棒をマチコの方に放った。

「ユウト君、点棒を投げないで」

マチコの目が鋭く光っている。

「わ、わかったよ」

――チキショウ、調子に乗りよって。なんでまたマチコの切り出しに目をむけちまったんじゃ……。

「ツモ切りを見てたのがわしの間違いじゃ。高等な打ち方も時には不利になるってことかのう」

ユウトが独り言のようにつぶやいた。

「あの……」

メンバーが声を出した。

「何じゃ？」

「マチコさんのはツモ切りじゃありませんよ」

「えっ？」

「手の内から切られましたよね。マチコさん」

「そうだったかしら」

マチコが落ち着いた様子で言った。

「そんな訳ないじゃろう。わしは見とったんだから」

「私も見てましたから」

メンバーはユウトにうなずいて見せる。

メンバーがそういうことを間違えるはずがない。

「本当かよ、マチコ。いやマチコさん」

「終った局面はもういいでしょう。さあはじめましょう」

「ちょ、ちょっと待てよ。マチコ、五巡目も六巡目も手の内のを切ったのかよ？」

「いやだ。教えません」

――えっ！　手の内だったんだ。

ユウトはマチコの五巡、六巡の筒子《ピンズ》牌の手役を想像した。

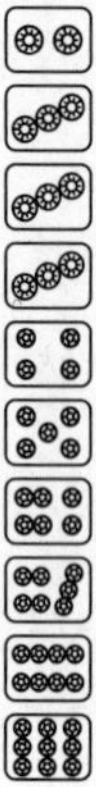

――これでイッツーにこだわって刻子《コーツ》のを二枚切りしたってのかよ。いや偶然じゃろう……。

三局目に入り、マチコが親番である。

マチコが乾いた音を立てて伍萬を切った。

――おっ、いきなり伍萬かよ。また筒子か？

ユウトは二局の放銃分をまずは取り返そうと、その伍萬をいきなりポンした。

「怖い親を早くオロそうってわけか？」

カズマがユウトをちらりと見る。

「何とでも言え」

ユウトは手の内にドラの九萬を暗刻《アンコ》で持っていた。

三巡目にマチコが七萬を切り出した。

「ポン」

「おやおや七萬もポンですか」

カズマが笑って言った。

「カズマ、いちいちうるさいのう。おまえがいらんことを言うと出る牌も出なくなるじゃろうが」

「ボク、はっきり言ってマチコさんの味方ですから」

カズマは悪びれる様子もなく言った。

「ほう、そうか。なら二人でタッグを組んでかかってこいや」

「はい、はい。ではマチコさん、お互い気を付けましょう」

「カズマ君。そういうの不必要だから、フェアーにやって」

マチコがカズマを睨んだ。

「は、はい」

「ハッハハ、マチコ、いやマチコさんの方がよほど男らしいのう。そのうち追い抜かれるんじゃないか」

「ユウト君、もう少し麻雀に集中してくれない？　私が相手だから遊んでても勝てるつもりでいるの？」

「そんなことはないんじゃが、まあ負けるつもりはない。そら、八萬だ」

ユウトの口元が、かすかに笑ったように見えた。

ユウトのその表情で、カズマもメンバーも、それ以降、萬子《ワンズ》牌をいっさい切らなかった。

しかしマチコだけは違っていた。

八巡目に一萬、十巡目に四萬を切り出した。

その切り出しを見たユウトは、初めてマチコの牌の扱い方が以前と違っているのに気付いた。

それまでは、子供がキャラメルか何かを指先で用心してつかむように、牌を取ってきてはその牌を手の内に入れた。そして、大きな黒蜜のような眸をクルクル動かして、どの牌を切ればいいのかと思案していた。

ところが今目の前にいるマチコは、指先に牌が吸いつくかのように積み山から牌を引き寄せ、瞬時の内に選択した牌を手の内から切り出している。

——何なんだよ、これ？

ユウトはマチコの顔を見たが、表情は何ひとつかわっていない。カズマもメンバーも目を丸くしてマチコの切り出しを見ている。

十三巡目にマチコは四萬を平然と切り出した。

それを見て、タメ息をついたのはマチコではなくユウトだった。

「それを通すのかよ」

カズマが手の内の牌をひとつ伏せたまま盤を叩いた。

ユウトの河に萬子牌は二萬六萬八萬と出ていたがユウトの手の内は、

🀏🀏🀏🀛🀛🀂🀂　🀋🀋《ポン》🀋　🀍🀍《ポン》🀍

になっていた。

十四巡目、ユウトは🀎を引いてきた。

ユウトはマチコの表情をうかがう。

——テンパってるのか、マチコは？

マチコはずっと同じ目をしてじっと河を見ている。

——さっきから確率で切り出すとやられているからな……。しかしここでオリたら、この半荘《ハンチャン》は勝負にならなくなるじゃろうよ。

切るとしたら🀛の対子《トイツ》を落とすのだろうがすでに🀎は一枚切り捨てている。

——両方のラストチャンスで待てるほどの腕が、マチコにあるはずがないじゃろう。

「ほれ🀎じゃ。当たるなら、当たってみろ」

ユウトが声を荒らげて🀎を切り捨てた。

「ロン」

マチコの声がした。

——嘘じゃろう。

ユウトはマチコの倒した牌を見た。

ダブルのラストチャンスに振り込んだのはユウトだった。

「お見事」

メンバーがちいさな声で言った。

「たいしたもんですね、マチコさん。別人のようです」

その時だけ、かすかにマチコの口元に笑みが浮かんだ。

ユウトがハコ割れになり、その場が終了した。

それから夜の八時まで十回の半荘戦を打ち、マチコがトップを八回取った。メンバーが二回取って、その二回もマチコは二着だった。

ユウトとカズマは一回もトップを取れなかった。それどころか、プラスになった回が二人とも一度だけという完璧な敗戦だった。

カズマが、明日は大学でゼミナールのレポート提出があるのでこれで終りたいと言い出した時、ユウトが言った。

「このままじゃ、終れんじゃろう。せめて十二時までやろうぜ」

「ダメだ。明日のレポートは大事なんだ」

カズマは承知しなかった。

ユウトはカズマを雀荘の隅に引っ張って行った。

「このまま女児に負けておめおめと帰れるんかよ、おまえは」

「そりゃボクも悔しいけど、今日はボクたち二人とも流れが良くないし、第一、マチコさんはこれまでとは違う打ち方になってるよ。あれじゃ、勝てないよ」

「勝てるかどうかはやってみればわかる。あいつはたまたまツイてただけじゃ。それはおまえもよく知ってるじゃろうが」

「いや違う。ボクだって打っていればわかるよ。牌の捌き方がまるで違っているもの」

「だからそういうことだけ練習したんじゃて。女のやることじゃから、そのうちボロを出すに決っとる」

「ユウト、マチコさんがその辺りにいる女性と違うのは君もわかってるはずだろう。ボクは今日、マチコさんが麻雀を打ってるところを見て、これまでよりいっそう好きになった。麻雀を覚えてたった二ヶ月だよ。この前に打ったのは夏の盛りだから一ヶ月前だよ。それであんなに強くなるって、ボクには考えられないよ」

「だからあれはツキじゃて」

「ツキで十回負けなしってことがあるのか。それは君が一番わかってるじゃないか」

「だからツキってことを、もう少し打てばわしが証明してやるって」

「ユウト、君、潔くないぞ。それでも男か」

カズマが珍しく険しい声を上げた。

「ボクは今日、マチコさんと打っててわかったんだ。彼女が初めて麻雀をした日、目をかがやかせて言ってただろう。〝こんなに興奮して、こんなに美しい遊びがあるの〟ってね。あの時は正直、かわった女の子だな、と思ったけど、マチコさんはきっとそれを信じて人知れず強くなるために打ち続けていたんだと思うよ。ボクたちは彼女のその情熱に気付きもしなかったんだ。それが今日の敗因じゃないのか」

「理屈はええって」

「ユウト、ボクは理屈を言ってるんじゃない。麻雀を勝負事と君が思うなら、負けは負けと認めないと、次のステップに行くことはできないと思うよ。ボクはボクで、レポートを書き上げたら、今日の三人と自分の打ち方をパソコンに入力して、分析してみるつもりだ」

「今はそういう話をしとるんじゃない」

その時、二人を呼ぶ声がした。

メンバーの男である。

「精算をお願いします」

「カズマ、おまえ、金は少しあるか？　わしは一円もない」

ユウトの声はちいさい。

「な、な、何だよ。それでやめようとしなかったのかよ」

「そうじゃない。わしの、わしの男としての誇りが、このままやめるわけにいかんからじゃ」

ユウトが今度は胸を張って言った。

「君ね。無一文がどうしてそんな口がきけるの？」

「済まん」

ユウトは頭を下げた。

カズマはユウトが自分に素直に頭を下げるのを見て、

「まあいいよ。そういう気持ちなら今日はボクが立替えておくよ」

と言った。

二人は雀卓の方に戻った。

「今日はありがとう。お蔭で楽しかったわ。ユウト君はお金がないんだから、今日のマイナスは払わなくっていいわ。私がメンバーさんの分は払っておくから」

マチコが嬉しそうに言った。

「マチコさん、そりゃダメだよ。君ほどの人がボクたちを傷つけるようなことを口にしないで欲しい」

カズマが真顔で言った。

「あら、どうして？　どうして私があなたたちを傷つけるわけ？」

マチコは怪訝そうな顔をして言った。

「マチコさんは本当にその理由がわからないの？」

「……」

マチコは黙ってカズマとユウトを見た。

ユウトは足元を見つめたまま顔を上げない。しかしその手をマチコはじっと見た。握りしめた拳が小刻みに震えていた。

「チッキショー」

ユウトはそう言って一目散に雀荘を出て行った。

マチコとカズマはライヴハウス〝ビター〟のカウンターにいた。

「ユウト君に悪いことをしたわ。明日にでもアパートに行って謝まらなくちゃ」

「やめといた方がいいよ」

「どうして？」

「よけい傷付くよ。ああ見えて、あいつはあれで結構繊細だから」

「それは私もわかってるわ。でも私のやり方が悪かったから」

「そう思ったんなら、それでもういいさ。あいつ、そんなに記憶力はいい方じゃないから、明日になったら忘れてるよ」

「あら、その言い方の方がユウト君には失礼だと思うわ。私、ユウト君のこと好きだもの」

「えっ？　それって本当に」

カズマがあせったように訊き返した。

「ええ、いまどき、あんなふうに一途な人っていないもの」

「ちょ、ちょっと待って下さいよ。その気持ちってボクたちが初めて出逢った時からなの？」

「そうよ」

「そ、そんな……」

「そんなって。あっ、カズマ君、誤解しないでよ。恋愛感情とは違うのよ」

「ああ何だ……。驚いた」

「けど、好きなことにはかわりないから。これから先のことはどうなるかわからないけど」

「えっ、そんな……」

カズマが落胆した顔をするとマチコがクックと笑った。

「そうだよね。ジョークだよね。驚いたよ……。けどマチコさん、どうしてあんなに麻雀の打ち方がかわったの。いや、はっきり言ってどうやって強くなったの？」

「さあ、私にはわからない。それより本当に私、麻雀がかわったと思った？」

「かわったどころじゃないよ。前とはぜんぜん違うもの。雀荘のメンバーの人も言ってたよ。こんなに短期間に、これほど強くなった人は初めて見たって」

「あれはお世辞よ。わかるもの。あの人たちはそれが商売だもの」

「いや、そういうのは抜きにして言ってたよ」

「そうだと嬉しいけど、まだまだね。今日も途中で迷うってことが何度もあったもの」

「何度もって、それくらいしかなかったの？　ボクはいつも打ちながら迷ってるよ」

「そうよね、麻雀って……」

マチコがつぶやくように言った。

「その言い方って、何だか少し逢わないうちにマチコさん、麻雀を極めたような感じに見えるよ」

「ぜんぜん。その逆」

「逆って？」

「特訓をすればするほどわかんなくなってくるわ、麻雀って」

「特訓？　何のこと？」

「あっ、秘密」

マチコは鼻先にシワを寄せて笑った。

「何のこと？　教えて下さいよ」

「ダメ、秘密なんだから」

「自分だけずるいよ、マチコさん」

「じゃあ言われたことで、大切だって思ってたことだけ言うわ」

「何？　何？」

カズマが身を乗り出してきた。

「ほらさっき迷った話をしたでしょう。迷っていてはダメなんだって」

「どういうこと？」

「迷う前に身体を反応させるんだって」

「反応？」

カズマはすぐにマチコの言葉が理解できなかった。

「そう。迷う前に打ち出すんだって。迷うのは十年早いって言われた」

マチコは天井をじっと見つめている。

「へぇ～恰好イイね」

「そうなのよ。恰好がイイのよね。麻雀をとことんやるって」

「そうなんだ……」

「あら、カズマ君はそう思わないの？」

マチコが視線をカズマに戻す。

「ボ、ボクはそこまではのめり込めないかもしれない」

「どうして？」

「ボクは学生だし、本分は学ぶことだし……」

「私は、麻雀がたくさんのことを教えてくれそうな気がするわ」

「そんなふうに信じられるって、マチコさんはいい人だからね」

「そうかしら。初めて麻雀を見て感動しちゃったんだもの。それに、いったん麻雀をとことんやってみようと決めたんだもの。最後までがんばってみようって思ってるだけ。そりゃたしかにいまどき麻雀をするって流行《はや》らないかもしれないけど、だからと言って社会に出てすぐに役に立つものばかりを勉強したり、自分の得になることばかりをするのって難しい気がするの。大人たちがわかりきったように断定することって、皆が認めていて、上手く生きて行くには好都合なものだと思うの。でもそれって皆がやってることでしょう。それでいて大人たちに聞くと、ほとんどの人が不満を抱いているでしょう。

それってきっと、その人が感動したものや、これが一番好きってことをとことんやってないからだと思うの。皆、失敗したくないって気持ちの方が強いんだと思う。失敗したっていいじゃない。失敗したって感動する方へまっしぐらに行く方が……。それにこれだけ歴史があってずっと続いてきたってことは、麻雀にはきっと説明できない何か素晴らしいことがあるんだと思うわ」

マチコの大きな眸がかがやいていた。

カズマはマチコの美しい眸を見ながら、〝皆〟とマチコが呼んだ人々の中に自分が入っているような気がした。

——ボクは、もしかして大事なものを見落していたのかな……。

カズマは唇に指先を当てて考え込んでいるうちに、この唇に今日の午後、マチコが触れてくれたことを思い出し、急に胸がときめきはじめた。

「ユウト君も一緒に来ればよかったのにね」

マチコがポツリと言った。

毘沙門天の境内のベンチにユウトは一人座って、初秋の月を仰いでいた。

十六夜《いざよい》の月が皓皓《こうこう》とユウトの顔を照らしていた。

今日、マチコに負けた悔しさも失せて、マチコのあざやかな牌捌きばかりが頭の隅に浮かんでは消えていた。

「あいつ、いつの間にあんな打ち方ができるようになったんじゃ？」

打ちはじめた時に感じた奇妙な違和感は、すべてマチコの牌捌きの変化だった。

最後の方は見ていてさわやかに思えるほどであった。

グイグイとマチコが自分の中に迫ってきて、自分の手役ではなく、自分の身体を切り裂かれる錯覚がした。

どんな手役で、どんな攻め方をしてくるかというのではなく、ただ一心に打ち込んでくるのだ。

「なり振りかまわずって感じじゃったもんな……。そうだよな。わしはこの頃、何をやっても人の目を気にしたり、どこかで恰好ばかりをつけとったもんな。そんなんじゃ、なり振りかまわずむかってきよる者には太刀打ちできんもんな……」

ユウトは思わず笑い出した。

ほんの数ヶ月前まで麻雀のルールも知らなかった、それも女の子にぐうの音も出ないほど、のされてしまった。

「ハッハハ、まったく情けない男じゃのう。わしという男は……」

ユウトの脳裏に、田舎の寺の和尚の顔が浮かんだ。

耳の奥から和尚の声が聞こえた。

『ユウト、われは、そのない頭でいろいろ考えるな。ない頭であれこれ考えよるから、おかしなことになる。われの良さはよ、考える前に走り出すことじゃ。人はそれをおっちょこちょいとか、思慮がないと、良くないように言うが、そうではない。世の中が大きくかわる時には、考えより、行動する者が何人あったかの方が決め手になった。それと同じように、人が人をかえよう、己が己をかえよう思うたら、まず走り出すことじゃ。あとさきは考える必要なんぞない。目の前のものを見る時間があったら、その前にぶつかって行け。走り出せ。それでわれもひと角のもんを見つけられるかもしれん。それと……』

その時のユウトは最後まで聞かずに、朝からどうしてももぎ取って食べたいと思っていた校長先生の家の柿の実にむかって走り出していた。

「わかった、和尚」

——そうじゃったのう。和尚の言うとおりじゃ。よし、そうしよう。

ユウトはポケットの中にあった数個の百円玉を握って毘沙門さまの前の電話ボックスに入り、覚えていたダチ公に電話をした。

「おう、わしじゃ、ユウトじゃ。タケやん、おまえ大阪で麻雀を打っとるんか……。そうか今も打っとるんか。どうや調子は？　おう、そうか苦戦しとるか。どうじゃろう、少し麻雀の修業にそっちへ行くわ。今から夜行のバスに乗るけえ、よろしゅう頼むぞ。

それと金がないからむかえにきてくれよ。修業じゃ、修業じゃ」

そう言って電話ボックスを出ると、ユウトはアパートにむかって全力疾走した。

その背中に、秋の月がささやいた。

「オーイ、ユウト、和尚の最後の言葉を聞かなかったのか。最後の言葉はこうじゃ。

〝それとおまえの家は代々博奕で身を滅すゆえ、博奕だけは決して手を出すな〟だとよ」


（第一部・完）

解説

池上冬樹（文芸評論家）

年に一、二度、マーティン・ルーサー・キング牧師の説教集（『私には夢がある』）をひもとくことがある。アメリカの公民権活動の指導者として、民衆の心を強く動かしたキング牧師の言葉には、宗教の教義をわかりやすく説き明かす以上のものがあり、キリスト教の信者でもないのに、生きる意味や使命といったものを深く考えてしまう。比喩を効果的に使った文章が力強くてリズミカル、読んでいてひじょうに心地よいこともある。

さて、伊集院静のエッセイ集がベストセラーを記録している。最新作『追いかけるな大人の流儀5』（講談社）も昨年（二〇一五年）の暮れに刊行されて、すでに版を重ね、二〇一一年に刊行が始まった「大人の流儀」シリーズは累計百三十万部を超えたという。五冊で百三十万部というのは、本が売れない情況のなかでは快挙といっていいだろう。一方で、大人の遊びを語る「実践的エッセイ」が『作家の遊び方』（双葉文庫）で、『大人の流儀』で大人のあるべき姿を語る著者が、麻雀、競輪などのギャンブルやゴルフ場や酒場での交流を題材にして、遊びを通しての生き方を捉えている。こちらの売れ行きも好調だ。

「大人の流儀」シリーズが売れている理由について、『追いかけるな　大人の流儀5』の取材で、作者は某紙のインタヴューでこんな風に答えている。「何だろうね、こういう本が売れるのは。手に取って読むと、叱られているようなことが書いてある。それが大人になりきれていない人の自虐をそそったんじゃないか」と冗談めかして答えているのだが、何よりもまず優れたエッセイがあり、そこに心の糧となる言葉（箴言といってもいい）が含まれているからだろう。僕に言わせれば、これは現代の「説教集」なのである。

説教というと、日本人は、年上の人に「説教された」という程度の意見や忠告などを軽んじた意味に捉えがちだし、実際作者も〝叱られているようなことが書いてある〟といっているからそういう意味合いもあるけれど、僕は、キング牧師に代表される宗教家たちが行なう説教（説経）、すなわち〝宗教の教義や教典を、その信者や民衆に口頭で説き明かす〟といった意味も重ねたい。

では、伊集院静における宗教とは何かとなるけれど、ここは「伊集院静という教え」でいいだろう。宗教というと大げさになるが、伊集院静の〝教え〟ぐらいでいい。先のインタヴューで、「端的にものを言うところに良さがある。端的というものに情緒をまぶしてあるんだ」とも語っているが、端的に本質をつくのも大きな長所である。少し年季の入った文学ファンなら、やや無頼派めいた言辞で人気を博した今東光の『極道辻説法』を想起する人もいるかもしれないし、説教よりも説法とよんだほうがいいと感じる向きもあるかもしれないが、いずれにしろ伊集院静のエッセイには心の糧となる言葉があふれている。

いささか枕が長くなってしまっだが、本書『ガッツン！』である。本書も、遊びを通して生きることの教えを説いた小説であり、心の糧となる言葉に満ちている。おもに麻雀がとりあげられ、そこから学ぶことの意味、ひいては人生一般につながるものを説いている。麻雀に覚えのある者はよりいっそう惹かれ、知らぬ者は麻雀に興味を抱きつつ、人生とは何か、いかに生きるかの問いに頭の中を揺さぶられながら、若者たちの行動に感情移入していくことになる。

物語は、まず貧乏学生のユウトが大家から滞納している家賃を催促される場面から始まり、次に家庭教師をしているカズマが生意気な子供の発言に嫌気がさしてアルバイト先をとびだし、さらに料亭の跡取り娘のマチコが神楽坂を大女将と連れ立って歩く場面になり、毘沙門天に向かうことになる。そこに酔っぱらいがいて、ユウトとカズマとマチコが出会うことになる。

三人は、大学に入学したばかりだった。ユウトは山口出身の三流大学生で趣味のトランペットも金欠で質屋にいれているし、カズマは静岡出身の一流大学生でエリート官僚を目指している。料亭の跡取り娘のマチコは、目白の大学に通う大胆な行動をとるお嬢様だ。三人に共通するところは何もなかったのだが、ユウトがやくざに絡まれ、やり返すために雀荘にいって勝負に出る。そしてユウトの敢闘精神と、見事な闘牌の姿にふれて、三人の人生が劇的に転回する。つまり麻雀に魅せられ、麻雀の日々へとなだれこむのである。

もともとカズマもまた麻雀に覚えがあり、確率論をもとにして打っていたが、マチコはまったく初めて。彼女はひそかに特訓を重ねて、見違えるほどうまくなっていく。ビギナーズラックとはいえない、持ち前の勘の良さから、腕を上げていき、ユウトとカズマを次第に圧倒していく。

「麻雀いうのはいったん嵌まってしまうと他に目がむかんようになる。麻雀だけを打っていられれば、それが一番気持ちええんじゃ」(本書二三九頁)という言葉が出てくるが、大学三年で麻雀を覚え、一年間毎日最低でも五時間は打たないと気がすまなかった時期を経験した僕には、それがとてもよくわかる。本を読み、映画も見ていたけれど、それでも麻雀を打つことがいちばん気持ちよく、もうメンツがいれば何日も続けてやることができた。〝嵌まってしまうと他に目がむかんようになる〟のだ。単行本の帯に〝麻雀に魅了され、戦い、勝ち、大いに負ける。麻雀を通して彼らが目にするのは、一体どんな風景なのか〟とあり、麻雀に魅せられた若者たちの熱き青春が描かれてあるが、誤解してほしくないのは、本書は決して麻雀小説だけに留まらないということだ。むしろ麻雀を通して、青春とは何か、生きるとは何かを考える青春小説の趣が強い。というのも、ここにはとても多くのメッセージがこめられているからである。

「ギャンブルで生き残ろうと思えば、そこに相手と自分を冷静に見つめることができる目と精神が必要となる。その目がやがて工夫、智恵を働かす必要がある場面で生きてくる」（同一七八頁）

「人間は勝った負けただけで生きて行くと必ず下品になりますし、卑しさが出ます。博奕というのは、人間の見なくてもいいものまで見えてしまいますから」（同二二九頁）

「金のやりとりだけじゃ、何のために遊んどうのかわからんようになる。……金というのは人間がこしらえたもんじゃ。人間がこしらえたもんに人間があくせくしてもうたら、そりゃ悲しいことじゃ」（同三四六頁）

「ボクシングの勝ち負けは、パンチでは決まらない。勝ち負けは頭で決まるんだ。力でも、スピードでも、体力でもないんだ」（同二六八頁）

こういう言葉が至るところにある。人間性に関する観察と智慧の小説といってもいいだろう。つまり本書で麻雀は、何か人を夢中にさせるもののたとえであり、それとの関わりから何が見出されるのかが大事なのである。麻雀を語りながら広くギャンブル、さらにスポーツに移り(右のボクシングのくだりがそうだが、マイク・タイソンとトレーナーの関係の話が印象的だし、チームの勝利を優先する松井秀喜と個人の記録を追求するイチローの違いも説得力がある)、人々の生き方や生きる道を語っている。

ときには過去の戦争体験の話などにもおよび、戦争体験を肉体化すること(本書の言葉を借りるなら〝歴史の中に立つ〟こと)の重要さが語られる。戦争とは何か、戦死者をどう捉えるのか、平和とは何かといったものを、イデオロギー臭をまったく感じさせない生活者の視点で平易に解きあかしている。

ここで僕たちは、人やものを見る目を養われる。大切なのはやわらかくてのびやかな頭脳であり、〝やわらかな頭脳とは繊細なものの見方である〟(同一八〇頁)。どのように人や物事を観察し、どう捉えて、どう理解すべきなのかなのである。そしてその物の見方は同時に、他者から自分がどう見られるかでもある。自分のあるべき姿に話がおよぶのだ。

そして、それらすべてが、作者が前書きでいう「青春坂」に通じる。青春坂にガッツ

真剣に生き、真剣に遊び、真剣に考えることの大切さに通じるのだ。真剣に生き、真剣に遊び、真剣に考えることの大切さである。作者は別のところで、「この頃の若者がヤワなのは、彼等が風の中に立とうとしないし、世間から辛い風が失せたからだろう」（『追いかけるな大人の流儀5』所収「どこでどうしているだろう」）といい、大人になるためには「一人で考え、一人で歩き、一人で悩むことだ。孤独を学べ。孤独を知ることは、他人を知ることだ」（『伊集院静の「贈る言葉」』（集英社）所収「孤独を学べ。」より）とも述べているが、その教えは、本書の至るところで響いているといっていいだろう。

なお、物語のなかで、ユウトいきつけのバーの女性オーナーの口から、麻雀の神さまの話が出てくる。どんなに強い人と打っても、初心者と打っても、〝いつも二着でニコニコして打っていた〟。〝でっぷり太ってて頭の毛が少し薄くて、吊りバンドをしている人〟というのは、色川武大こと阿佐田哲也のことであろう。マチコが夢のなかで麻雀の神さまと歩いていて電車に追われる場面が出てくるけれど、色川武大の『狂人日記』のなかで「私」（小説の一人称表記は「自分」）の強迫観念のひとつとして電車に追われる場面が出てくるから、それを引用してのことだろう。

ファンならご存じだろうが、伊集院静は、色川武大をモデルにして傑作『いねむり先生』を書いているし、『愚者よ、お前がいなくなって淋しくてたまらない』でも重要な人物として登場してくる。色川武大への深い尊敬の念があり、本書『ガッツン！』が麻雀小説となれば、当然のことながら阿佐田哲也名義の名作『麻雀放浪記』へのオマージュととれるだろう。阿佐田哲也が戦後の混乱期を舞台にして『麻雀放浪記』を書いたなら、自分はあくまでも現代の若者を主人公にして青春放浪記を書こうと意図したのかもしれない。実際ユウトが本書の最後にある決断をするあたりは、『麻雀放浪記』第二部の『風雲篇』で坊や哲がとった行動と通じるものがあり、ますます波瀾にみちたドラマ展開が予想される。本書に脇役として出てくる人物たち（伊佐銀次郎や刑務所帰りの涼太や還暦のゲンさん）が第二部以降どのようにユウトたちに絡み、サイド・ストーリーを織り上げていくのかもとても楽しみで、早く第二部がスタートしないかと期待してしまう。

本書『ガッツン！』は、麻雀を通して大人になっていく若者を描いた青春麻雀小説であり、前述したように、伊集院静のエッセイに出てくる教えと密接なつながりがある。麻雀や小説のファンのみならず、伊集院静のエッセイのファンもまたぜひ手にとられるといいだろう。

本作品は二〇一三年一月、小社より刊行されました。

作中に登場する人名・団体名は全て架空のものです。

麻雀に関する事柄について前原雄大氏に監修をお願いした。氏の示唆に富むご指摘に感謝する。（著者）

双葉文庫

い-54-02

ガッツン！

2016年2月13日　第1刷発行

【著者】
伊集院静《いじゅういんしずか》

【発行者】
稲垣潔
【発行所】
株式会社双葉社
〒162-8540 東京都新宿区東五軒町3番28号
［電話］03-5261-4818(営業)　03-5261-4840(編集)
www.futabasha.co.jp
(双葉社の書籍・コミックが買えます)
【印刷所】
大日本印刷株式会社
【製本所】
大日本印刷株式会社

【表紙・扉絵】南伸坊
【フォーマット・デザイン】日下潤一
【フォーマットデジタル印字】恒和プロセス

ISBN978-4-575-51862-7 C0193
Printed in Japan